I0664055

Guillermo E Angulo G III

EL DRAGÓN NEGRO
Y
OTROS CUENTOS

GUILLERMO ELOY ANGULO GARCÍA III

Guillermo E Angulo G III

El Dragón Negro y otros cuentos

Autor: Guillermo Eloy Angulo García III

Diseño de cubierta: Ana Patricia Angulo Nicosia.

Prólogo: Paco Castillo.

Estilo y corrección: Rosa María Nicosia Bátiz

© Angulo García III, Guillermo Eloy

© Nicosia Bátiz, Rosa María

© El Dragón Negro y otros Cuentos

ISBN : 978-9962-12-345-3

Digital ISBN : 978-9962-12-440-5

Advertencia: 100% ficción, cualquier parecido con la realidad es pura coincidencia.

A mi esposa Rosi y a mis hijos Juan y Ana.

Guillermo E Angulo G III

Agradecimientos

a

Rosa María Nicosia Bátiz

Ana Patricia Angulo Nicosia

Paco Castillo

Apoyos recibidos

de

PapayaBizarra

Alebrijez Aparte S.A. de C.V.

Guillermo E Angulo G III

CONTENIDO

Guillermo E Angulo G III

PRÓLOGO

Cuando hablamos de un universo fantástico de inmediato se nos viene a la mente aquel lugar donde por primera vez existe el asombro de lo no conocido, el momento en el cual la sorpresa llega sin ser prevista y por supuesto es un lugar oculto para muchos, que define la verdadera naturaleza del ser humano y que quizá muchos atribuyen al mundo de los sueños. En si mismo lo fantástico no es necesariamente un sueño, es sin duda un momento en el que algo no convencional o no cotidiano se asoma por el mundo llamado normal y aterriza como una nave espacial en medio de un campo de golf o bien una llamarada en el cielo que cruza intermitentemente un lugar abierto.

Según Tzvetan Todorov en su introducción a la literatura fantástica, existe una ficción no-realista que deambula en este mundo de letras dotando al escrito con estas características; de una mirada diferente a lo real y mostrando una postura decisiva sobre el deambular del mundo que desconocemos y a veces añoramos llamado fantasía o no-realismo. Es así que Todorov enuncia en su libro tres características del relato no-realista que son: Lo maravilloso, lo insólito y lo fantástico que impregnan la obra de cualquier autor dispuesto a enfrentar ese lado no cotidiano de la realidad e incluso que ha decidido potenciar la realidad con una irrealidad latente que más se parece a un cuento pero que mucho tiene del mundo donde vivimos.

Es así que El Dragón Negro y otros cuentos, se cruza en el camino de aquel lector desprevenido que ha decidido abrir estas páginas para encontrarse con varias historias, cuentos, relatos que si bien pertenecen a este universo de fantasía, podemos decir que deambulan como espectros citadinos y del pasado en cada día que vivimos. Lo importante es saberlo ver cuando pasa frente a nuestros ojos y no solo eso, hacer un acto de fe, creer firmemente que lo que estamos viendo o en este caso leyendo, pudo ocurrir o está ocurriendo, en un lugar donde menos imaginamos.

El libro que está usted a punto de leer es una compilación y como tal aquí va a encontrar diferentes miradas de un mismo autor sobre esas vidas distintas del diario acontecer que al ser tocadas por sus palabras se colocan en un lugar que se encuentra más allá de lo evidente. Es como si en cada párrafo de este libro se encontraran personajes, vivencias, cualidades, sensaciones y hasta sabores de un mundo existente conocido pero a la vez jamás visto.

Personajes que viven y brindan su experiencia de vida o de muerte al lector y que bailan y brincan por doquier logrando una empatía absoluta ya que son personajes conocidos, aquel señor que vimos en la calle, la mujer que pasó a nuestro lado, el viejo que mira por aquella ventana, la señora que cruza la avenida, obviamente todos y cada uno de ellos no solo con algo para decirnos sino que su propia historia atraviesa parte de lo que somos nosotros y nos construye esa realidad que raya en lo fantástico o en lo extraordinario.

El Dragón Negro nombre principal de la obra es sin duda el cuento más sensorial en esta aventura que nos propone el Sr. Guillermo Eloy Angulo García III, es un viaje al pasado, al encuentro de nuestras propias raíces, es la aventura de vivir y recorrer el mundo con la sorpresa a lo desconocido. Es inclusive para Latinoamérica de singular importancia su lectura ya que no solo es un cuento que basa sus frases en lo insólito, sino que también es un homenaje a esa mezcla de culturas existentes en países como Panamá y el resto del mundo. Es descubrir que la historia que se basa en un hecho real cobra tintes de algo maravilloso cuando se relata con esa mirada distinta sobre viajes en el tiempo y sobre todo sobre la inocencia del encuentro de dos mundos.

Aquí es donde el autor coloca su sensibilidad y recorre la piel del lector llevándolo a lugares que son tan lejanos, pero tan familiares que logran que nos metamos de lleno a conocer el final del viaje.

Este libro es pues un recorrido abrumador por diversos lugares, situaciones con personajes llevados al límite, una coalición de ideas que rayan en lo absurdo y bizarro como en el caso el Lucién y la noche del vampiro, creando ese personaje sórdido y muy sustancioso que recordará con mucho aquellos "pulps" oscuros y sarcásticos de la década del 20 y 30. O bien un superhéroe con poderes ocultos en medio de la pobreza y la cotidianidad como Los Sueños de Tito, donde la realidad se mezcla con el más puro estilo del suspenso clásico y para rematar Don Severino un viejo olvidado que busca la redención, recordándonos aquellos cuentos de seres que deambulan por el mundo con una voz y una fuerza a veces imperceptible.

Así pues este libro que está usted a punto de leer es como llegar a uno de los mejores bufets de comida del mundo, todo es rico y sustancioso, a veces raro y bastante riesgoso pero al final del día ¿qué sería de nosotros sin una gran aventura?, ¿qué pasaría si diariamente no nos arriesgáramos para conocer cosas distintas?, probar otros sabores, aquí si se le da una oportunidad, ésta lectura ofrece un cúmulo de sensaciones, sabores, olores, colores y abstracciones que definitivamente valen la pena el viaje.

El Escritor ha puesto mucho de sí mismo en estos relatos y eso lo vuelve un documento con gran valor además de que expone un poco de su ser al mundo y a todos nosotros que buscamos de vez en vez tener experiencias totalmente diferentes, sin duda todo un viaje que vale la pena ser disfrutado. Súbase al barco, levanten velas, que el Dragón Negro despliega sus alas y comienza a desesperarse para buscar la manera de zarpar a ese mar distante y llevarlo a nuevos mundos a conocer cosas fantásticas que quizá se queden con usted por mucho, mucho tiempo.

¡Zarpemos ya!

PACO CASTILLO

EL DRAGÓN NEGRO

LA BICICLETA ROJA

Año 2016. Es miércoles de mañana en Panamá, una ciudad costera, moderna y cosmopolita de grandes rascacielos que dibujan su silueta. Un moderno viaducto marino rodea cual serpiente marina su Casco Viejo, lleno de antiguos edificios coloniales que una gran muralla aún protege, Las Bóvedas. Parte del antiguo muro de protección de la nueva ciudad, construida luego del ataque del despiadado pirata Sir Henry Morgan a la vieja Panamá. Más adelante una Cinta Costera, un relleno recién construido frente a la antigua Avenida Balboa, donde triunfante aún la estatua de Vasco Núñez de Balboa mira su mar descubierto, mientras el parque Anayansi sucumbió ante la modernidad. Todo esto pasa desapercibido a los miles de paseantes, turistas y deportistas que a diario recorren este nuevo malecón.

En medio de éstas dos moles de concreto, el viaducto marino y la cinta costera, se encuentra el Mercado del Marisco, siempre bullicioso y caótico. En su interior los lugareños desde siempre y ahora a la par de los famosos Chefs, compiten por comprar el mejor y más fresco marisco. Afuera en los alrededores hay pequeñas fondas repletas de comensales que ansiosos degustan los deliciosos platillos típicos y afroantillanos junto a una cerveza fría. En medio de este hervidero de gente, cruzando la avenida desde aquí, una calle solitaria se interna entre viejos edificios descuidados y maltratados por el tiempo.

Más adelante, sobre la calle hay una bella estructura de carácter étnico. Cuatro columnas rojas que soportan una gran viga cubierta de coloridos mosaicos con motivos chinos, sobre esta viga un gran letrero con símbolos chinos escoltados a cada lado por la figura de un dragón. Cinco pequeños techos de teja cubren la estructura, dos a los lados abajo, dos más un poco más al centro a un nivel intermedio y uno más grande en medio arriba, cubriendo el gran letrero con los dragones. Este es el arco de entrada al viejo Chinatown, lugar donde las primeras familias chinas se asentaron en la ciudad, dando lugar a un floreciente comercio. Ahora venido a menos en favor de nuevos centros comerciales, que como bloques de concreto sin ambiente ni identidad propia florecen en la ciudad. Al fondo, hay un viejo edificio amarillo que se levanta ante nosotros, bifurcando la calle en forma de "Y".

La calle está inusualmente desierta y reina el silencio, el sol de la mañana ya está alto en el cielo. A lo lejos se escucha un retumbar de tambores y platillos chinos. Se acercan, cada vez se escuchan más alto y repentinamente, un estruendo de cientos de petardos reventando invade el lugar. Es el año nuevo chino. Las dos calles a los costados del edificio amarillo se llenan de humo y restos de papel rojo producto de la explosión de los petardos ruedan por él pavimento. Tras el humo dos dragones aparecen cual espectros, uno en cada calle lateral, son llevados por bailarines. A la izquierda uno amarillo y a la derecha uno rojo, avanzan cada uno seguido de una multitud alegre que canta y baila, hasta encontrarse frente al edificio amarillo. Al estar juntos los dragones comienzan una danza tal como dos gatos retozando. La gente está alegre viendo el espectáculo y algunos ancianos reparten sobres rojos a unos niños que brincan a su alrededor.

Cuando, de repente los tambores y platillos dan un fuerte y último golpe en seco. El silencio inunda el lugar y los dragones se detienen cual estatuas, mirando hacia afuera del arco de entrada y ahora los tambores callan. Los dragones amarillo y rojo tiemblan con gestos de terror y retroceden sobre sus pasos, regresando rápidamente por las calles de donde salieron y la gente los sigue. Ahora la calle ha quedado vacía, solo los restos de los petardos rojos ruedan por el suelo arrastrados por el viento, hacia el arco de entrada a Chinatown, ruedan cual gotas de sangre sobre la piel herida. Bajo el arco, desde afuera, un amenazante Dragón Negro llevado por bailarines vestidos de igual color con las caras cubiertas, se acerca caminando paso a paso. Ondeando y mirando lado a lado como en busca de su presa, mientras lanza humo por la nariz. Mira a un lado, luego al otro y sigue. Se detiene a medio camino y mira fijamente hacia el edificio amarillo. En este arriba en un pequeño balcón, sola, una anciana china delgada de apariencia frágil, elegantemente vestida con un vestido de seda negro y el cabello hermosamente recogido, es Rosa de ochenta y nueve años. Mira al Dragón Negro sosteniéndole la mirada mientras acaricia con su mano izquierda el dije del collar que lleva al cuello. Un gran colmillo adornado con casquillos de oro en sus dos extremos. Aumenta el golpear de los tambores con cada uno de los pasos del dragón y luego se suelta a correr en dirección a la anciana. Se detiene justo antes de llegar al edificio y levanta la cabeza con la boca abierta en un fiero gesto amenazante. Repentinamente la oscuridad invade el espacio y todo queda negro.

Arriba en el primer piso del edificio amarillo, en la sala de un pequeño apartamento decorado al estilo chino, Rosa está sentada en un sillón de palo de rosa, duerme una siesta agitadamente, cuando repentinamente despierta sudorosa y asustada por esta pesadilla tan vívida. Escucha aún los platillos, tambores y petardos reventando. Entonces recuerda que hoy es el Año Nuevo chino. Apurada se levanta y camina hasta la puerta del balcón, abre la puerta francesa y el gran bullicio inunda el apartamento. Ella da un paso y queda afuera, la fresca brisa matutina acaricia su rostro y en su cara una sonrisa aparece cuando se da cuenta de que fue tan solo una pesadilla. Mira hacia abajo y los dragones rojo y amarillo bailan alegremente, niños corren por doquier y el jolgorio ruidoso de la gente le hace aplaudir suavemente al compás de los platillos. La pesadilla ha quedado atrás, pero el recuerdo de este sueño premonitorio ha sembrado una duda indeleble en su mente.

Luego, ese mismo día en la tarde, ya pasada la celebración la calle bajo el arco está vacía y la paz habitual ha regresado. Los restos rojos de los petardos ruedan por la calle, a la vez que un ciclista solitario atraviesa la entrada en una flamante bicicleta montañera roja, va en dirección al edificio amarillo. Es Carlos de veintidós años, un joven panameño de origen chino y piel tostada por el sol, vestido deportivamente como ciclista de montaña. Lleva casco y audífonos en los oídos. Al acercarse al edificio toma a la izquierda en la bifurcación de la calle, se detiene frente a la puerta del edificio y desmonta. Entra por la puerta llevando su bicicleta.

Adentro, está en un oscuro zaguán que da por un lado a un patio interior y por otro a una larga escalera de madera. Amarra su bicicleta al desgastado pasamano y sube. La vieja escalera rechina bajo cada paso del muchacho como si se quejara cansada por tantos años de trabajar. Ya arriba está frente a un largo pasillo a manera de balcón, abierto hacia el patio interior que se ve desde lo alto. Abajo una telaraña de sogas de colores de las que cuelgan las ropas recién lavadas de los inquilinos, se mecen lentamente con la suave brisa que se arremolina en este espacio interno. Camina y cada paso que da con sus zapatos de ciclismo retumba en la vieja madera del piso hasta llegar frente una vieja puerta pintada ya muchas veces y que ahora es verde pastel, la cual toca tres veces con los nudillos y luego espera. Mientras, tararea una canción que escucha por sus audífonos. Unos pasitos se escuchan acercarse ligeros sobre el piso desde adentro y luego el sonido metálico de la antigua cerradura. La puerta rechina y se entreabre dejando ver una cadena de seguridad. Una dulce voz de anciana pregunta:

- Eres tú Carlitos?

Carlos se quita el audífono del oído izquierdo conservando el otro en su lugar.

- Feliz Año Nuevo en febrero abuela!

La puerta se vuelve a cerrar rápidamente y se escucha deslizar pesadamente la cadena de seguridad, luego se abre nuevamente. Al abrirse está Rosa, con su dulce expresión y cabello recogido, ahora lleva un precioso vestido chino de seda verde con aplicaciones multicolores, es el bordado de un hermoso pavo real de silueta delgada que con su cola baja y sin abrir camina sobre un prado dorado. Su larga cola deja ver la belleza del diseño de sus plumas mientras lleva la cabeza en alto rematada con tres plumas de rojo carmesí. Carlos besa a la anciana cariñosamente en la mejilla mientras ella sonríe de gusto y los dos se adelantan cerrando la puerta detrás de ellos. Adentro Rosa desaparece tras una puerta a la izquierda que da a la pequeña cocina mientras Carlos de pie en medio, mira alrededor reconociendo el viejo apartamento de su abuela, lugar donde tanto jugó de niño. Quizá buscando un cambio en la decoración, pero aparentemente todo sigue igual a la imagen de sus recuerdos. A la izquierda el comedor de palo rosa donde su abuelo le ayudaba con sus tareas de matemáticas cuando niño. El abuelo, siempre sonriente, la imagen de su cálida sonrisa con su cómico diente de oro permanece en sus recuerdos más queridos. Su vista continúa escudriñando, contra la pared el largo aparador que lleva sobre él la vitrina con la porcelana de la abuela y esa taza de té que a los cinco años dejó caer rompiéndole el asa y que su abuelo le ayudó a reparar con pegamento a escondidas de la abuela, prometiéndole guardar el secreto. A la derecha el bonito juego de sala de palo rosa de tres sillones, en medio del cual hay una mesita laqueada de negro con incrustaciones de madreperla, sobre ella un…bueno, si cambió algo. Hay un sobre rojo bajo el florero de cristal cortado que lleva las acostumbradas cinco rosas rojas que cada tercer día compra la abuela en su caminata al mercado. Junto a la pared la vieja vitrina llena de fotos y recuerdos de la abuela, como pequeñitas ventanas desde donde se puede ver al pasado, que se queda quietecito, quietecito para que podamos verle. Eso decía la abuela cuando le descubría contemplándolas. Entre la sala y el comedor al fondo la puerta francesa que lleva a el pequeño balcón, desde donde todos los Años Nuevos chinos de niño observaba la danza de los dragones.

20

Carlos aspira el eterno perfume de jazmín omnipresente en casa de su abuela y se sienta en la sala mirando hacia el balcón.

- Abuela para que me mandaste llamar?

La anciana sonreída sale de la cocina con una bandeja de galletas y dos tazas de té y poniéndola sobre la mesa se sienta en la salita al lado del joven. Levanta con dificultad el pesado florero de la mesita laqueada, tomando el sobre rojo de debajo.

- Toma Carlitos, tu regalo de Año Nuevo.
- Abuela, no es necesario…
- Tómalo.
- Ya sabes que no creo en…

La anciana lo interrumpe.

- Es para la buena suerte, guárdalo!

Pone el sobre en la mano de Carlos y la cierra tiernamente con las suyas.

Continúan conversando animadamente y entre los relatos de las ocurrencias de Carlos y las risas de Rosa va pasando el tiempo, y luego de dos tazas de té y algunas galletas, Carlos sale por la puerta despidiéndose de su abuela. Atraviesa el portón del zaguán del edificio llevando su bicicleta y el sobre en la mano. Ya afuera el gesto de su cara cambia, como quien luego de un sueño regresa a la realidad y se queda mirando el sobre pensando. Quién puede creer en estas supersticiones de sus antepasados en estos tiempos de celulares e internet. Como si un sobre rojo pudiera determinar el éxito o fracaso de su carrera o los negocios. Si fuera así coleccionaría sobres rojos en lugar de ir a la universidad y fajarse trabajando. Tuerce la boca con un gesto de incredulidad y repentinamente reacciona estrujando el sobre entre sus dedos y lo tira a la acera. Rechazando en esta sola acción siglos de tradición heredada. El sobre rojo hecho una bola rueda hasta la calle donde un carro pasa sobre él rompiéndolo y tres billetes vuelan de él hasta el medio de la calle donde quedan tirados. Carlos monta su bicicleta sin siquiera voltear a verlos. Justo entonces, un orate medio vestido, llevando solo un pantalón chocolate amarrado a la cintura con un pedazo de extensión eléctrica y el torso descubierto, sin zapatos, de cabello y barbas largas y canosas dobla la esquina en dirección a Carlos, que justo monta su bicicleta y comienza a pedalear en dirección a la salida de Chinatown. El orate al ver los billetes tirados corre y se abalanza sobre ellos, al mismo tiempo en que un auto se acerca. Se escucha el fuerte chirriar de las llantas del auto, un segundo de silencio y luego la voz del conductor.

-   Piedrero de mierda! Sal de la calle!

Entonces el indigente riendo, se aleja llevando los billetes en alto mientras corre como loco por la acera dando gracias a Dios por su suerte, hasta desaparecer por la esquina contraria.

En ese momento Rosa regresa a la sala de dejar la bandeja con las tazas y los restos de galletas en la cocina. Camina hacia la puerta francesa que lleva al pequeño balcón para ver alejarse a su querido nieto. Abre la puerta y la fresca brisa marina se mete ligera refrescando la salita. Rosa pone un pie afuera camina hasta el barandal apoyándose con las dos manos. Desde ahí domina por entero la calle y su monumento. Claramente puede ver a Carlos en su bicicleta saliendo del barrio chino. Repentinamente siente un pequeño vahído y aprieta con fuerzas las manos al barandal cerrando los ojos, entonces una imagen se forma en la oscuridad de su vista. Es un oscuro día lleno de nubarrones negros en la cima de una montaña, Carlos se acerca a ella montando su bicicleta cuando golpea con una gran roca y da una voltereta volando por los aires, cayendo por un precipicio y rodando por sus laderas hasta perderse en el fondo. Rosa asustada lucha por abrir los ojos y salir del trance, cuando al fin lo logra. Lentamente abre sus ojos fatigada y cuando busca con la mirada a Carlos, este ya ha desaparecido de la calle.

Ya es jueves por la noche y afuera de la universidad está una linda chica. Delgada, de largo cabello negro ondulado, de pie junto a la entrada. Es Vivian de diecinueve años, con sus libros en mano espera impaciente a que la pasen a buscar. Insistentemente mira la hora en la pantalla de su celular mientras se despide uno a uno de sus compañeros de estudio, que van saliendo y retirándose. Ella mira con preocupación cómo el lugar va quedando desierto, poco a poco todo se torna más lúgubre y desolado. Llama por el celular, pero nadie contesta del otro lado, al escuchar el tono de desvío de llamada al correo de voz, cierra y el disgusto se nota en su cara. Da una patadita nerviosa con sus zapatos de tacón alto con rabia y comienza a caminar por la solitaria acera. Detrás de ella, sin que lo note, de la oscuridad un auto negro aparece doblando la esquina y avanza lentamente hacia ella. Se acerca sospechosamente y una música de rapeo malax acompañada del fuerte sonido de un bajo que proviene del auto corta el silencio, avanza lento hasta alcanzarla. Ella al escuchar el auto voltea sorprendida con cara de susto, pero luego se detiene y sonríe. Desde el auto su conductor, Carlos baja el volumen de la música y le dice sonriendo:

- Adonde va joven? La puedo llevar?

Vivian actuando molesta abre la puerta y entra acomodándose en el asiento, cerrando luego la puerta. Ya adentro los dos conversan.

- Por qué tardaste tanto mi amor? Ya me estaba dando miedo, pensé que tendría que irme en taxi.

Carlos se aproxima cariñosamente e intenta besarla en la boca cuando ella voltea la cara con un gesto de disgusto fingido. Él la besa en la mejilla y sonríe.

- Pasé a recoger la bici al taller y ya conoces a Raúl cuando comienza a conversar. Total, me sacó como cincuenta palos por la reparación del freno trasero, pero quedó como nueva.

El auto acelera y se aleja de la universidad. Atrás lleva un cargador de bicicletas con una reluciente bicicleta montañera roja. Ya en camino, Vivian se acomoda en el asiento y cambia la música poniendo otra más romántica y se recuesta sobre Carlos mientras éste maneja. Él frota la parte interna del muslo de la muchacha con la mano derecha.

- Carlos tenemos que hablar de algo importante...

En eso el auto dobla una esquina por una calle solitaria camino a casa de Vivian cuando dos autos modificados los interceptan rápidamente obligando a Carlos a detenerse. Ella asustada grita y le pide a Carlos que maniobre el auto huyendo, pero éste no responde ni actúa. De los dos autos bajan cinco muchachos en total, con aspecto de maleantes, cuatro se paran frente al auto de Carlos, mientras uno se aproxima hasta la ventanilla del conductor y con los nudillos golpea el cristal, acerca la cara a la ventana y le hace señas a Carlos de que salga. Vivian le ruega que no salga, que estos hombres le van a hacer daño e intenta llamar a la policía por celular. Carlos la detiene y se queda callado observando la situación unos segundos. Un solo poste alumbra la calle con su tenue luz amarilla. Carlos frota lentamente los dedos índice y medio de su mano izquierda sobre sus labios decidiendo qué hacer mientras observa a los maleantes afuera.

- No te preocupes, todo está bien. Yo arreglo esto.
- Por favor, no salgas!
- Tranquila! Ya vuelvo.

Él sale del auto y camina lentamente hacia los maleantes mientras el tipo lo sigue. Afuera Carlos al acercarse al grupo comienza a gesticular con los brazos mientras habla con el que parece ser el cabecilla del grupo. Blod, es un moreno delgado, alto con aspecto de hípster, es el cabecilla de esta pequeña pandilla de maleantes urbanos de quinta categoría, que se dedican a la venta de droga al por menor en los barrios de clase alta de la capital, pero ahora aspira a subir de rango en las filas del narcotráfico y para eso tiene que congraciarse con su jefe. Desde dentro del auto, Vivian observa todo como quien ve cine mudo sin subtítulos, sin comprender qué pasa.

- Xopa Blod! Te dije que no me interesa tu deal!
- Wapin? Primero disque eras de verdad y ahora te corres? Ya teníamos un acuerdo, no te puedes echá pa'trás ahora.
- Eso no es cierto! Nunca accedí a tus planes.
- Qué pasó varón! Hay búca plata de por medio.
- Puede ser, pero no vas a perjudicar a mi viejo. Así que vamos a dejarlo ahí y todo cool. (enseñándole el puño en señal de amistad)
- Te doy un día pa'que cambies de opinión, sino te voy a buscá y yo sé por dónde andas huevón. Te voy a conseguí.

Señalando a Carlos con el índice a manera de pistola en posición horizontal.

A Blod le encantan las carreras de autos a medianoche en el corredor, donde pierde mucho de su dinero mal habido en apuestas. Así que espera de esta forma impresionar a su jefe y así poder reclamar un mayor pedazo del pastel. Para costear su afición por los vehículos modificados. Le ha puesto la mira a Carlos y piensa que si lo presiona lo suficiente logrará conseguir que éste por miedo, acceda a sus exigencias de incluir una carga extra en los contenedores que la compañía de su padre manda a Europa con frutas tropicales. Su idea es sacarle a un buen número de las piñas y melones lo interno y reemplazarlo con polvo blanco que pasaría desapercibido entre las miles de frutas, por su olor y textura. Lo que no sabe él, es que Carlos no será un hueso fácil de roer.

Vivian desde dentro del carro solo ve como gesticulan discutiendo y luego el grupo de maleantes se sube rápidamente a los autos y parten tan rápido como aparecieron. Quedando Carlos solo bajo la luz del poste, camina de regreso al auto y entra. Le tiemblan las manos y está sudando frío. Ella le pregunta qué sucedió y él solo le responde que un asunto de negocio, que no se preocupe. Arranca el auto y sale rápidamente, siguen su camino en un incómodo silencio hasta la casa de Vivian, donde se despiden y la deja en la acera sin pasar a dejarla como acostumbra. Ella se queda mirando el auto partir con preocupación. Luego Carlos llega a su casa, estaciona el auto y se deja caer sobre el timón, ya está cansado del acoso de este maleante, pero tiene que tratarlo con cuidado pues ese tipo es capaz de cualquier cosa. Luego se incorpora y da con el puño en el tablero. Sale del auto, camina hasta la parte trasera y desmonta la bicicleta roja que lleva rodando hasta la puerta y la mete a la casa, al entrar la puerta se cierra.

Al día siguiente, viernes. Carlos vestido de saco y corbata sonreído entra al negocio familiar. Una empresa de importación y exportación de productos agrícolas. La recepcionista lo saluda amablemente a su entrada y le informa que su padre lo espera en su oficina. Su sonrisa cambia por un gesto de seriedad y él a su vez le pide a la joven que nadie les interrumpa. Camina por un pasillo y entra por una puerta a su oficina. Al abrir la puerta se encuentra a su padre sentado en su escritorio con una taza de café.

- Hola hijo. Cómo van esos estudios?
- Algo complicados pero bien.
- Ya terminaste la consolidación de la carga de piñas y melones para Alemania?
- Sí. Por qué lo preguntas?
- Ya sabes cómo son de estrictos y no queremos perder ese negocio.

Este año el fenómeno del Niño ha afectado las cosechas y la calidad y tamaño del producto no ha sido la mejor, pero se ha seleccionado lo mejor para la exportación al mercado alemán y esperan que con este negocio puedan salir de los números rojos y tener ganancias. El resto del día trascurre rápido entre llamadas y papeles. Carlos trabaja en el día en la compañía de la familia y estudia en la universidad al anochecer. Pero, ya es viernes por la noche así que se siente el ambiente de fin de semana en la universidad. Carlos no tiene planes para hoy, pero espera con ansias la mañana de sábado que es su momento favorito, así que pasa a buscar a Vivian a la Universidad y la lleva a casa como de costumbre.

En ese preciso momento de la noche en otro lugar de la ciudad una reunión está por realizarse. El carro modificado azul eléctrico de Blod circula a toda velocidad por el Corredor Sur rumbo a la 24 de Diciembre. Va seguido de cerca por los autos de sus secuaces, uno negro y el otro gris. Pasan como bólidos bajo el puente que hay en la intersección con la Vía Tocumen, que marca el final del corredor, pero ellos como dueños de la vía no disminuyen nada la velocidad. La calle está desierta y solo hay movimiento detrás de las barreras que protegen a los trabajadores y equipos que construyen la línea dos del Metro de Panamá. Pasan volados en fila de a uno y continúan hasta llegar a una oscura calle. Bajan ruidosamente la velocidad haciendo chirrear las llantas y levantando una nube de humo entran en la calle. Como ésta es de tierra y sus carros arreglados muy bajos y relucientes de limpio, bajan aún más la velocidad. Van despacito esquivando los hoyos para no dañar los spoilers y otras modificaciones de carrera que le han hecho a las carrocerías de sus vehículos. Es un solitario camino que se va internando en el monte hasta perderse entre los herbazales. A la distancia se ve una lucecita amarilla. Al acercarse a ella, esta se va haciendo más grande hasta llegar a un gran muro de concreto, esa luz amarilla es la única que ilumina el exterior del portón de entrada hecho de hierro de grueso calibre. Los carros se detienen justo en frente del portón y Blod se baja del auto. Junto al portón en la pared hay un intercomunicador con cámara. Él presiona el botón y espera mientras sus secuaces continúan dentro de sus autos. Una voz grave suena en el intercomunicador.

- Habla y te salvas!
- Soy Blod, vengo a hablar con Don Silvino.
- Esperate ahí y quiten esos fucking carros del frente del portón!

Blod se voltea hacia sus secuaces y les indica que estacionen los vehículos a un lado del camino sin obstruir el portón. Luego suena la voz de nuevo en el aparato.

- Entra, pero sólo tú. Esos huevones gonorreas que esperen afuera!

Entonces se deja oír un zumbido y el portón comienza a deslizarse sobre sus rieles abriendo, antes de llegar a la mitad se detiene, Blod camina entrando y desaparece detrás del mismo en medio de la oscuridad. Afuera los otros esperan fumando y conversando animadamente sobre carreras de autos. Tan pronto como Blod se encuentra adentro, de detrás del portón aparece un hombre blanco con pantalón de mezclilla, camisa de cuadros negros y sombrero paisa, llevando un arma de repetición corta, le habla con acento colombiano.

- Camine hermano que hoy anda de suerte, esta vez no le vamos a hacer nada a su merced.

Blod que ya conoce el camino va por las marcas que los autos del lugar han dejado en la grama. Llega a una gran casa de un solo nivel con pisos de arcilla en los portales y ventanales de vidrio. El techo cuidadosamente trabajado con penca sintética. Frente a la casa hay dos Chevrolet Suburban negros estacionados. El escolta entonces le da un empujoncito con el arma.

- Por el caminito de cemento hermano, que el patrón está atrás.

Blod mira alrededor e identifica un camino hecho de pasos de cemento que da la vuelta a la casa y se dirige a su parte trasera, camina sobre él y al llegar atrás hay una gran piscina de aguas azules, algo grande se mueve en el fondo. Repentinamente de la superficie emerge Don Silvino chorreando agua. Es un hombre de aspecto bonachón, con prominente panza, pecho y espalda peludos, cabello y bozos canos, un poco largos y una barba de dos días. Se escurre con las manos el agua de la plateada cabellera dejando ver un gran reloj Rolex de oro en su muñeca izquierda y varios anillos de oro macizo en los dedos de ambas manos, con una gran sonrisa mira a Blod.

- Qué pasó negrito! Hazte para acá.

Entonces camina lentamente dentro del agua hasta la esquina cercana a el portal, toma un sombrero paisa que está en la esquina al borde de la piscina y se lo pone, luego se tuerce los pelos del bigote hacia arriba y sonríe nuevamente acomodándose en el hueco de la esquina como oso rascándose la espalda con un árbol y le hace señas a Blod con la mano.

27

– Ven negrito siéntate aquí. Quieres tomarte algo? Qué pasa carajo! Tráiganle algo de beber al parce!

Blod se sienta en el piso con las piernas cruzadas al lado de la esquina donde está Don Silvino acomodado. Silvino voltea la cara con su bonachona sonrisa y extiende el brazo mojado sujetando a Blod por el hombro.

– Este es mi muchacho! Qué? Ya mi mercancía se va para Alemania…no?

Entonces mirando serio a su guardaespaldas al mismo tiempo que señala con el índice derecho a Blod.

– Este muchacho si es de verdad! No como esos malparidos amigos tuyos que nos fallaron la vez pasada!

Blod baja la cabeza y se la frota con la mano derecha como buscando la mejor manera de explicar la situación mientras Don Silvino pone gesto de curiosidad al ver su actitud.

– Bueno Don Silvino. Ya casi convencí al chino para que coopere, pero...

En un segundo la sonrisa bonachona de Don Silvino desaparece y su cara comienza a tornarse roja, pequeñas venitas rojas comienzan a crecer en el blanco de sus ojos y suelta a Blod apartándolo. Deja su cómoda posición en la esquina da dos pasos hacia atrás, se voltea hacia Blod y revienta un manotazo sobre la superficie del agua haciendo salpicar chorros por doquier. Blod queda bañado y el agua escurre por su cara cuando el hombre furioso se acerca al borde de la piscina mirando fijamente a los ojos a Blod que palidece haciéndose chiquito.

– Mira, no tengo tiempo para estas pendejadas! Agarra a ese hijueputa malparido chino y dile a su papá que si no nos colabora, se lo mandamos picadito como carne para chow mein.

Blod callado solo asiente con temor. Si este viejo se enoja más es capaz de mandarlo a matar ahí mismo. En eso se acerca uno de los guardaespaldas con el trago para Blod y se lo ofrece, él tímidamente lo toma y no se atreve a beberlo.

- Toma tu trago! Que no se diga que soy un mal anfitrión. Además no es bueno que se desperdicie un buen aguardiente, jajaja!

Al rato los hombres de Blod que esperan afuera oyen el fuerte zumbido del portón que comienza a moverse nuevamente, vuelve a abrirse y ante la curiosidad de los maleantes Blod aparece caminando todo mojado y con cara de preocupación. El portón se cierra detrás de él inmediatamente y se acerca a sus compañeros que lo interrogan respecto a la reunión. Blod los pone al tanto.

- La vaina está jodida. El jefe quiere secuestrar al man y presionar al papá para que colabore.

Luego en silencio todos se suben a los autos y tan despacio como llegaron se van retirando en fila de a uno.

Horas después, amanece y por fin es sábado! Carlos sonríe al abrir los ojos esta mañana. Su entusiasmo ha dejado atrás el recuerdo de su nefasto encuentro con Blod, ese maleante de pacotilla!

Sale de la cama de un brinco y entra al baño, se lava la boca rápidamente y entra a la regadera. Luego, en menos de lo que canta un gallo está vistiéndose con su ropa deportiva de ciclismo de montaña. Sentado en la cama, mira alrededor hacia una esquina en la que hay tres cascos de ciclismo de montaña y los inspecciona decidiendo cual usará hoy, toma uno y lo lleva bajo el brazo. Baja las escaleras rápidamente y se dirige a la cocina a desayunar, luego sale rumbo a la puerta. En el recibidor, al lado de la puerta lo espera su flamante bicicleta roja ya lista para el paseo. Anoche la limpió, aceitó y ajustó los frenos. La toma por el manubrio y antes de salir se mira en el espejo del recibidor. Al hacerlo observa una nota en la esquina superior derecha del espejo.

"Carlos, llama a tu abuela. Dice que es importante"

Carlos se queda mirando la nota pensando, qué podría querer su abuela exactamente en este momento? Nada que no pueda esperar hasta la tarde! Entonces tuerce la boca, se encoje de hombros y toma la bicicleta, sale llevando su casco y una mochila de ciclista. Camina hacia la parte trasera de su auto y cuidadosamente acomoda la bicicleta en el cargador. Se cerciora de que está bien amarrada y luego entra al automóvil.

En pocos minutos abandona la ciudad y maneja por la autopista al puente Centenario que cruza sobre el Canal de Panamá, pero justo antes de llegar a éste, toma la salida a la derecha por un angosto camino de dos vías que atraviesa la densa vegetación del área protegida que bordea las riveras del Canal. El verde en una explosión de todos sus tonos imaginables rodea el camino. Pasa luego por debajo de un puente del ferrocarril y del otro lado un poco más adelante, gira a la izquierda en dirección a Gamboa. Continúa por esta carretera construida hace mucho por el ejército americano, pasando frente al Parque Summit, baja la velocidad y un poco más adelante gira a la derecha llegando a su destino. Para su sorpresa hoy es el primero en llegar al trillo de Cocoa Plantation, un viejo camino de piedra que antiguamente daba acceso a una plantación de cacao y que ahora es uno de los paseos preferidos de los aficionados al ciclismo de montaña. Llegar de primero en una fresca mañana, no le molesta ya que así hay más oportunidad de ver algún animal silvestre y disfrutar de la paz del lugar. El viejo camino de piedra atraviesa la espesa jungla panameña donde grandes árboles luchan entre sí por abrirse al sol. Bajo ellos a su sombra están los vestigios de una antigua plantación de cacao reclamada por la selva. A lo lejos se escucha el rugir de los monos aulladores. El camino y las plantas aún están húmedas por la lluvia de ayer y la neblina matutina está en el ambiente. Hoy solo unas zapatillas enlodadas pedalean con esfuerzo los pedales de una bicicleta roja y una fuerte respiración se escucha. Es Carlos escapando de sus conflictos y problemas. Así pedalea disfrutando del lugar. Se detiene en un pequeño mirador desde donde se puede ver un riachuelo que cae en cascada sobre tres ollas esculpidas en la roca. Descansa un poco y sigue su camino, a lo lejos se escucha el rugir de un grupo de monos aulladores. El trillo está flanqueado a los lados por viejos árboles de cacao con algunas frutas ya amarillas. Se detiene junto a una mesa y bancas de picnic pintadas de verde que alguna vez instaló la ANAM y aún sobre la bicicleta con un pie sobre la banca, bebe agua de su mochila de hidratación mientras observa la espesura de la jungla. Emprende nuevamente el camino. A su derecha grandes árboles cuyas copas mantienen sombreado el camino y son el albergue de pájaros exóticos, a la izquierda un profundo barranco tupido de árboles cuyas raíces están descubiertas y al fondo un riachuelo que discurre cantarinamente. Carlos pedalea, ya casi llega a la mitad del camino, al llamado Pajonal, el punto más alto del recorrido. Un claro en medio de la jungla cubierto de paja canalera, el único lugar donde hay señal de celular antes de internarse nuevamente en la jungla hasta el final del camino donde topa con el antiguo Camino de Cruces español. Al llegar al Pajonal baja la velocidad, esta paja canalera es una hierba alta de largas hojas que corta si las rozas hacia afuera de la planta. Al llegar al punto más alto, repentinamente suena un fuerte tono de celular insistentemente, interrumpiendo la paz del lugar, Carlos molesto detiene su marcha y registra dentro de su mochila hasta sacar su celular y revisa la pantalla, es un mensaje de texto.

En la pantalla está la foto de Vivian junto a un mensaje de texto:

- Mi amor tenemos que hablar, la prueba salió positiva. Nos vemos en el paseo a Cocoa Plantation en la tarde?

Carlos enloquece de rabia, desmonta y avienta la bicicleta estrellándola en el suelo, camina en círculos, se detiene y mirando al cielo grita:

- Qué voy a hacer ahora? Chucha madre! Todo es un fucking problema!

Se sienta al borde del camino intentando calmarse y poner en orden sus pensamientos. Ya habiendo recuperado la compostura decide regresar, recoge la bicicleta de donde cayó, sin percatarse de que el cable del freno trasero está casi roto por el golpe y pende de tres hilos. Cierra los ojos e inspira intentando llenarse de la paz que reina en el ambiente. Al espirar abre los ojos y mientras lo hace mira a la espesura de la jungla, cuando distingue algo raro moverse, hombres moviéndose junto al herbazal. Uno de los hombres se detiene mirando en su dirección y al descubrirlo hace señas a los otros.

- Allá está Carlos!

Sacan sus armas y salen de la espesura corriendo en su dirección. Carlos no alcanza a comprender lo que sucede hasta que reconoce la cara de Blod y sus hombres y el brillar de los grandes revólveres que llevan en las manos.

- Mierda! Es Blod y su gente que vienen por mí.

Carlos entonces monta la bici y corre de regreso como alma que lleva el diablo para salvar su vida. Los maleantes al verlo huir, sacan sendas bicicletas que ocultan en el matorral y emprenden la persecución. Lo siguen muy de cerca por el trillo y Carlos pedalea lo más fuerte posible ya casi los ha dejado atrás, corre bajando desenfrenadamente una loma

31

pedregosa a toda velocidad, esquivando huecos, saltando y derrapando en las curvas. La mirada fija en el camino, solo se escucha el sonido de las bicicletas rebotando entre las piedras y el aleteo de algunas aves que huyen despavoridas por el ruido. De repente por el rabo del ojo ve algo que le distrae y por una fracción de segundo, mira al fondo del barranco a su derecha y ve a una persona que huye corriendo desesperadamente entre las piedras del riachuelo llevando ropa holgada, un sombrero cónico chino y larga trenza. Con la urgencia del camino y la velocidad regresa inmediatamente la atención y la vista al trillo, pero esta distracción le ha quitado tiempo precioso. En frente, hay una curva muy cerrada y la velocidad es mucha, aprieta el freno trasero para bajar la velocidad, pero no pasa nada. El cable del freno trasero se termina de romper y entra muy rápido en la curva perdiendo el control. Sale volando por los aires y cae al barranco mientras la bicicleta golpea contra unos arbustos y va a parar al otro lado del camino. Carlos rueda descontroladamente rumbo al fondo del barranco, sus ojos solo alcanzan a ver alternadamente las copas de los árboles y luego el barro y las raíces mientras desciende golpeándose entre las ramas, raíces y piedras. Al detenerse queda tirado junto al riachuelo boca abajo e inconsciente detrás de una gran piedra llena de musgo que lo oculta.

Al abrir los ojos solo distingue el suelo cubierto de hojas, las raíces retorcidas y junto a él la gran roca cubierta de abundante musgo verde. Arriba, escucha a los hombres de Blod que todavía le buscan infructuosamente entre la maleza, sin ver movimiento alguno pasan de largo mientras Blod se queja.

- Te lo dije idiota! Ese man no se nos puede escapar! Secuestrándolo a él, el viejo hará lo que le pidamos y nos echamos a Silvino al bolsillo. Por aquí tiene que estar... busquen!

Buscan un rato más entre la maleza cuando uno de ellos desde el otro lado del camino grita.

- Hey! Creo que cogió por allá, mira la bicicleta!

Luego se alejan del lugar buscando en dirección hacia donde yace la bicicleta roja destrozada. Mientras, Carlos en el fondo del barranco con una expresión de dolor en su cara, trata de incorporarse trabajosamente cuando un punzante dolor lo hace caer nuevamente y ve su pierna derecha rota bajo la rodilla. El dolor es insoportable, gracias a Dios el hueso no está expuesto.

Mira alrededor y entre la vegetación del otro lado del riachuelo ve una cueva oculta entre las raíces de un gran árbol, sabe que tiene que ocultarse o lo encontrará Blod. Toma un pedazo de rama rota del suelo y utilizándola como apoyo logra arrastrarse poco a poco hasta la cueva. Una rara niebla cubre la entrada, quizá remanente de la neblina matutina o por la humedad interna de la cueva. Carlos se acerca y logra cubrirse tras la entrada de la cueva atravesando la extraña niebla y cuando queda adentro, todo está claro de nuevo, adentro del oscuro espacio hay un haz de luz que se cuela desde el techo, cayendo sobre un hombre que está sentado frente a él sobre una roca en medio de la cámara de la cueva. Reconoce su atuendo, es el mismo a quien vio correr huyendo por el riachuelo. Es la visión que le distrajo mientras huía en bicicleta. El hombre está sentado con la cara apoyada en sus manos cubriendo sus ojos y tiembla cual cervatillo asustado. Sus pies desnudos ensangrentados de tanto correr y su pantalón mojado. El hombre viste una camisa azul holgada al estilo chino antiguo, en la cabeza un sombrero cónico del que asoma por detrás una larga trenza. Si no fuera porque lo está viendo pensaría que ha salido de algún libro de historia. Le pide ayuda y éste no contesta, entonces toma la rama rota y la usa para poder arrastrarse hasta él. Al acercarse nota que éste tiene la camisa ensangrentada al igual que las manos que cubren su cara. Se pregunta si habrá sido atacado por sus perseguidores también. Pero eso no importa ahora, el peligro es inminente para los dos y tienen que salir de aquí con su ayuda. Quizá entre los dos puedan salir de este problema y escapar. Lo toma del hombro.

– Busca ayuda!

El hombre no responde ni se mueve, se cubre la cara mientras tiembla de miedo. Carlos se arrastra hasta frente al hombre para poder verle a la cara, está ensangrentado, de su cuello pende un collar de cuero con un gran colmillo. Entonces le toma del antebrazo izquierdo y tira de él quitándole la mano de la cara y le grita.

– Busca ayuda!

Con lo cual el hombre baja las manos y gira la cabeza hacia él, levanta la cara y lo mira fijamente desde el negro profundo de sus ojos. Es Huan, un muchacho chino de quince años, vestido a la usanza de los trabajadores culíes del año de 1,854. Su cuerpo maltratado por el trabajo pesado y la piel quemada de sol y sus ojos, sus ojos! En ellos, una oscura profundidad... y en ella un dragón negro se retuerce. El chico está aterrorizado y al momento de cruzarse sus miradas Carlos siente en carne propia todo ese terror del muchacho antes de caer desmayado. Emprendiendo así un viaje mágico por la vida de este misterioso personaje de otros tiempos que ha coincidido con él en este mágico lugar. Carlos yace tendido inconsciente a los pies de Huan...

XIAOMEI

Es 1,854, en una pequeña aldea agrícola en las afueras de Cantón, un grupo de muchachos juega en un solar a la vera de un camino de tierra. Es un pedazo de tierra roja polvorienta rodeada de árboles que sirve de parque de juegos. Detrás de un árbol al fondo, un par de muchachos desaliñados con trenzas mal peinadas y las ropas sucias, escondidos, luchan contra el viento para encender un arrugado cigarrillo con su último fósforo. Son Tang1 y Tang2 de quince años, dos gemelos malandrines tan parecidos que sus padres no se molestaron en nombrarlos individualmente, siempre llevan las ropas sucias y el pelo revuelto. Tang1 es el mandón e inventor mientras Tang2 se caracteriza por apoyar y repetir las ocurrencias de su hermano. Por fin logran encender el cigarrillo y toman turnos para chupar y expeler grandes bocanadas de humo. Luego se asoman viendo al grupo de muchachos que juegan en el solar con una pelota de trapo e identifican a uno, Huan de catorce años, un muchacho delgado vestido humildemente, pero limpio y con su trenza perfectamente tejida. Lo llaman repetidamente y cuando éste voltea a verles le hacen señas de que venga junto a ellos, él con curiosidad deja de jugar y corriendo se les acerca. Al llegar detrás del árbol Tang1 le enseña el cigarrillo encendido y chupa una gran bocanada expulsándola, luego se lo pasa a Tang2 que hace lo mismo echándole el humo en la cara.

- – Fuma o es que no sabes?
- – O es que eres marica y no puedes?

Huan sintiéndose retado, toma el cigarrillo y lo chupa expulsando el humo y tosiendo al sentir el humo en su garganta. Los Tang ríen a carcajadas al verlo toser.

Mientras al otro lado del camino, frente al solar alguien lo busca. Su abuela Xiaomei, una anciana china delgada de más de setenta años, un poco encorvada y con una dulce cara temperada por el tiempo y las grandes limitaciones que ha sufrido a lo largo de su vida. Es una mujer de apariencia endeble, pero aún tiene mucha fuerza para atender las labores diarias. Desde que su marido murió cuando joven dejándole un pequeño pedazo de tierra de labranza y un hijo en la barriga, ella ha luchado siempre para salir adelante. Es ese pedazo de tierra de labranza su orgullo y único tesoro que algún día heredara a su hijo y luego él a su nieto Huan.

Ya está anocheciendo y la vieja señora camina alrededor de la casa llamando insistentemente a su nieto Huan. Frente a su casa en el solar los niños juegan indiferentes.

–   Huan ven a casa! Ya anochece y te va a llevar el Dragón Negro!

Entonces Huan aún detrás del árbol con el cigarrillo en la mano, escucha la voz de su abuela. Con cara de susto tira el cigarrillo al piso y sale corriendo, dejando atrás a los malandrines Tang y uniéndose nuevamente al grupo de niños que juega a la pelota. Xiaomei lo ve al borde del camino jugando con los otros niños y camina hasta la esquina del terreno llamándolo y haciendo señas con la mano.

–   Huan! Huan! Ven que ya es tarde, ya está anocheciendo. Te va a llevar el Dragón Negro!

Huan ve a su abuela y suspira, deja de jugar y baja la cabeza caminando hacia ella. Los otros niños ríen y lo molestan a medida que camina, gritándole repetidamente.

–   El Dragón Negro te va a morder el culo…jajaja!.

Huan camina lentamente hasta la entrada de la granja donde lo espera Xiaomei mientras los niños de lejos aún se siguen burlando y haciendo gestos.

–   Abuela, cuando me llames no digas eso del Dragón Negro por favor, que se burlan de mí.
–   No me importa que se burlen, cuando el Dragón Negro se los lleve a ellos, llorarán lágrimas de sangre y se acordarán de mis palabras. Entra hijito, que no te importe lo que dicen.

Los dos caminan conversando hasta la parte trasera de la casa. Una pequeña casa de madera y bambú que ocupa orgullosa el frente de la pequeña granja. Es chica a pesar de que hay terreno suficiente para una más grande. El difunto abuelo Han, su difunto esposo, en vida siempre dijo que la casa debe ser pequeña para no dar espacio a la holgazanería, que el hombre debe estar afuera trabajando en la tierra y la mujer cuidando la casa y los animales.

Pronto termina de anochecer y la oscuridad cae sobre la granja. La familia junta sentada a la mesa cena a la luz de una vieja lámpara de aceite. Kun de treinta y cinco años y Wei de treinta, los padres de Huan,

36

comentan felices sobre la cosecha de este año. Desde hace mucho tiempo no habían tenido tanta suerte, la tierra ha producido más que nunca, la puerca ha parido doce puerquitos y las gallinas ponedoras están produciendo mucho. Kun con una gran sonrisa comenta.

- Este año la granja ha producido para nosotros y hasta para vender. El destino nos ha favorecido.
- Pronto podremos agrandar la casa y hacerla más cómoda.

Contesta Wei. A lo que Xiaomei interviene.

- Pero, no pensemos en derrochar, recuerden que hay que guardar para la escuela de Huan.
- Si madre. Habrá para eso y más, ahora hay que descansar.

La familia conversa un poco más y al rato la luz de la lámpara se apaga quedando todo oscuro y en silencio. Todos sueñan con buenos tiempos de abundancia.

Al día siguiente el sol despunta y se abre la puerta trasera de la casa rechinando, de ella aparece la abuela Xiaomei, se estira hacia el cielo y abre los brazos al sol como quien quiere abrazar la inmensidad y los cierra aplaudiendo tres veces.

- Viejo Han gracias por este regalo. A mi hijo y a los hijos de sus hijos nunca les faltará comida que llevar a sus bocas, esta es una buena tierra.

Todos los días repetía lo mismo al salir de casa en la mañana, recordando los días de hambre que pasó en su juventud cuando su familia no tenía tierras y vivían del trabajo de su padre como jornalero, después del fatídico accidente. Ella entonces se queda mirando a lo lejos y su mente vuela remontándose en el tiempo hasta su infancia.

Cuando Xiaomei tenía cinco años, su familia vivía junto al río Li, en una aldea de pescadores situada en un hermoso recodo del río. La choza de su familia era pequeña pero muy bonita y su madre cuidaba a diario del jardín. Cultivaba coloridas flores que Xiaomei tejía a manera de corona y ponía en su cabeza jugando a ser princesa. Su padre se ganaba la vida pescando, todos los días salía en su barca de bambú con su grupo de cinco hermosos cormoranes negros entrenados. Xiaomei sonríe con los ojos cerrados al recordar la imagen de su padre sobre la parte trasera de la barca, de pie, guiándola, mientras en la parte delantera las cinco aves con las alas abiertas disfrutan del paseo hasta llegar al lugar preferido de pesca. Eran tiempos felices y a su padre le encantaba su oficio. La pesca era abundante y los pescados se vendían muy bien. Cuatro de los cormoranes eran muy trabajadores y siempre traían grandes peces, lo cual su padre recompensaba al final del día. El quinto cormorán que ella había nombrado Pao era un bribón y solo pescaba peces chicos que intentaba tragar en vez de entregarlos. Como es sabido a los cormoranes de pesca se les ata un cordel al cuello para evitar que traguen los peces y así regresen a la barca a entregarlos. Luego al final del día se les premia con los peces más pequeños como alimento. Pero, Pao no era tonto e intentaba comer él primero. Cuando sus compañeros regresaban con grandes peces en el pico, Pao solo traía pequeños pececillos que se negaba a entregar.

A veces su padre le permitía a Xiaomei acompañarle a pescar, para lo cual él había diseñado un interesante artilugio flotador que en caso de caer Xiaomei al agua, la mantendría a flote. El hombre a pesar de no haber estudiado era industrioso e inventivo. Tomó un tronco de bambú como de dos pulgadas de grueso y cortando varios segmentos del mismo de manera que las cámaras internas permanecieran herméticas hizo seis pequeños flotadores. Que luego cuidadosamente amarró juntos en posición vertical entrelazándolos con dos cuerdas, una en cada extremo de las cámaras. Siempre antes de subir Xiaomei a la barca su padre procedía a la ceremonia de instalación del flotador y las rigurosas instrucciones en caso de que cayera al agua, mientras ella miraba al cielo molesta y se quejaba de lo ridícula que se veía con semejante armatoste que le hacía ver como un barril con patas.

- Un barril sí, pero un barril que flotará…jajaja!

Le decía su padre. Ella recuerda también cómo si las escuchara, sus constantes quejas por culpa del sinvergüenza de Pao. Uno de esos días en que Xiaomei lo acompañó, su padre tomó la decisión de poner punto final a sus problemas con el obstinado cormorán. Antes de salir tomó a cada una de sus cuatro buenas aves y les acarició agradeciendo su buen trabajo. Al llegar el turno de Pao, se puso serio, lo tomó y le dijo.

- Pájaro testarudo! Hoy es tu día. Si no pescas algo que valga la pena, te daré de alimento a los gatos.

Entonces con el filo de la mano le frotó el cuello simulando un cuchillo. Ese día, como de costumbre las primeras cuatro aves iban y volvían trayendo peces, pero Pao hace rato no aparecía. Desde que se sumergió la primera vez no volvió a aparecer. Cuando fue tiempo de regresar, el pescador con tristeza se preparaba para emprender el regreso dando por perdida a la traviesa ave. Xiaomei lloraba desconsolada la desaparición de Pao, cuando… Del agua repentinamente salta el pájaro bribón y cae parado con las alas abiertas en la proa de la barca. Al verlo Xiaomei bailaba de júbilo y el pescador se rascaba la cabeza sonriendo con curiosidad mientras lo observaba. Qué trae ahora este animal en el pico? Se acerca a verle y ahí está Pao, parada con las alas abiertas orgullosamente y una cosa blanca en el pico semejante a un colmillo. Al acercarse el pescador, el ave escupe el objeto entregándolo. Es un gran colmillo blanco con un hoyuelo en la base. Podría tener algún valor, pensó el pescador cuando lo observó con detenimiento, lo guarda y emprende el regreso mientras se dirige al ave.

- Comida de gato! Desde hoy ese es tu nombre, comida de gato!
- No papá, no lo mates por favor!

Al llegar a la aldea, su padre como de costumbre guarda a los cormoranes en su jaula, pero hoy a diferencia de otros días, pone al bribón de Pao solo en una jaula aparte. Xiaomei recuerda su tristeza al pensar que su padre mataría a Pao por su desobediencia y falta de trabajo. Para ella todas eran sus mascotas y en especial esta que a pesar de sus travesuras se había ganado su corazón. Ese día Xiaomei acompañó a su padre al puesto de venta donde este ofrecía la pesca del día, los aldeanos iban y venían de compras por el mercado al aire libre y los pescados de su padre se habían vendido todos excepto un gordo pescado de ojos saltones que todos despreciaron y que comenzaba a oler raro. Cuando se escucha el ruido de muchos cascabeles acercarse, la pequeña Xiaomei curiosa se estira poniéndose de puntillas para observar que pasa y cuando logra atisbar, es el Chamán del pueblo que se aproxima caminando trabajosamente. Un anciano ermitaño con ropas raídas y largas barbas, su trenza de cabello muy escasa y blanca que sobresale de debajo de su raro sombrero, hecho del caparazón de una tortuga con cornamentas de venado a cada lado de donde cuelgan decenas de cascabeles suspendidos de cordones de colores. Siempre lleva en el bolsillo de su camisa una verde rana con ojos rojos que asoma la cabeza y constantemente hace el sonido que ellas hacen. Cri, cri, criii!

Este hombre es respetado en la aldea por sus grandes conocimientos de botánica y los buenos consejos que sabía impartir. Al acercarse el Chamán, este fija su vista en el gordo pescado y pincha con el dedo pulgar su ojo mientras se dirije al pescador.

- Bonito pescado para una sopa.
- Si señor. Casualmente le he llamado con el pensamiento. Usted es un hombre sabio y necesito de su opinión.
- Qué problema te atormenta buen hombre?

Xiaomei que apenas alcanza a ver sobre el puesto de pescados, permanece callada escuchando con atención mientras su padre le cuenta todo lo ocurrido con el cormorán al viejo. Al final del relato su padre saca del bolsillo el gran colmillo blanco y lo muestra al Chamán. El anciano lo toma con su mano temblorosa y lo examina con minuciosidad, lo mira contra el sol, lo huele, lo lame, lo mete a su boca y lo saborea cual hueso de pollo unos segundos y luego lo saca y sosteniéndolo entre el índice y el pulgar lo vuelve a mirar. Entonces mira fijamente al pescador pelando los ojos, luego cierra lentamente el ojo derecho y mirándolo fijamente con el otro le dice.

- Es un Colmillo de Dragón! Un talismán valioso, guárdalo que un día te salvará la vida.

Le toma la mano al pescador y pone el colmillo en su palma. El pescador agradecido obsequia al viejo con el pescado que le había gustado y guarda feliz su talismán. Luego de haberse deshecho del último de los pescados Xiaomei y su padre regresan a casa. Ella canta feliz mientras camina porque su pájaro preferido se ha salvado de morir. Llegan a casa y ella va a ver al ave enseguida. Se arrodilla frente a su jaula y le dice que se ha salvado sonreída. En eso su padre camina frente a ella, extiende la mano y toma la jaula donde está el ave y continúa caminando. Xiaomei llorando le suplica que le perdone la vida a Pao, que ya le ha dado un regalo valioso como ha dicho el Chamán. El hombre, serio le toma de la mano con su mano libre y la lleva consigo. Caminan por un solitario sendero hasta un bosque de bambú río arriba, Xiaomei no quiere ver lo que su padre le hará a el pobre Pao y va llorando cubriéndose los ojos. Se detienen en un paraje desolado junto al rio y se sientan en las piedras de la orilla en silencio. El pájaro en su jaula, el pescador en una piedra y la niña en otra más pequeña, mirando al río tristemente el hombre murmura.

- No puedo hacerlo frente a las otras aves.

Xiaomei brinca de una vez y se arrodilla junto a su padre tomándole del brazo mientras suplica.

- No la mates por favor! No merece morir.
- Niña tonta! Por qué habría de matarla? Lo que no puedo hacer frente a las otras aves es liberarla. Porque entonces ya no querrían pescar más.

El hombre se levanta y abre la jaula que descansa en el suelo. Entonces Pao desconfiado da tres pasos afuera y se detiene mirándolo incrédulo. Luego cuando se ve libre corre y sale volando a ras del agua hasta el otro lado del río. El hombre se da la vuelta haciendo una venia en dirección a Xiaomei y en ese justo momento Pao regresa volando sobre su cabeza y le propina dos picotazos para luego desaparecer entre las ramas de los bambús.

- Ya verás pajarraco! Pronto le crecerán las plumas y podrá volar bien. Vamos, que ya es hora de regresar.

Toma a la niña, la levanta en alto y la sienta en sus hombros. Van de regreso conversando animadamente.

Un día mucho después llegó un gran lagarto al río. Ese día como de costumbre los cormoranes de su padre se lanzaron a pescar, pero no sabían que el monstruo los acechaba en la profundidad y los devoró a todos, uno por uno y el agua del río, ese día se tiñó de rojo. No feliz con esto el malvado monstruo aún hambriento regresó y de un coletazo volteó la barca. Su padre voló por el aire y cayó al agua, entonces el gran animal lo atacó, tomándolo del pie entre sus fauces y lo arrastró a las profundidades para ahogarlo, pero él logró liberarse y escapar vivo gracias a que tomó el colmillo que usaba como talismán al cuello y se lo clavó a la bestia en un ojo repetidamente. Esta abrió sus fauces del dolor y el hombre pudo escapar, pero no pudo volver a pescar más y vendió la barca para pagar sus deudas. Después de eso tuvo que trabajar como jornalero en la aldea por pocas monedas. A partir de entonces siempre faltó la comida en la mesa. Xiaomei vio como, cuando su padre ya no pudo pescar, la alegría se fue de su vida y ya nunca más lo vio sonreír.

Cuántos recuerdos pueden pasar por nuestras mentes en tan pocos segundos! Ahora de nuevo es la anciana Xiaomei, la que está de pie junto a la puerta y se inclina tomando un cubo de una mesita que está al lado de la puerta y se encamina lentamente al viejo pozo de agua, en medio del patio trasero.

Saca agua del pozo lentamente y la vacía en el cubo, toma un poco de agua en el cuenco de su mano, la mira y la deja caer a la tierra. Para ella su tierra está viva y el primer sorbo de agua del día se lo ofrece a ésta en agradecimiento por su generosidad. Toma entonces el cubo y se encamina trabajosamente de regreso a la casa. Ya adentro pone a calentar agua para el té de la mañana y prepara un rico y sencillo desayuno, lo dispone sobre la mesa para cuatro comensales. Piensa, cuatro no es un buen número, suena como la palabra "muerte". Regresa a la cocina y trae en su mano una quinta taza que coloca en una esquina de la mesa, observa la mesa y sonríe como quien dice, "ahora sí". Entonces toma una olla y un cucharón y recorre la pequeña casa haciendo ruido y llamando a desayunar. De uno de los cuartos aparece Wei acabada de despertar.

- Buen día mamá Xiaomei! Necesita que la ayude con algo?
- No gracias, estos viejos huesos todavía pueden cuidar de la familia y la casa. Despierta a los muchachos.
- Si mamá Xiaomei!

Wei regresa al cuarto y despierta a Kun. Este se sienta al borde de la cama de bambú y estira los brazos moviendo la cabeza de lado a lado. Sale del cuarto y saluda amablemente a Xiaomei. La pareja juntos encienden una varita de incienso y la colocan en un pequeño altar dentro de la casa dedicado a las deidades y antepasados. Kun abre la puerta y los dos salen encarando al sol abren los brazos llenándose de su energía y los cierran aplaudiendo tres veces, van hacia el pozo y sacan agua para lavarse. Mientras adentro solo queda uno por despertar. A Xiaomei se le endulza la cara y sonríe levemente, se encamina a la entrada de uno de los pequeños cuartos y abre la cortina que sirve de puerta. Dentro en una camita de bambú Huan aún duerme, es el único y adorado nieto de Xiaomei. Se parece mucho a su difunto abuelo Han. Es el orgullo de su abuela ya que es el primero de toda la familia que ha logrado ir a la escuela y ya sabe leer bastante. Esto es muy bueno para todos ya que en estos tiempos el no saber leer y escribir les ha costado a muchos el perder sus tierras. Ya no es como antes, hay muchos timadores desde que los ingleses llegaron con sus monedas de plata y opio. Plata para comprar y llevarse todo lo bueno y opio para doblegar la voluntad del chino y quitarle nuevamente las monedas.

Ella despierta dulcemente a Huan y lo abraza.

- Ya despierta Huan, tienes que ir a la escuela para que aprendas muchas cosas.
- Ay! Abuela ya voy, tengo sueño.

Kun y Wei entran a la casa, ya listos para desayunar y se sientan a la mesa. A Kun ya la barriga le pide comida y llama a su madre.

- Ya estamos listos mamá Xiaomei. Huan! Despierta muchacho dormilón ven a desayunar que ya salió el sol.

Wei lo interrumpe.

- No le hables así que es un estudiante, tiene que aprender a hablar con propiedad. Aquí hay una taza de más, mamá Xiaomei, quiere que la guarde?
- No, no dejala ahí. Esa taza está esperando a alguien...jijiji! Wei, cuando me vas a dar otro nieto? No me gusta ver solo cuatro sillas a la mesa, ya sabes que cuatro no es un buen augurio. Además, Huan ya está grande y falta la alegría y risa de un niño chiquito en la casa.
- Ay! Mamá. No soy gallina, sucederá cuando tenga que ser y mejor después de la cosecha porque hay mucho trabajo que hacer.

Huan aparece entonces de detrás de la cortina de su pequeño cuarto.

- Abuela. Qué, ya no me quieres que andas buscando nieto nuevo?
- Huan, mi querido nieto. Tu eres la luz de mis ojos, pero ya estás grande...

Entonces la anciana cambia la cara y pone gesto de disgusto.

- Además ahora te ha dado por ir a jugar al pueblo con esos niños...malandrines.

Kun aprovecha e interviene.

43

- Si Huan recuerda que hay mucho que hacer aquí y necesito de tu ayuda. Ya casi eres un hombre y debes doblar el lomo en la granja junto conmigo.
- No le hables así al muchacho que se va a acostumbrar a hablar mal ya te he dicho que...

Huan contesta a su padre evitando que se alargue la discusión.

- Está bien papá, al salir de la escuela no me quedaré jugando y regreso temprano para ayudarte.

Xiaomei entonces haciéndole señas con el dedo índice le advierte.

- Regresa temprano no vaya a ser que te lleve el Dragón Negro. "El Dragón Negro se lleva a todos los que la noche sorprende fuera de su casa y... jamás regresan".
- Ay! Abuela esas son supersticiones y cuentos de viejos. Tu todo el tiempo con esa cantaleta. Los dragones no existen.
- Como que no! Recuerdo que mi padre salvó su vida gracias al colmillo de dragón que encontró en el río cuando pescaba.

Wei con curiosidad pregunta.

- Eso fue lo que lo salvó del lagarto?
- Si, él lo usaba colgado del cuello pendiendo de un hilo de cuero y...

Kun entonces las interrumpe.

- Bueno, ya basta de historias. Hay que trabajar y tu Huan arréglate para ir a la escuela, te espero en la tarde en el arrozal.
- Todavía tengo tiempo, ya voy. Hasta luego padre. Hasta luego mamá.

Kun y Wei salen por la puerta y cada uno toma su camino. Kun rumbo al depósito a tomar sus herramientas de agricultor y Wei al gallinero a revisar las gallinas y la puerca que amamantaba una docena de puerquitos recién paridos. Al quedarse los dos solos en la mesa, Xiaomei se acerca a su nieto y lo mira fijamente, el muchacho levantando la ceja derecha pregunta.

- Qué pasa abuela, tengo sucia la cara?

44

- No, estás muy guapo. (extiende la mano y le limpia la comisura de la boca).
- Ya sé que quieres abuela, no me engañas. Trae tu libro.

Xiaomei brinca como una niña y busca de entre unas cajas viejas donde guarda sus cosas más apreciadas, toma una de ellas rápidamente. Abre la vieja caja de zapatos y cuidadosamente mete las manos y toma un viejo libro negro con cubierta de cuero, pendiendo del libro una cinta roja ya deshilachada es un separador. Lo toma con las dos manos y se lo entrega con delicadeza a su nieto. Huan lo toma y lo abre, adentro solo se distinguen listas, cuentas y números. Es un libro de contabilidad viejo y nada importante, quizá alguien lo recogió de un basurero y se lo vendió al abuelo Han, que al ver el cuero y el empaste fino pensó que era muy importante. Huan lo sabe, ya sabe leer suficiente para darse cuenta de que ahí no dice nada importante, pero jamás se lo confesaría a su abuela. Por nada del mundo le rompería el corazón. Ella ha atesorado el libro por años entre sus más apreciadas posesiones, soñando en el momento de que alguien le pudiera leer las grandes aventuras que seguramente están escritas ahí. Ahora más que nunca es más valioso, ya que su querido nieto, el único estudiante de la familia le contará esas aventuras y viendo su rostro disfrutará de ellas. Huan abre el libro por el marcador, en la página aparece un recuento de la disposición de cajas en un depósito según su sitio y contenido. Cajas de té, sacos de arroz, barriles de aceite, pescado seco, ropa, manteles, toda clase de cosas. Huan simulando leer mientras ojea las páginas dice.

- Por dónde íbamos abuela?
- La niña campesina salvó a la gran grulla blanca de morir en la trampa que había puesto el cazador.

Huan- Si, aquí está. Entonces Peipei la niña pobre caminaba descalza junto al lago mirando las mariposas cuando escuchó un lamento. Este provenía de la orilla, ella se acercó y cuando apartó unos juncos quedó sorprendida al ver una hermosa grulla blanca hincada y acurrucada. Al verla, la niña se enternece y le pregunta:

- Qué haces aquí tan sola hermosa ave?

De los ojos de la grulla asoman dos lágrimas al momento que responde:

- El cazador me ha atrapado y moriré aquí si no me liberas. Me duele mucho la pata, libérame por favor.

La niña sabe que si el terrible cazador la ve, podría matarla porque es un hombre ruin y asesino pero, no puede ver sufrir a un animal tan hermoso. Así que se acerca y con sus pequeñas manos lucha por abrir la trampa con todas sus fuerzas, lastimándose, hasta que al fin logra liberar a la grulla. Esta al verse libre se levanta abriendo sus grandes alas y se dirije a ella.

- Has demostrado tener un gran corazón y tu bondad recompensaré.

Entonces deja caer las dos lágrimas que enjugaban sus ojos, éstas al tocar el pasto se convierten en dos preciosos pendientes de diamante que destellan miles de colores bajo la luz del sol. La niña los toma y agradece a la grulla que emprende el vuelo y desaparece en una nube blanca. Ya nunca más pasó hambre la pequeña niña, que ya no era pobre y vivió una vida larga y feliz. Huan sonríe al ver la cara de alegría en su abuela, al conocer el final feliz de la historia.

- Que linda historia! Mañana me cuentas otra. Ahora debes partir rápido a la escuela y recuerda, no te quedes jugando por el pueblo. Recuerda que al que lo agarra la noche fuera de casa, se lo lleva el Dragón Negro y de sus entrañas nunca vuelve a aparecer.

La abuela toma el libro lo envuelve en una tela y lo devuelve delicadamente a su vieja caja de zapatos, con la caja aún abierta mira con ternura a su nieto salir por la puerta y repentinamente tiene un oscuro presentimiento. Su expresión cambia y cierra los ojos por un segundo. Al cerrarlos una clara imagen llega a su mente. Es Huan, parado en una extraña playa de espaldas a un mar oscuro, nubes negras y rayos relampaguean detrás de él, repentinamente una gran ola revienta y el muchacho es arrastrado por ella. La anciana abre los ojos con temor en la cara. Es una premonición y sabe que debe hacer algo, entonces decide que éste es el momento que ha estado esperando, el momento de que pase de mano el Talismán familiar. Ahora que ve a Huan alejarse, lo llama apurada antes de que éste termine de salir del portal.

- Huan! Ven, ven, tengo que mostrarte algo muy importante.
- Abuela! Ya tengo que partir o llegaré tarde a clases.

Huan camina hacia su abuela que lo mira con una leve sonrisa que no enmascara su preocupación.

- Que sucede abuela?
- Tengo que darte algo muy importante!

Al acercarse, Xiaomei saca una cajita rectangular de madera de la vieja caja de zapatos. Es de madera de palo de rosa y está tallada con delicadeza, la abre y de ella aparece un collar. Es el collar del padre de Xiaomei, es el único recuerdo que guarda de él. Su talismán de colmillo de dragón. Un gran colmillo que pende de un hilo de cuero negro. Xiaomei lo toma con cariño en la palma de la mano y se lo muestra a Huan.

- Mira, este es el collar de mi padre, su colmillo de dragón. Por eso sé que los dragones existen. El me lo dio antes de morir para que me protegiera. Me dijo, que hasta un dragón puede ser herido con un colmillo como éste. Tú eres mi nieto querido y heredarás algún día esta tierra y la tendrás que proteger. Este colmillo de dragón es tuyo ahora para que te proteja.

Huan observa el gran colmillo y sonriendo piensa en como presumirá el collar a sus compañeros. Sabe que no existen los dragones, pero ante un presente tan bonito no va a desairar a su abuela. Xiaomei lo abraza y aprieta su cara muy fuerte junto a la mejilla de su nieto y levanta el collar, colocándoselo tal como si coronara un príncipe con una corona de oro. Y una lágrima sale de sus ojos a la vez que sonríe. La abuela presiente que pronto algo le apartará de su nieto y como ella ya está muy vieja, ha decidido pasarle a Huan su amuleto. Para que lo proteja el día que ella no esté. Luego lo besa tiernamente en la mejilla y tomándolo por los hombros lo voltea y le da un empujoncito indicándole que se vaya.

Huan se despide saliendo por la puerta dejándola abierta, con los dedos índice y pulgar frota el colmillo mientras camina y una gran sonrisa aparece en su cara. La abuela corre a la puerta para observar a su nieto como se aleja caminando con sus libros. El muchacho repentinamente sale corriendo hasta juntarse a otros que van en la misma dirección. En el camino se le acercan dos muchachos con cara sucia y ropas descuidadas y lo saludan. Él contesta el saludo y sigue caminando, ya los conoce son los revoltosos gemelos Tang. Siempre faltan a clase por lo cual tienen muy malas calificaciones. Son tan parecidos que es imposible de saber cuál es cuál, hasta que abren la boca y hablan.

- Hey! Que llevas ahí Huan?

- Nada.
- Como que nada! Y ese colmillo de puerco?
- No es de puerco, idiota!
- Ya, no tienes por qué molestarte.
- Te veníamos a invitar a una aventura después de clases.
- No puedo, tengo que ir al campo.
- Tú te lo pierdes. Vamos a ver un dragón de verdad.

Tang2, el menor de los gemelos lo reta.

- Mejor quédate, marica…jaja.

Huan contesta.

- Un dragón? Todos saben que los dragones no existen! Esos son cuentos de viejos.
- Si existen los dragones. Yo escuche ayer al vendedor de pescados que estaba borracho decirle a otro que hoy al anochecer llegaría el Dragón Negro al puerto.
- Tu ya estás como mi abuela con esos cuentos del dragón que se traga a la gente y que de su barriga no regresan.
- Yo no sé lo que diga tu abuela, pero nosotros lo vamos a ver desde un escondite secreto.

Huan le advierte a la vez que patea una piedra del camino.

- Vas a ver que te quedarás esperando, porque esos animales no existen, son de leyendas.
- Si es como dices, cuál es tu miedo? Te reto a que vengas… a menos que seas una gallina cobarde. Te apuesto mi amuleto de la suerte a que si viene.
- Yo no soy cobarde!

Huan se acerca molesto a Tang2 empujándolo y enseguida Tang1 se mete en medio de los dos. Entonces Tang1 mete su sucia mano al bolsillo y saca algo, lo toma entre el pulgar y el índice levantándolo en alto. Es un pendiente de cristal reluciente que destella con rayitos de luz de miles de colores, tiene forma de una larga gota de agua como detenida en el tiempo. Huan la ve y recordando la historia de la grulla que le contó a la abuela queda hipnotizado por su belleza. Sería un buen regalo para ella. Ya pronto será su aniversario y nunca le ha podido regalar algo especial. Casi puede ver su cara de alegría al recibirlo y rememorar la historia. Entonces respira hondo se hincha el pecho y dice:

- Es un trato pero, si no hay dragón tu amuleto es mío.
- Bien y si es real, ese collar de colmillo de puerco es mío.
- Ya te dije que no es de puerco!

Los niños prosiguen su camino a la escuela discutiendo sobre la posibilidad de la existencia de los dragones. Llegan a la escuela y entran a clase. Las clases transcurren con normalidad mientras Huan como de costumbre demuestra ser un estudiante aplicado. Él siente un gran orgullo al ser felicitado por su maestro al cual admira. Al momento de salir de clases Huan se acerca respetuosamente al maestro Chang, un joven chino delgado, de lentes redondos, vestido de saco al estilo occidental que fuma un cigarrillo elegantemente mientras recoge sus libros del escritorio. Huan le pregunta muy interesado sobre la posibilidad de la existencia de los dragones. El maestro sonríe mostrando agrado por el interés de su pupilo en las ciencias naturales. Nunca podría él sospechar la real motivación del muchacho, este no quiere perder su collar nuevo por falta de información. Si hubiera la posibilidad de que los dragones pudieran existir, de seguro el maestro Chang lo sabría. El joven maestro botando una bocanada de humo en la cara del muchacho, le recalca que esas son creencias de los viejos basadas en antiguas leyendas y que nadie jamás ha visto uno. Por lo cual, no existen. Entonces Huan sonreído le agradece y se retira haciendo venias. Ahora sale del salón de clases confiado de que ganará la apuesta a su desaseado compañero. Parte rumbo a casa a ayudar a su padre en las labores del campo. Al llegar al campo encuentra a Kun sembrando arroz y corre alegre hacia él.

- Padre, ya estoy aquí, perdona el retraso.
- Ven muchacho. Ves cómo planto el arroz? Toma ayúdame. Por más que estudies nunca olvides que esta tierra es tuya. Que lo que plantes en ella te lo devolverá con creces. Utiliza lo que aprendes para mejorar la granja, pero nunca la abandones.

Los dos continúan plantando juntos mientras conversan y Kun trata de pasarle algo de sus conocimientos empíricos a su hijo. Él no es un hombre educado pero su madre le enseñó buenos principios y sobre todo el amor por tu tierra y el trabajo honrado. Mientras avanzan sembrando conversan entre carcajadas de esas cosas que hablan los hijos y padres. Huan comenta.

- Pero, muchos tienen buenos trabajos y usan ropas elegantes de occidente.
- Si, pero recuerda, trabajan para otros por un sueldo. Les deben la vida a sus jefes que muchas veces los explotan haciéndoles trabajar largas horas. No tienen nada propio porque hasta las monedas de plata con que les pagan tienen la imagen de su verdadero dueño, que es un extranjero.
- El maestro Chang viste elegantes ropas como ellos y fuma olorosos cigarrillos.
- El maestro Chang es un hombre respetado. Pero, los ingleses con las monedas de plata te compran y luego te las quitan enviciándote con tabaco y opio que ellos mismos te venden.

Son pocas las palabras de sabiduría común que Kun puede ofrecerle a su hijo. Él nunca salió muy lejos de la aldea y jamás asistió a la escuela. Lejos de él estaría saber que todo esto responde a un gran sistema de comercio mundial que controla cada paso de las grandes potencias mercantiles. Cómo podría el saber lo importante que se han convertido el té, la porcelana y la seda de China para una potencia al otro lado del mundo como lo es Inglaterra. Que paga con monedas de plata por estos bienes como lo exige el Emperador chino. Pero en esta telaraña de negociaciones cuando un hilo se encoje, otro en algún lado tiene que estirar y pronto la provisión de plata de los ingleses, que proviene de México comienza a escasear haciendo difícil el comercio con China ya que ellos prefieren el pago en plata y no tienen interés alguno por ningún bien que los ingleses pudieran comerciar con ellos. Pero el comercio siempre encuentra su camino y de las colonias inglesas en la India surge la solución a este desbalance comercial para así retornar el flujo de las monedas de plata a manos inglesas. Introducir el opio a China a través de intermediarios, como una nueva droga recreativa que luego de permear la sociedad asegurará la inversión del déficit comercial. El Emperador chino se da cuenta del gran peligro que para la población de China representa esta práctica adictiva y prohíbe su uso, comercio e importación. Lo que lleva a que un general del ejército chino, ordene que sean incendiadas unas bodegas en un puerto de Cantón donde se almacenaba este producto. Dando así pie a un reclamo inglés que daría comienzo a la primera guerra del opio entre China e Inglaterra, luego la segunda que liberó y legalizó el comercio del opio, a la vez que obligó a China a ceder el control de áreas como Hong Kong a los ingleses a modo de resarcimiento hasta el año de 1999.

Kun solo sabe que ha visto a muchos de sus vecinos perder sus tierras de cultivo por culpa de estas costumbres foráneas.

- Siempre que sientas la tierra en la planta del pie recuerda mis palabras.
- Si. Puedo ya ir a jugar con mis amigos?
- Anda pues y no regreses tarde. Ya sabes que tu abuela se preocupa mucho cuando tardas…

EL DRAGÓN NEGRO

Huan sale corriendo rumbo a la tienda, ya casi es hora de encontrarse con los gemelos Tang y no quiere perder su apuesta. Al llegar a la tienda encuentra al gordo tendero escoba en mano sacando a los Tang de la tienda a punta de escobazos. Les grita que no regresen a robar, que la próxima vez que los pille, los llevará a la policía y los despide con sendos escobazos. Los chicos salen huyendo despepitados riendo y Huan se va tras ellos. Cuando por fin se detienen Huan les pregunta qué pasa. Uno de ellos le dice riendo que tomaron unos dulces a hurtadillas y se los metieron a la bolsa, pero el gordo tendero los vio. Huan les dice que eso ya lo sabe, a lo que se refiere es al famoso dragón. Ya está anocheciendo y es la hora así que se encaminan al pueblo vecino. Hay que ir al muelle dijo Tang1, todos saben que los dragones están donde hay agua, además los pescadores advirtieron que esta noche vendría.

Llegan al pueblo costero y parece un pueblo fantasma, sus calles están desiertas, no se ve gente deambulando como es costumbre. Es un pueblo que por la actividad de su puerto siempre hay una multitud a toda hora del día, quien no vende está comprando. Pero, hoy las fondas y tiendas están cerradas y en la calle solo deambula un ser, el orate del pueblo, Ching, hombre flaco y desgarbado de largos cabellos y barba blanca que vive de la caridad de la gente. Come las sobras de comida que dejan los comensales de las fondas y vive dentro de una vieja caja de madera arrumbada en un callejón, en la cual se mete de noche a dormir colocando la tapa para despistar a los policías que lo acosan. Al verlos pasar el orate les grita a toda voz desde el fondo del callejón.

- Váyanse! Chiquillos babosos! El dragón está por llegar y no dejará piedra sin voltear en busca de saciar su hambre! Y ya saben lo que le gusta al dragón, chicos jóvenes como ustedes, tiernos y jugosos…jajaja! Váyanse!

Entonces el orate camina hasta su caja y se mete en ella hasta la cintura y levantando la tapa sobre su cabeza se agacha lentamente mascullando y riendo hasta quedar cerrada la tapa. Tang2 recoge algunas piedras del suelo y las avienta sobre la caja. Los chicos se ríen del hombre y haciendo caso omiso de sus advertencias, siguen su caminar por media calle como si fueran dueños de la misma. Se meten por un callejón en cuya esquina hay un bar y caminan hasta el otro extremo. Tang1 señala hacia el muelle a un grupo de cajas de madera abandonadas unas sobre otras. Les hace señas de silencio y caminan de puntillas hacia el muelle tras las cajas, toman del piso un pedazo de metal y con el despegan la tapa de atrás de una de las cajas. Tang1 les hace señas de entrar y los tres entran a la caja que está vacía y tiene dos huecos en la parte posterior. Desde esos huecos observan el borde del muelle y los trabajadores que allí vociferan sentados. Hoy sólo hay algunos, lo que es raro ya que normalmente el lugar está lleno de estibadores que mueven cajas y bultos de lado a lado como hormigas. De las cajas al borde del puerto hay como 10 metros así que la vista es muy limitada desde ahí. Cae la noche y una pesada neblina se apodera del lugar. A través de los huecos de la caja apenas se logra distinguir una lámpara que alumbra al pequeño grupo de cuatro trabajadores que esperan sentados al borde del puerto. Los hombres conversan en voz alta y ríen a intervalos. La noche está muy negra y con la neblina no ven nada así que deciden salir y ocultarse acostados sobre las cajas. Se suben silenciosamente y se acuestan sobre una para observar lo que ocurre. Ahí están los tres chicos cuando se ve más movimiento entre los trabajadores, que toman la lámpara y la mueven de lado a lado como haciendo señales. De la obscuridad de la noche cae del cielo una gruesa soga blanca que rápidamente los hombres agarran y comienzan a caminar llevando el extremo que parece una soga de ahorcado gigante.

Se escucha un fuerte y grave gruñido que retumba contra las cajas y se siente vibrar el muelle bajo los pies. Un rechinar como si garras gigantes arañaran con sus grandes uñas la madera del muelle. Bum! Bum! Golpes secos cuyo eco retumba una y otra vez. El rechinar de las sogas bajo una gran tensión a punto de reventar y repentinamente una gran ola se estrella justo en el muelle frente a ellos salpicándolos de agua, un gran crujido y las cajas se estremecen. Ellos miran hacia arriba asustados y quedan con la boca abierta. De la obscuridad entre la niebla ven atónitos el cuerpo gigante del dragón. Más negro que el carbón y con largas espinas en su espalda de color chocolate rematadas con grandes telas blancas que vuelan al viento. Viene acercándose entre gruñidos como guiado por esos tenebrosos hombres que lo llevan de la soga. De la negrura de la noche y la neblina logran ver como se acerca frente a ellos la gran cara del dragón con sus fauces abiertas enseñando los colmillos, tiene un brillo dorado al borde de sus escamas y su cuerpo retorcido con sus grandes garras hacia adelante dispuestas a despedazar a cualquiera a su paso. Sus alas parecen doradas por el destello de la luz sobre lo negro de su piel. Cuando por fin se detiene el gruñido y todo queda en silencio frente a ellos está la imagen de un gran Dragón

Negro alado, que destella de dorado, amenazante con sus garras dispuestas a atacar y las alas desplegadas. Sus corazones laten con fuerza y sus rodillas tiemblan, del terror han quedado de pie sobre las cajas, los gemelos se tapan los ojos y se escucha escurrir la orina de sus pantalones. De repente los dos hermanos salen huyendo, se tiran de las cajas y corren como alma que lleva el diablo dejando atrás a Huan. El gran dragón lo mira fijamente con las fauces abiertas y Huan estático lo mira a los ojos sin poder moverse congelado del terror. Pero, el dragón sigue de largo sin percatarse de su presencia y el siente un gran alivio. Luego observa a unos hombres que caminan sobre el dragón vociferando y detrás del monstruo unas letras…. Qué es esto? Es un mascarón de proa! y atrás dice "Sea Witch", seguido de un barco tan negro como la conciencia de sus tripulantes. Huan enseguida pierde el temor, que ahora se ha convertido en curiosidad y se levanta para poder observar la totalidad del gran Clipper que ya se ha detenido. Bajan de él grandes hombres blancos, escandalosos, peludos y que despiden un mal olor.

Entonces recuerda la apuesta y voltea hacia donde estaban antes los gemelos Tang antes de emprender su retirada.

- Gané! No existen los Dragones!

Cuando se percata de que está solo en medio de la oscuridad y escucha un crujido de madera detrás de él, da la vuelta sorprendido y un gran saco negro le tapa la cabeza y siente que lo asfixian apretándole el cuello. Pelea y patalea por librarse, pero su oponente es tan grande y fuerte que es levantado por éste, sus pies no tocan el suelo. En eso, al patalear uno de sus pies encuentra camino a la entrepierna del atacante, asestándole un duro golpe en los genitales. Huan siente aflojar la presión en su cuello y juntos los dos caen sobre las maderas de las cajas mientras el atacante se revuelca encogido con las manos en la entrepierna. Al caer Huan rápidamente se quita la bolsa negra de la cabeza y aspira profundamente viendo a su atacante que lo mira mientras se retuerce entre las maderas y le grita.

- Me las vas a pagar! Te mataré!

Huan se levanta tirándose de las cajas y cae sobre una montaña de sogas viejas apiladas quedando enredado en ellas. Como puede sale de ellas y desaparece corriendo cubierto por la espesa neblina. Ha logrado llegar hasta el callejón por el cual llegaron hasta el muelle. Es un oscuro y fétido callejón repleto de cajas, maderas y viejos toneles apilados a sus lados. Busca con la mirada desesperadamente a los gemelos Tang pero, no hay rastro de ellos lo han dejado atrás. Está agachado ocultándose tras la esquina que da al muelle, mira hacia atrás y por suerte nadie le sigue. Respira más aliviado cuando siente un mal olor y luego algo que se mueve roza su pierna, él se aparta para ver. Son dos grandes ratas peleándose un espinazo de pescado podrido, Huan se tapa la boca para evitar vomitarse y corre cubriéndose entre las cajas hasta el otro extremo del callejón. Se oculta tras un viejo tonel que está justo en la esquina. Escucha las voces de un marino que en inglés regatea con una mujer por sus servicios. Pero su acento no es como el de su maestro que habla un inglés británico. Huan escucha mientras permanece oculto y espera el momento preciso para correr por la calle a la izquierda, hacia la salida del pueblo.

Justo en esa esquina donde se oculta Huan, se encuentra la cantina preferida de los marinos, la "Flor de Jade". Cerca al callejón están sus puertas de vaivén típicas de las cantinas, constantemente están en movimiento con su característico rechinar. Su exterior pintado de verde sin ventanas, en la pared la pintura de una joven mujer china desnuda y lo único que la cubre es una flor de jade en sus partes íntimas. Un claro anuncio de los servicios del establecimiento. Lámparas de papel rojas redondas suspendidas del techo adornan e iluminan una acera de madera. Junto a la puerta el marino aún negocia con la mujer mientras se le arrima, la toquetea y aprieta contra la pared probando la mercancía. Adentro hay una gran algarabía, los marinos que acaban de desembarcar y ya celebran, mientras liban grandes cantidades de cerveza. Seis hombres en la barra vociferan contando viejas historias del mar. Otros en las mesas juegan a los dados discutiendo el resultado de la última tirada. En otra mesa cuatro hombres con sendas mujeres en las piernas ríen. Al fondo de la cantina junto a una escalera de madera que lleva al piso de arriba donde están los dormitorios, hay una mesa con un solo cliente. Un gran hombre de más de dos metros, gordo y fornido. Es tan grande que usa dos sillas para poder sostener su peso. Bebe su cerveza a grandes sorbos pero, no de un tarro como los otros marinos, él bebe directo de una jarra llena que derrama la espuma por un lado. Es Buey de cuarenta años, un gran fortachón de cabeza rapada y barba negra, es el capataz de la tripulación de cubierta del Sea Witch. Todos le temen y evitan despertar su furia que casi siempre termina con la muerte de alguien. Estrella la jarra en la mesa y todos voltean a verle, se levanta con dificultad y ya de pie se asegura el pantalón que yace en algún lugar bajo su gran barriga. Levanta la jarra de cerveza a manera de brindis.

- Porque la Diosa de los vientos nos lleve siempre por buen camino.

La multitud de marinos contestan al unísono mientras chocan los tarros brindando.

- Weee!
- Que en cada puerto encontremos buena cerveza!
- Weee!
- Que las mujeres sean cachondas!
- Weee!
- Ay! Mierda ya casi me orino!
- Jajajaja!

Baja la jarra estrellándola en la mesa y sale caminando agarrándose sus partes con la mano derecha rumbo a la puerta apurado mientras la multitud ríe y le ven salir. La gran mole sale por las puertas y mira a un lado y el otro, luego rápidamente se mete en el callejón. Justo al lado del barril donde se oculta Huan. Huan agachado ve como se aproxima una gran sombra y se encoge tratando de hacerse chiquito cuando mira hacia arriba y ve al gran hombre frente a él que apurado se prepara a orinar. Huan cierra los ojos y se encoje tratando de hacerse chiquito para no ser visto pero al sentir escurrir el caliente y fétido liquido escurrir por su cabeza grita.

- Aarrgg!!

Buey a su vez.

- AAaarrrg!!

Grita el fortachón dando un par de pasos atrás asustado al ver algo moverse, por temor de que sea alguna rata que pudiera morderle sus partes no tan nobles. Al distinguir al muchacho, se llena de ira y lo toma del cuello de la camisa levantándolo en el aire mientras Huan patalea cual títere.

- Que diablos haces ahí muchacho!

Pero el esfuerzo de levantar a Huan fue mucho y la cara de Buey palidece cuando siente un líquido caliente correr por su pierna deslizándose hasta su pie derecho formando un charco amarillo en la tierra. Se mira el pantalón y más abajo el charco, entonces voltea con rabia hacia Huan que patalea suspendido en el aire. Huan le ruega.

-   Por favor señor, déjeme ir.

Buey no entiende ni pio de lo que dice Huan en chino y lleno de rabia lo avienta por los aires y cae en media calle. Inmediatamente como gato se incorpora y sale huyendo, pero es perseguido por tres policías chinos que vieron lo sucedido. Lo corretean a la vez que pitan un agudo silbato. Le dan alcance y lo tiran al piso, él lucha por librarse hasta que uno de los policías le asesta un golpe en la cabeza con su tolete y Huan queda inconsciente en el piso mientras los policías lo atan.

Al despertar luego de algún tiempo, le duele mucho la cabeza y la garganta, está tirado en el piso y siente que lo empujan insistentemente, abre los ojos. Está en un lugar oscuro y húmedo, lleno de hombres aglomerados y se siente un hedor a sudor y orines insoportable. El hombre que lo empuja le dice que despierte ya que está ocupando mucho espacio. Huan mira a su alrededor y no reconoce a nadie, piensa ingenuamente que de alguna forma lo han metido a la cárcel por equivocación y grita pidiendo que lo saquen, que él no ha hecho nada malo, que su familia lo espera en casa y deben estar preocupados. Cuando termina con sus gritos, ya cansado sin que nadie le haga caso, el hombre a su lado se queda mirándolo fijamente.

-   Hola, me llamo Chok.

Es un hombre de unos veinticinco años, muy flaco y desgarbado, pero con una amplia sonrisa que revela la falta de dos dientes. Lleva ropa de trabajo, larga trenza y un sombrero cónico. Le advierte a Huan.

-   Ya no hay nada que puedas hacer muchacho.
-   Por qué? Si yo no he cometido ningún delito.
-   Porque estás en el Dragón Negro y cuando entras en él sólo hay una salida, un lugar que llaman Panamá. Allá nos llevan a construir un ferrocarril que unirá dos océanos.

El Dragón Negro, así conocido por algunos es un moderno barco del tipo Tea Clipper que fue construido bajo encargo de la Compañía de

Estados Unidos Howland and Aspinwall, especialmente para el transporte de carga valiosa entre China y la costa este de Estados Unidos. Su verdadero nombre es "Sea Witch". Mide 170 pies de largo por casi 34 de ancho y su calado es de 19 pies, con una carga útil de 908 toneladas. Sus mástiles son considerablemente altos para un barco de su tamaño, su mástil principal tiene 140 pies de alto y lleva cinco juegos de velas al igual que sus otros dos mástiles secundarios, hecho este que junto al nuevo diseño de avanzada de su casco le permite ser tan veloz que ha roto muchos records de navegación existentes. Además de llamar la atención en cada puerto donde fondea por la belleza del espectáculo de sus inmensas velas al viento y su negro casco, también lo hace por su hermoso mascarón de proa, la figura de un fiero Dragón Negro chino con sus fauces abiertas, las garras prestas a atacar y su cola retorcida como serpiente a punto de saltar sobre el espectador. Su cuerpo reluce con hermosas escamas rematadas en dorado haciéndole resaltar sobre el fondo negro mate del casco.

El aspecto de este temible dragón despertó la imaginación oriental floreciendo leyendas de un feroz Dragón Negro que llegando a los pueblos y aldeas se llevaba a los niños que permanecían fuera de casa hasta tarde. Pero la leyenda se convirtió en realidad y el Dragón Negro al final de su carrera pasó de ser un Tea Clipper que transportaba valiosa mercancía china como té, porcelana y seda a ser una mazmorra flotante que sin estar acondicionada transporta cientos de trabajadores culíes del sur de China a lugares como Perú, Cuba y Panamá bajo el nuevo sistema de Contratistas Laborales. Perverso sistema que ha reemplazado a la esclavitud internacionalmente, aunque aún en Estados Unidos la esclavitud no ha sido abolida. Los ingleses ya han prohibido el comercio de esclavos en el Atlántico, acción seguida por muchos otros países de América. Acción esta que ha dejado sin mano de obra a grandes industrias que requieren de mucha mano de obra como la minería y recolección de guano en Perú, el cultivo de la caña en Cuba y la construcción de ferrocarriles en Estados Unidos y ahora en Panamá. Howland and Aspinwall que han logrado de la República de Nueva Granada (actualmente Colombia y Panamá) la concesión para la construcción de un ferrocarril transístmico en Panamá que sería el puente ferroviario entre el Atlántico y el Pacifico, están contra la pared. Con el descubrimiento de grandes yacimientos de oro en California ha explotado la migración del este a oeste de Estados Unidos y el trayecto más usado es atravesando el istmo de Panamá donde construyen ya el ferrocarril, que comenzado en la costa Atlántica ha logrado llegar hasta

Gamboa topándose con una gran muralla, La División Continental. Los avances se han detenido. Aunque ya adquirieron vagones de pasajeros para aprovechar el flujo de viajeros y transportarlos desde el poblado de Aspinwall en el Atlántico hasta el final de las vías en construcción. De ahí los pasajeros tienen que seguir el camino a lomo de mula o carretas. Para sacar verdaderas ganancias de este gran flujo temporal de gente hay que llegar a la ciudad de Panamá. Para lograr esto es necesario excavar un corte a través de la montaña de roca y lodo, nivelándolo para que este ferrocarril cual culebra se logre colar entre las altas montañas. El Corte Culebra. Pero, de donde sacar más gente? Gente que no puedan renunciar cuando la lluvia, el lodo, la selva y los mosquitos los ataquen. Que sin ser esclavos, nos salgan casi tan barato?

Contratándolos a través de un Contratista Laboral de Cantón!!

Al principio muchos cayeron voluntariamente en la telaraña de promesas de grandes ganancias y calles pavimentadas en oro. Que volverían a casa como respetados hombres de gran riqueza. Pero muy pronto los incautos e ingenuos comenzaron a escasear. Entonces todo aquel que pudiera ser acusado de algún delito real o ficticio podría evitar la pena de muerte o cárcel enlistándose como trabajador y así pagar su pena, no solo eso, sino que podría volver con grandes ganancias. Cuando ya esto no proveía más gente, comenzó el momento de atrapar a cualquier incauto que pasara en el momento menos preciso por el lugar equivocado. Naciendo la leyenda.

Mientras en la oscura y maloliente bodega del Sea Witch, Huan le contesta a Chok.

- Pero, yo no quiero ir allá, yo quiero regresar a mi aldea junto a mi familia.
- Muchacho tonto! Para qué te enrolaste?
- Yo no me enrolé en nada, estaba en el muelle viendo el barco llegar y alguien me secuestró y me trajo aquí contra mi voluntad.
- A algunos les ha pasado eso. Si te encuentran deambulando por las calles te arrestan por vagancia y te entregan al contratista que te vende a los marinos. Muchacho, ya no hay nada que puedas hacer. Además, ya zarpamos.

Huan se tapa la cara con las manos y de alguna forma retumban en su cabeza las palabras de su abuela Xiaomei.

"A los que agarra la noche fuera de casa se los lleva el Dragón Negro y nunca más regresan".

Lentamente levanta la cara mirando a Chok con los ojos llorosos.

- – A ti también te secuestraron?
- – No, a mí me atraparon robando arroz y me encarcelaron. Mi familia perdió sus tierras por culpa del vicio de mi padre por fumar opio. Fuimos desalojados y vivimos por meses en las calles. Hice toda clase trabajos, pero pronto los que me contrataban ya no podían pagarme y mis hijos tenían hambre así que decidí conseguirles de comer como fuera. Abrí un hoyo en la pared de un granero para sacar un poco de arroz, cuando el dueño me descubrió soltó sus perros que me persiguieron como a una rata y me atraparon desgarrando mis ropas. La policía me dijo que podía escoger entre la horca o firmar con el contratista laboral y así pagar mi deuda con la ley. Por otro lado, al regresar tendré mucho dinero para ayudar a mi familia. La verdad, yo no quería morir (dijo bajando la cabeza).

El barco es tan negro por dentro como por fuera, al igual que la conciencia de sus tripulantes que tratan a su carga humana como a animales acorralados. Es un clipper de carga que no está acondicionado para llevar gente, su bodega es solo un espacio cerrado, mal ventilado e insalubre originalmente destinado a llevar carga estibada. Ahora su carga son cientos de hombres aglomerados en este pequeño espacio. Como pueden se van acomodando y reclamando cada quien su pequeño pedazo de este infierno, algunos en el piso y otros haciendo hamacas con pedazos de tela. Huan y Chok tratan de permanecer juntos en medio de la confusión. Sentados en una esquina de la bodega junto al casco del navío, planean como sobrevivir al largo viaje. Chok toma una tamuga de tela que lleva al hombro y de ella saca una pequeña navaja que le enseña a Huan y haciendo una muesca en la madera detrás de ellos y luego esconde la navaja nuevamente en la tamuga.

- – Cada día haremos una así sabremos cuanto tiempo hemos pasado aquí adentro.

Durante la noche les fue imposible dormir. Aunque muchos se acomodaron intentando dormir, otros muchos deambulaban caminando, pidiendo ayuda y sollozando por su mala suerte. Al día siguiente cuando una pesada calma ronda la bodega y varios hombres comienzan a quejarse de hambre, de repente se escucha un estruendo que proviene de arriba y todos observan con curiosidad. La compuerta superior de la bodega se mueve y deja entrar un rayo de luz azulado. La misma se tambalea dejando caer polvo y tierra de su marco y repentinamente se levanta. Un gran resplandor inunda la oscura bodega. Todos enceguecidos cubren sus ojos y luego lentamente los descubre y miran hacia arriba, del borde cuadrado del marco de la compuerta se distingue a un hombre chino flaco, de baja estatura vestido al estilo occidental con pantalón verde y camisa blanca, lleva un sombrero de bombín sin trenza, de unos cuarenta años, es Diente de Oro. Los ojos de los trabajadores culíes poco a poco se van acostumbrando a la luz y ya lo distinguen bien. Este se ríe a carcajadas con una fea mueca enseñando su dentadura de dientes de oro y con una voz estridente les grita en perfecto cantonés.

- Ya muévanse ratas inmundas! No crean que soy igual a ustedes porque hablo chino! Aprenderán a obedecer o yo mismo los echaré uno a uno al mar. Ahora, apártense que ahí viene la comida.

De una polea desde un mástil cuelga una gran olla humeante que dos marinos blancos gordos y peludos bajan lentamente. Apenas la misma llega abajo los hombres se abalanzan sobre ella. Está llena de arroz blanco hervido y sobre el arroz algunas piezas de pescado seco. Se forma una pequeña pelea entre los más cercanos a la olla y Diente de oro grita.

- Ya basta. Parecen perros hambrientos. A ver, tú y tú serán los encargados de repartir. Jajaja! Asegúrense de que todos coman.

Los primeros días del viaje son los peores. Muchos de los hombres son campesinos que no están acostumbrados al vaivén del navío, lo que les provoca náuseas y vómitos. El piso de madera está cubierto de la pestilencia. A insistencia de los hombres, la tripulación les permite lavar con agua de mar el piso, que sirve de asiento, cama y mesa. En una esquina de la bodega grandes cubos de madera junto a la pared cubiertos por sucias telas a manera de cortinas, sirven de defecadero y orinadero. Una vez al día los cubos son izados a cubierta para ser vaciados al mar, no sin antes haber salpicados a varios en su camino a causa del constante balanceo de la nave.

Al segundo día se abre la puerta inferior de la bodega de una patada y todos se asustan. Nadie sabe lo que está pasando. Aparece Diente de oro ahora acompañado de un hombre blanco tan grande como un toro, es Buey así le llamaban, con grandes brazos musculosos, cabeza rapada y profusa barba negra. Huan al verle enseguida lo reconoce, es el gigante que lo atrapó en el callejón junto a la cantina. Si no hubiera sido por él, ahora andaría libre jugando en su aldea. Diente de oro se dirije a ellos.

- Jajaja! Ratas miedosas... no tiemblen! Necesito doce hombres fuertes! Rápido! Tú, tú, ustedes vengan acá. Qué tienes miedo? No te voy a morder...jajaja! (chasqueando los dientes)

Los hombres fueron saliendo junto a Buey uno a uno con las cabezas bajas atemorizados. Luego se enteraron de que cada día escogen a doce hombres para subir a la cubierta a limpiar y a pesar de ser muy mal tratados, todos los hombres sobretodo los que son campesinos quieren estar en ese grupo para tomar algo de aire fresco, sol y descansar unas horas de la fetidez de la bodega. A veces se escuchan los gritos de algún desafortunado que cae al mar cuando se les ordena limpiar el casco exterior del barco. Al principio se oye fuerte el pavoroso grito pidiendo ayuda, pero luego, cada vez más se va alejando el grito haciéndose tenue hasta desaparecer. Los que hacen ese trabajo son suspendidos de una tabla a manera de asiento amarrada al extremo de una soga que cuelgan al exterior del barco, entonces les mandan un cubo y un cepillo para limpiar. A los más afortunados les toca limpiar la cubierta, vaciar y limpiar los cubos de excrementos de la tripulación y de la bodega para luego recoger agua de mar para la limpieza. Chok y Huan que ya se han hecho amigos, planean entrar en este grupo. Son campesinos y añoran sentir el sol en sus espaldas y respirar un aire que no huela a orines, excremento y humo. Dentro de la bodega del barco los hombres pululan de un lado a otro tratando de caminar mientras otros solo yacen acostados fumando o jugando algún juego como el mah-jong, fan-tan o pai-kau. No hay espacio para todos así que tienen que turnarse unos para dormir mientras otros están de pie o caminan en circulos. Chok y Huan planean caminar entre la multitud de manera de estar frente a salida a la hora en que sacan la cuadrilla de limpieza, así se internan entre la multitud. De repente se abre la puerta y se asoma el gran hombre blanco barbado de cabeza pelada, hediondo a sudor. Ya todos lo conocen por su apodo, es Buey. Mete su gran brazo y jala uno por uno a los hombres sin siquiera mirarlos, entre ellos van Huan y Chok. Los empuja a subir la escalera, al llegar arriba Huan casi enceguece por el brillo del sol. Les dan cubos y cepillos y les señalan hacia la proa. Ya saben ellos de qué se trata, ya les han contado, corren tomando las herramientas y se tiran de rodillas a cepillar rápidamente la cubierta de proa. Buey los observa a todos y luego pone su atención en Huan que cepilla afanosamente. Huan baja la velocidad y mira de reojo a Buey, piensa que quizá este le ha reconocido y tiembla de miedo, pero Chok siempre alerta lo hala de la camisa y le dice.

– Baja la cara! No lo mires o nos meterás en problemas!

Buey entonces se detiene frente a Huan con los puños en la cintura. El muchacho solo logra ver los grandes y sucios pies planos como tamales desparramados del gigante que lo observa desde arriba. Entonces este, habla en inglés.

– Yo te conozco a ti, lombriz de agua puerca!

Entonces como Huan es el más pequeño del grupo, el hombre lo levanta con una mano pescándolo por la parte trasera de la camisa y lo deposita de pie sobre la cubierta, mirándolo sonreído le entrega una soga con una tabla amarrada al final y señala hacia el exterior de la proa, Huan está lleno de miedo y no sabe qué hacer. El gigante se vuelve hacia el grupo y jala a Chok y lo tira junto a Huan, cayendo este sentado y le hace señas de limpiar con el cepillo el exterior de la proa y el mascarón de proa. Los dos sienten alivio al entender de qué se trata, pero les preocupa la seguridad de la maniobra.

Huan es el más liviano y joven de los dos así que deciden que él bajará a limpiar mientras Chok sujeta bien la soga y le pasa lo necesario. Huan tiene mucho miedo pero, toma con su mano su amuleto de colmillo de dragón que lleva en el cuello, sintiendo más confianza al recordar las palabras de su abuela. Se mete entre la tabla y la soga y trepa sobre la borda mientras Chok lo sostiene con la soga entorchada en un mástil. Huan siente que se marea y cierra los ojos mientras Chok lo va bajando lentamente, en eso una serie de grandes olas golpea la proa del barco y lo hace balancearse de lado a lado. Al abrir los ojos Huan queda viendo directamente a los ojos del Dragón Negro que lo ve con furia y hambre asesina, es el mascarón de proa del Sea Witch, al verlo grita asustado perdiendo el balance. Queda cabeza abajo viendo las olas romper en la proa del barco mientras éste se balancea. Lucha por sostenerse y salvar su vida sin que Chok pueda hacer nada por ayudarlo, apenas puede agarrarse de la soga con su mano derecha cuyos dedos se deslizan peligrosamente casi soltándola. Cuando por instinto su mano izquierda busca desesperadamente de que aferrarse. Entonces siente que algo se desliza fuera de su camisa, es su talismán, su colmillo de dragón que queda suspendido de su cuello, él lo mira sin poder hacer nada. Mientras Huan se balancea tratando de salvar su vida, el collar va deslizándose poco a poco afuera de su cabeza con cada vaivén. Salió y va cayendo hacia el oscuro mar cuando... da un giro y el hilo de cuero queda apenas pendiendo del extremo de su trenza. El muchacho casi por instinto con su mano libre intenta agarrarlo, logrando sólo rozarlo con los dedos antes de ver como cae y desaparece en las profundidades del mar. Huan casi cae tras el pero, en su desesperación logra aferrarse de una protuberancia del casco, algo de que asirse y se sujeta con todas sus fuerzas tratando de enderezarse, su vida depende de ello. Por fin lo logra y justo en ese momento la protuberancia se rompe y queda con ella en la mano, se abraza a la soga y respira con alivio, cuando ve lo que tiene en la mano, se queda con la boca abierta. Es un colmillo del Dragón Negro del mascarón de proa, lo ha roto en su desesperado escape de la muerte. Con miedo de que el gigante hombre blanco se dé cuenta, esconde el colmillo dentro de su camisa y sigue limpiando. Al final del día los reúnen y cuentan para asegurar que no falte alguno y antes de regresarlos a la bodega les dan una bolita a cada uno. Huan pensando que es un dulce se lo va a meter a la boca cuando Chok se lo impide y le hace señas de que lo guarde. Luego los meten a la bodega, de regreso a oscuridad, humedad y mal olor.

Ya adentro de la bodega Huan triste llora. Al verlo Chok le pregunta que le pasa. Huan le muestra el colmillo del Dragón Negro a la vez que le cuenta la pérdida de su talismán familiar. Este le responde con toda naturalidad.

- Mira, ya el colmillo de tu abuela te salvó la vida y su magia se gastó, así funciona eso. Tienes suerte que el destino te envió otro talismán de reemplazo, deberías estar brincando en un pie.

Chok desata un cordón de cuero que lleva como cinturón y se lo da.

- Hazte un collar nuevo.

A Huan se le iluminan los ojos y una sonrisa asoma en su cara al escuchar las palabras de su amigo, entonces Chok le pregunta.

- Adonde tienes la bolita, dámela.
- Por qué? Es mía, me la comeré cuando me dé hambre.

- No seas tonto muchacho, eso no se come.
- Entonces para qué es?

Chok se voltea señalando a un grupo de paisanos que están tirados fumando opio en una esquina de la bodega.

- Es opio. Ves a esos? Eso es lo que fuman.
- Pues yo no lo quiero, mi padre dice que es algo muy malo.
- Yo pienso igual. Estos extranjeros les dan esto para enviciarlos y así los controlan. Pero yo voy cambiarlas por comida.

Huan lo mira con recelo, pero se la da. No tiene nadie más en quien confiar y él lo ha ayudado hasta ahora. Chok sale caminando entre la multitud y se pierde. Huan se sienta en el piso cansado y con hambre. Se abre la camisa y toma el colmillo del dragón negro del mascarón. Busca algo entre las tablas del piso, un clavo entre las maderas del barco e intenta sacarlo, está flojo y se mueve así que lo jala hasta que este cede y sale, con su punta comienza a horadar la base del recién adquirido colmillo para colgarlo de su cuello. Una hora le ha tomado abrirle un hueco al colmillo, entonces se engarza el nuevo colmillo con el cordón de cuero y lo amarra a su cuello, sintiéndose nuevamente protegido. Aunque la verdad nunca le había pasado nada antes de usar el colmillo de dragón de su abuelo. Se encoje de hombros y mira delante de donde viene Chok reído con una tamuga de tela.

- Mira Huan, todo lo que conseguí. Mucha comida extra y ropa. Esas bolitas son muy buena moneda, mejor que la plata.

Esa noche Huan y Chok se dan un festín.

Amanece un nuevo día, hay treinta y cinco marcas en la madera de la pared junto al lugar donde duermen y aún no llegan a destino, la comida no es buena y el hacinamiento es terrible. Lo que nunca falta es la dotación de bolitas de opio, muchos de los que nunca lo habían probado son incitados por el aburrimiento y nostalgia a iniciarse en el hábito. Algunos se olvidan de comer por fumar esa droga y mueren, otros simplemente enferman de tos, vómitos y diarrea muriendo igual. Todos los días amanecen algunos que ya no sufren más y sus cuerpos son arrojados al mar sin mucha ceremonia. Aparentemente son una merma aceptable en este negocio del comercio de mano de obra esclavizada. Otros como Huan y Chok que vienen del campo no se han dejado influir y se mantienen aparte.

Hoy el viento ha estado muy fuerte y el mar agitado. La nave se balancea con fuerza estrellándose contra las grandes olas y poco a poco el cielo se llena de negros nubarrones. Dentro de la bodega pareciera haber anochecido antes de tiempo cuando un fuerte estruendo se oye y se escucha el golpear de miles de gotas de agua en la cubierta. Se avecina un gran temporal. El fuerte viento cambia de dirección de un momento a otro de manera que la tripulación no puede compensar maniobrando las grandes velas y el capitán ordena recogerlas antes de que la situación empeore. Mientras los valientes marineros se aprestan a la tarea, la nave se balancea de lado a lado cual juguete del viento mientras en su interior su carga de trabajadores son lanzados de lado a lado, sin poder preveer de donde vendrá el próximo golpe. Los grandes cubos del defecadero y orinadero comienzan a deslizarse sobre el mojado piso y se estrellan contra la pared volteándose y esparciendo su fétido contenido por el suelo alcanzándolos a todos. Se escuchan gritos y ruegos a las deidades mientras los hombres tratan de aferrarse a todo lo existente en un intento por no resbalar, deslizarse o rodar de lado a lado de la bodega. Fuertes truenos y rayos junto al golpe de las olas les ensordecen cuando, afuera de la fuerte tormenta un rayo se desprende haciendo contacto con el mástil de proa dejando caer escombros sobre cubierta que aplastan a un marinero. Luego del temporal una paz y un silencio increíbles. Pareciera que la naturaleza también necesita tomarse un descanso luego de tal actividad. Se abre la compuerta superior y la tenue claridad del amanecer se deja ver. Entonces se asoma Diente de Oro.

- Ya se acabó el descanso holgazanes! Hay que sacar toda esa agua del casco, abran las compuertas del piso y trabajen.

En el piso de la bodega hay unas compuertas abisagradas que comunican al espacio confinado entre el piso de la bodega y el casco del barco. Este espacio llamado sentina además de servir para depositar el contrapeso del Clipper, también es donde se acumula el agua que de alguna forma entra a la bodega ya sea por la lluvia o por filtración del casco. Cada cierto tiempo es desaguado este espacio para impedir que se inunde haciendo lento el barco. Fue tanta la cantidad de agua que entró por cuenta de la lluvia y las grandes olas que reventaban en la proa que el nivel estaba a un pie sobre el piso de la bodega. Inmediatamente los hombres se organizaron para sacar el agua con cubos y utilizando los defecaderos y orinaderos que son cubos mucho más grandes izarlos para botarla al mar. Otro grupo fue puesto a limpiar la cubierta y remover

66

los escombros del impacto del rayo. Entre estos estaba Huan que quedó impresionado con la paz que se sentía ahora en cubierta. El viento no soplaba y el mar estaba calmo cual espejo dorado, entonces miró al cielo y un azul tan profundo y esplendido vio que se sintió conmovido por lo insignificante del pequeño pedazo de madera en que tantas vidas flotaban sobre el inmenso mar. Un grito lo saca bruscamente de su momento filosófico, es Diente de oro.

- Limpia! Limpia! No te quedes como idiota parado!

Abajo en la bodega a Chok le tocó bajar a la sentina cuando el nivel del agua fue bajando. Es un oscuro y encerrado espacio donde se puede escuchar como cruje la columna vertebral del barco, que como la de un animal se tuerce y dobla bajo su peso y el golpe de las olas. Este movimiento imperceptible en el resto del navío, aquí es evidente y le hace recordar a quien entre a este claustro, lo frágil de esta hechura del hombre que flota en el gran océano cual hoja de un árbol que cóncava se opone a su destino luchando por permanecer a flote. La humedad es tal que el aliento se convierte en vapor y el vapor en agua que escurre goteando nuevamente por las paredes de la sentina, pero poco a poco, cubo a cubo se va secando. Terminado el trabajo es a Chok a quien encomiendan bajar nuevamente y recorrer solo el oscuro lugar para asegurarse de que nadie ha quedado abajo. El esfuerzo de trabajar en este espacio es tal que cualquiera pudo haber desfallecido y quedar tirado pasando desapercibido. Él debe entrar por el acceso anterior y salir por el posterior recorriendo la sentina con una lámpara de vela en busca de algún desgraciado que haya quedado inconsciente o muerto. Al bajar nuevamente escucha un golpear en el casco, avanza en dirección al acceso posterior mientras, el sonido se hace más fuerte. A mitad de camino, entre la oscuridad ve algo moverse a la izquierda y mueve la lámpara en esa dirección, el corazón le late fuerte, ojalá no sea algún animal que escondido ha logrado sobrevivir aquí de alguna manera. En estas condiciones solo podría ser una serpiente! Ahora se mueve atrás, Chok asustado se voltea lámpara en mano, ahora se mueve a la derecha con fuertes chasquidos. La tenue luz de la vela ilumina en esa dirección y a la distancia se ve el brillar de dos ojos rojos que fijamente lo observan. Él mira alrededor buscando algo que le sirva para defenderse y en el piso junto a la quilla logra ver un gran perno como de doce pulgadas de largo, quizá parte del material de construcción olvidado dentro. Que suerte! Se agacha lentamente y lo recoge cuando... Ve los ojos acercarse rápidamente y se abalanzan sobre él, la lámpara sale volando y cae apagándose, ahora solo oscuridad y se escucha un forcejeo en el piso de la sentina.

Luego de la limpieza de la cubierta Huan y los otros hombres bajan de regreso a la bodega. Él se dirige a la esquina donde él y Chok han reclamado su pequeño espacio y encuentra a Chok todo sucio y embarrado de un lodo negro, hiede a rayos y tiene los codos y rodillas raspados y ensangrentados. Le pregunta.

- Qué diablos te ha pasado? Qué, te caíste dentro del cagadero?

Chok todo adolorido sentado en el suelo, con cara de pocos amigos y furia en los ojos le responde.

- Ese maldito loco de Ching! Se mete en la sentina disque a hundir el barco y se queda encerrado. Cuando me mandan a revisar el lugar en medio de la oscuridad se agazapa como animal ocultándose y se me abalanza encima. En la oscuridad pensé que era algún animal y le di de golpes con un perno que hallé. Pero, a fin de cuentas salí todo jodido también.
- Lo mataste, pobre viejo.
- No, por ahí anda el desquiciado hablando sandeces como siempre. Lo bueno es que no me dio a mí, porque tenía una pequeña hacha con la que planeaba hundir este barco maldito.

El cansancio se apodera de los dos y luego de un rato de plática caen dormidos.

Hoy hay cincuenta y cinco marcas en la madera. Los dos amigos han tratado de mantenerse ocupados trabajando durante la travesía. Nuevamente hoy han salido a limpiar la cubierta. Mientras cepillan afanosamente el piso, Diente de Oro recostado al mástil observa lascivamente a Huan. El muchacho hincado con un cepillo en la mano restriega el piso descuidadamente mientras el sudor escurre por su espalda descubierta y bronceada por el sol, esto despierta el deseo del nefasto Diente de oro. Cuando termina el día de trabajo y van de regreso a la bodega bajando la escalera, el hombre se le acerca por detrás y tomándolo por el hombro lo jala llevándolo consigo por un pasillo. Chok, que ya conoce la fama del hombre, que ya ha abusado de varios de los jóvenes del grupo, rápidamente va tras ellos. Con una mano arranca a Huan de Diente de Oro y con la otra toma a Diente de Oro del cuello.

- Deja en paz al muchacho, que no es de tu calaña.

Diente de Oro sonriendo saca rápidamente su gran cuchillo y apuñala muchas veces a Chok en el estómago, la sangre escurre de su abdomen bañando sus piernas y sus ojos se desorbitan. Chok cae de rodillas aferrándose a la cintura de su agresor en un intento fallido por defenderse. Huan al ver esto sale corriendo hacia la bodega y corre hasta el fondo intentando perderse entre la multitud. Diente de Oro toma entonces a Chok de su trenza y lo mira a la cara sonriendo y enseñando su dentadura de oro. Lo toma por la cabeza desde atrás, le corta el cuello y lo deja caer al piso en medio del charco de sangre mientras ríe a carcajadas descontroladamente gritándole a Huan.

- A ti también te haré lo mismo!

Señalando en dirección a la puerta de la bodega por donde corrió Huan. El escándalo atrae la atención de Buey que viene bajando la escalera y repentinamente se aparece. Al ver la escena se queda estático, luego se acerca a Diente de Oro que pegado de espaldas a la pared tiembla de miedo con una estúpida mueca en la cara y deja caer al suelo su gran cuchillo. Buey lo toma del cuello y lo levanta en el aire.

- Ese hombre me atacó. Yo no quise hacerlo, pero tuve que defenderme.
- Suficientes hombres hemos perdido ya! Uno más y te arrancaré esos dientes antes de tirarte al mar. Limpia esta mierda antes de que el Capitán se entere.

Ya han pasado casi sesenta días desde su secuestro en Cantón y ha vivido el infierno en carne propia dentro de la barriga del dragón negro. Si no fuera porque se ofrecía de voluntario para limpiar la cubierta ya se habría vuelto loco o habría comenzado a fumar esa porquería también. Es solo el recuerdo del cariño de su abuela, las palabras de su padre y el amor de su madre lo que le mantiene en pie.

En la mañana del día sesenta y uno, muy temprano los despierta a todos el incesante repicar de la campana de cubierta. Todos están muy temerosos, tienen miedo de que haya problemas con el barco y que éste se vaya a pique ya que están todos encerrados en la bodega. Se forma un alboroto, se ha corrido la voz de que el barco hace agua y todos comienzan a gritar y llorar implorando piedad y que los dejen salir, que no los dejen encerrados para morir ahogados. La puerta se abre de una patada y aparece Buey el gigante blanco acompañado de Diente de Oro y éste dice en cantonés.

- Ya cállense! No lloren como niñas! Ya estamos llegando a Panamá, todos recojan sus cosas y vístanse pronto bajaremos y no quiero problemas. Cuando salimos todos en fila uno tras de otro a los botes y no hablen. Callados!

Huan apurado recoge sus pocas pertenencias y se viste. Todos se miran y sonríen contentos, cualquier cosa es mejor que estar ahí dentro un día más, por lo menos han salvado la vida. Mientras al lado de Huan el viejo Ching, el orate de largas barbas blancas al cual todos respetan ahora porque se rumora que es un hechicero, habla en voz alta en una lengua extraña y entona un canto a la vez que con una daga raya el piso de madera de la bodega haciendo cuatro números cuatro en chino. Huan recoge y organiza sus pertenencias mientras observa al viejo Ching que voltea y lo mira a los ojos.

- Tú, a ti te conozco. Te advertí lo que te pasaría y no me hiciste caso. Este barco está maldito al igual que su capitán y ambos perecerán, en el aniversario de este día morirá el capitán y en el siguiente aniversario este maldito navío se destruirá acabando su historia de terror. Se cortó la palma de la mano y dejó caer la sangre en el piso.

Huan se voltea recogiendo sus pertenencias y al levantarse queda sorprendido de ver que no hay nadie ahí, el hombre ha desaparecido sin dejar rastro. Mira al piso y ve la inscripción tallada y sobre ella unas gotas de sangre. Pero ahora no tiene tiempo de averiguar y corre a ponerse en fila para salir. Se abre la puerta de la bodega y les ordenan salir en fila para abordar los botes. Al salir a cubierta un intenso sol y una brisa cálida y húmeda los reciben. Luego ven hacia el puerto y a su ciudad amurallada, hay mucha gente extrañamente vestida que se agolpa en los muros viendo desde la costa.

Que espectáculo tan hermoso pensó Martín, un viejo pescador artesanal que desde la playa con grandes ojos de admiración contempla la nave. La grácil silueta de su casco negro rematado en esos inmensos mástiles desde donde todavía ondea esa multitud de velas inmaculadamente blancas cual bandada de garzas. De lejos apenas logra ver el mascarón de proa y mientras observa piensa. Si remo hasta allá podré verla mejor y quizá me gane algunos pesos transportando a tierra algunos pasajeros o carga. Lo que no sabe Martín es que más atrás de él un elegante señor lo observa y justo cuando Martín empieza a empujar su bote hacia el agua, el hombre le grita.

- Botero! Botero! Le doy diez pesos si me lleva a mí y a mi novia a ver de cerca el barco. Queremos ver tal maravilla y usted nos puede llevar.

Martín negociante viejo y con experiencia contesta remolón.

- Pero, señor está muy lejos y hay que remar mucho!

A lo cual el elegante hombre termina por ofrecerle quince pesos. Ya de acuerdo, los tres suben al bote y Martín rema apurado hacia el barco con quince pesos más en la bolsa. Otra docena de botes van en la misma dirección a admirar esta veloz nave. Martín y sus pasajeros repentinamente comienzan a sentir un raro hedor en la brisa, más fuerte a medida que se acercan. La novia del señor hace pujos con ganas de vomitar y el hombre le pide a Martín que se detenga a una distancia de 150 metros. Desde ahí los dos de pie admiran el navío y comentan de la belleza del mascarón de proa mientras la joven novia del caballero permanece sentada tapándose la nariz con los dedos índice y pulgar.

A bordo del Sea Witch a los culíes les ordenan bajar a los botes ordenadamente y meten tantas personas como pueden en cada uno, por lo que con cada ola siempre entra algo de agua que les moja los pies. Diente de Oro va en uno de los botes.

- Saquen esa agua! Si nos hundimos los que no sepan nadar morirán porque no los salvaremos. Cuando lleguen a la playa, bajen la cabeza, no miren a nadie, ustedes son extraños para esa gente y no los quieren aquí.

Todos bajan la vista, repentinamente se siente un golpe seco en el bote, este ya llegó a la playa. Todos se levantan y saltan a la playa, les ordenan ponerse en fila con los brazos cruzados dentro de las mangas, la mirada baja y sus sombreros bien puestos mientras esperan al resto de los hombres para emprender la marcha al destino final. Huan piensa en su amigo Chok, al cual extraña y que no llegó a conocer el destino de tan duro viaje. Cierra los ojos y puede ver su cara afable y siempre sonriente buscándole el lado bueno a toda situación. Ya no regresará al lado de su familia, su alma se quedó vagando en el mar mientras su cuerpo se hundió silencioso entre las olas. Tanto correr por el mundo para terminar envuelto en una manta sucia. Pero aun así, al pisar tierra firme se siente feliz de por fin dejar atrás ese fatídico y fétido navío. Pronuncia entonces en voz baja ese nombre que tantas veces le mencionó Chok.

- "Pa-na-má"

Acariciando con su mano el nuevo talismán que lleva al cuello con el cordón que su amigo le diera, el colmillo del Dragón Negro. Después de todo le ha traído con vida hasta aquí.

El 30 de marzo de 1854 llega a Panamá el Clipper Sea Witch. Pero hoy la carga que baja de sus bodegas no son pacas de té o cajas de porcelana o rollos de seda. Son 705 trabajadores chinos contratados por la Compañía del Ferrocarril a través de un contratista laboral, para reforzar la mano de obra que lucha por construir un paso a través de la división continental por donde sus trenes puedan pasar. Lo interesante es que este viaje a pesar de estar muy documentado por la historia, nunca aparecerá en los records de viajes del navío. Hasta el año de 2016 cuando un internauta panameño con curiosidad busca los datos de viajes del "Sea Witch" hay un salto del año 1,853 al 1,855. Tal como si este viaje nunca hubiera sucedido…

MATACHÍN

Están todos en fila de pie en la playa. Cuando una piedra golpea el ala de su sombrero y lo inclina tapándole la cara, luego la pequeña piedra cae a la arena. Molesto Huan se olvida de las instrucciones y se agacha recogiendo el proyectil dispuesto a contestar el ataque, levanta la vista hacia la muralla y queda perplejo al ver como esta multitud abarrotada los observa, tal como si fueran bichos raros provenientes de algún circo. Les señalan y comentan entre ellos, otros ríen. En medio de la gente y en la dirección de donde provino la piedra un chico se ríe a carcajadas señalándolo, es Tino de quince años, un muchacho blanco, delgado, de cabello chocolate y vestido al estilo local con ropas sucias y raídas. Aunque Huan lo mira con rabia este aún se ríe a carcajadas señalándolo. Es un huérfano oriundo de Bogotá que llegó a Panamá huyendo de la violencia de la guerra civil en que murieron sus padres en la capital.

Para muchos la guerra civil de 1854 en la Republica de Nueva Granada comenzó durante la semana santa del mismo año. Pero en realidad desde las elecciones presidenciales de 1853 surgieron importantes divisiones sociales y políticas que generaron una espiral de violencia que desencadenó los acontecimientos del 17 de abril 1854 cuando el General José Maria Melo dio un golpe de estado declarando la dictadura. Hecho que desató la guerra civil que duraría el resto del año, terminando con la derrota del dictador y su ejército siete meses después el 4 de diciembre de 1854 cuando fueron desterrados a Panamá.

Pero hoy aún es 30 de marzo, Tino se gana la vida como puede ofreciendo sus servicios por unos pesos, especialmente haciendo mandados a los trabajadores del ferrocarril, que tienen prohibido acercarse a la ciudad. Él se conoce todos los trillos y caminos de los alrededores. Huan decide no arriesgarse a contra atacar a Tino, no quiere cometer un error en esta tierra desconocida.

Diente de oro vestido al estilo occidental como de costumbre los arrea y grita en cantonés que caminen en fila, todavía falta mucho para llegar al campamento. Uno tras de otro emprenden el camino entrando a la ciudad de los muros por su puerta de playa. Enseguida la gente se agolpa alrededor, como una calle de honor a la inversa. Los observan como cosas raras y algunos hasta extienden las manos para tocarlos mientras los niños más traviesos les jalan las trenzas y mangas de sus camisas. Huan camina torpemente alcanzando a ver solo los pies del que va frente a él porque lleva muy inclinado el sombrero. Entonces lo levanta y alza la vista logrando ver parte de esta ciudad, tan diferente a su aldea. La arquitectura de los edificios es del tipo colonial español, de dos pisos con balcones con barandas de herrería que se abren a la calle, que es adoquinada y con estrechas aceras. Los edificios están pintados de blanco y sus techos son de tejas de arcilla roja. En la calle por donde caminan hay banderas de diferentes países que Huan no conoce. Cómo podría él saber que estás son de Alemania, Estados Unidos, Francia, España y Nueva Granada si nunca las ha visto antes? Mientras avanza ve de reojo a ésta gente, nunca había visto gente de tantos colores diferentes, hay blancos europeos, criollos, morenos, mulatos, negros e indígenas. Algunos vestidos al estilo occidental muy elegantes, otros con ropas viejas de trabajo, pero todas diferentes a las de él. Deben ser bárbaros piensa, pues ninguno lleva trenza bajo el sombrero. Todos hablan una lengua extraña que no alcanza a comprender, algunos les gritan haciendo gestos y jalándose lateralmente los ojos. La marcha continúa entre la gente cual serpiente atravesando un prado, cuando Tino reaparece y se coloca a su lado imitando su caminar y pronunciando palabras ininteligibles que él piensa suenan como chino. Luego se carcajea y golpea amigablemente a Huan en el hombro, mientras le habla en español. Huan que no entiende ni pio de lo que dice, ya tuvo suficiente, así que le mete el pie a Tino y lo hace caer de bruces sin detener su caminar. Se sonríe bajo su sombrero cónico mientras Tino se levanta del piso sacudiéndose el polvo. La interminable fila sigue atravesando la ciudad hasta salir por las puertas de tierra firme. En ese momento la mayoría siente alivio de haber pasado con éxito el primer encuentro en esta tierra, pero aún falta mucho, mucho camino por andar.

Minutos después de salir de la ciudad el cielo se nubla llenándose de negros nubarrones y cae una gota de agua en su sombrero, luego otra por fin una fuerte lluvia que enloda todo el camino. La procesión continúa sin detenerse entre patinazos y resbalones sobre el lodo. Al internarse en la jungla aparecen sus primeros enemigos, los mosquitos. Huan intenta mantener la compostura y las manos cruzadas dentro de las mangas de su camisa, pero es imposible, cada vez que siente una picadura en su cuello descubierto trata de matar al infernal bicho sin éxito. El camino adelante se hace cada vez más angosto y la maleza más alta hasta que se pierden tras la altura de los herbazales. De repente se escuchan gritos adelante. Algunos paisanos gritan, Culebra! Culebra! La fila se desorganiza y detiene. Algunos pocos aprovechan esta distracción y escapan corriendo hacia la espesura de la jungla. Huan se queda viéndolos, él nunca haría eso, quien sabe que peligrosos animales hay en esa selva tropical, ya suficiente tiene peleando con estos malditos mosquitos chupa sangre. Oye que adelante gritan "Hombre mordido de culebra", en el grupo no hay ningún médico y en medio del camino el desafortunado tendrá muy pocas oportunidades de sobrevivir. Les ordenan reanudar el paso y comienzan a caminar, al pasar por el lugar de la mordedura se percata de que hay un hombre tirado revolcándose de dolor al lado del camino mientras dos de los paisanos vestidos a la occidental tratan de controlarlo. Al lado de ellos yace el cuerpo de una culebra grande, de dos metros y medio de largo y gruesa como un brazo, muerta a machetazos. Huan se queda mirando y uno de los guías le dice que apure el paso, que no hay nada que ver ahí o es que él quiere también ser mordido. Huan siente mucha pena por éste hombre, pero sigue caminando. Luego de un buen trayecto suben una gran colina a punta de resbalones sobre el barro del camino, agarrándose con las manos para poder trepar y al llegar a la cima una fresca brisa los refresca cuando distinguen al otro lado lo que parece un gran poblado, lleno de tiendas de campaña y chozas. Desde lo alto se ve que hay gente que se mueve por todos lados acarreando cosas, a la distancia parecen hormigas. Se escucha a lo lejos el constante golpear de mazos de metal. Comienzan a descender y el calor se va tornando insoportable a medida que bajan y lo peor es el sudor, nunca se seca, la humedad es asfixiante.

Por fin cuando llegan al poblado, a la entrada hay un gran letrero que dice: "MATACHIN".

Matachín es el nombre de una población cuya existencia en este lugar se puede datar hasta 1678 de acuerdo a mapas de la época. Sus habitantes originarios fueron en su mayoría negros criollos y cimarrones que fueron trasladados a la comunidad de Nuevo Gatún al construirse el campamento. El nombre de Matachín pudo provenir según se cuenta del nombre que recibían unos bailarines que disfrazados con máscaras y ropas coloridas danzaban golpeándose con vejigas llenas de aire y/o espadas de palo. Por otro lado, se cuenta que en tiempo de la colonia de los españoles cerca del lugar se dio una matanza de lagartos evento del cual pudiera haberse originado el nombre. Otros cuentan que en el lugar existió un matadero de ganado que dio origen a este nombre. En lo que todos los entendidos están de acuerdo es que el pueblo y su nombre existían desde mucho tiempo antes de que a alguien se le ocurriera construir un ferrocarril que lo atravesara.

Huan y sus compañeros ven el letrero al entrar y piensan que debe ser el nombre del lugar, aunque esos símbolos no significan nada para ellos. Hay personas de diferentes nacionalidades, pero en su mayoría los hay de Irlanda y Malasia. A su llegada al desfilar frente a los irlandeses, estos los reciben con burlas e insultos incitados por Dugan, un hombre blanco de treinta y ocho años, flaco, alto, barbado con una cicatriz que le atraviesa el rostro desde la frente de lado izquierdo al pómulo derecho, lo que lo hace lucir temible y aguerrido. La verdad es que, es hijo de un carnicero de barrio de Belfast y la gran cicatriz se la hizo cuando desobedeciendo a su padre cortaba parte de un puerco mientras este guindaba del gancho. El cuerpo del porcino se mecía hasta que se descolgó y le cayó encima. Dugan cuchillo en mano resbaló en el piso mojado de la carnicería y se tajó el rostro él mismo. Su fiera apariencia le ganó el puesto de líder de una pandilla irlandesa que se dedica a acosar a los demás trabajadores irlandeses exigiéndoles pagos por protección. Él y su pandilla se burlan de los trabajadores chinos ya que los ven pequeños, delgados y según ellos, poco aptos para el trabajo físico pesado. Además de vestir ropas como pijamas y usar raros sombreros de los cuales asoma una larga y femenina cola de cabello. Los irlandeses llegaron aquí huyendo de la hambruna de la papa en su país en busca de una mejor vida y siendo los únicos trabajadores blancos del ferrocarril se consideran superiores a los demás. El otro grupo mayoritario, los Malayos de los cuales poco se sabe, los observan de lejos recelosos de su llegada. Son fieros y andan siempre bien armados con mosquetes y dagas por lo cual nadie se mete con ellos.

Al llegar Diente de oro les ordena formarse para ser inspeccionados, todos en filas al estilo militar, aguardan bajo el ardiente sol y extenuante humedad a que llegue el Ingeniero en Jefe Tomen un hombre blanco de cuarenta y cinco años y aspecto distinguido, callado y reservado, bajo de estatura y de barba negra. Llega acompañado de Balden hombre blanco de cuarenta y siete años de piel blanca quemada de sol, alto, delgado, encargado de la instalación de las vías. Luego de inspeccionar al grupo y mostrar su satisfacción se alejan conversando, sólo entonces se rompen las filas y comienza la distribución del espacio en el campamento. En la parte china hay tiendas de comida oriental y lugares acondicionados para el consumo de opio que es suministrado por la administración como una droga recreativa según el contrato forma parte de su paga. Lo que reciben como salario es ínfimo en comparación a lo que cobra el contratista laboral por cada hombre suministrado. Es un sistema de trabajo abusivo que ha reemplazado a la esclavitud misma.

Huan está muy cansado de caminar y tan pronto le asignan su lugar en una tienda se tira a descansar.

Al día siguiente son despertados muy temprano y salen rumbo al sitio de trabajo. Frente a ellos, al final de los rieles se encuentra la división continental, el último obstáculo por vencer en esta gran obra de un ferrocarril interoceánico. El trabajo es arduo, hay que cortar la maleza, limpiar, cavar, nivelar, remover tierra, acondicionar el terreno y construir las líneas del ferrocarril. Les toca trabajar instalando rieles a la par de las cuadrillas irlandesas que lo hacen al este mientras la cuadrilla china al oeste. Esto crea un tipo de competencia de productividad entre los dos grupos que es incentivada por la administración. Los chinos por su condición física usan palas más chicas y acarrean tierra con canastas decoradas que llevan sobre las cabezas. Las figuras pintadas en ellas tienen el objeto de espantar el mal de ojo, pero también generan temor en los trabajadores irlandeses que se persignan ante el paso de estas. A pesar de lo pequeño de sus herramientas al final del día su productividad es mayor porque trabajaban constantemente, mientras que los irlandeses se detienen frecuentemente para fumar tabaco y conversar. Dos veces al día los ayudantes de la cocina china aparecían en el sitio de trabajo acarreando grandes calderos de té caliente suspendidos en el extremo de una madera que llevaban sobre los hombros y ese momento de beber té es su único descanso. Al inspeccionar los adelantos, a diario Balden felicita a los chinos por su mayor productividad lo que aumenta el rencor de los irlandeses.

Un día Dugan decidido a poner un alto a esta situación camina hasta el lado donde trabajan los chinos apoyado por una algarabía en el lado irlandés. Se acerca a el capataz de la cuadrilla china y lo empuja amenazándolo para que baje el ritmo de trabajo. Huan que está presente, al ver esto corre a proteger a su jefe y levantando su pala se interpone ante el agresor y le habla en inglés.

- Si vuelves a molestar le diré al ingeniero cada palabra que has dicho.

Hay un gran silencio ahora en el lado irlandés y Dugan con cara de sorpresa por escuchar las palabras en inglés de Huan, saca de su cintura un largo y afilado cuchillo de carnicero y apuntándolo al muchacho.

- Muy valiente, eres un chino muerto!

77

Luego da la vuelta y regresa a su lado acompañado de más gritos de insultos y amenazas hacia los chinos. Huan con la pala aún en alto solo lo observa alejarse mientras el capataz le pregunta.

- Como entendiste lo que decía?

Huan bajando la cabeza responde.

- Estudié algo de inglés en la escuela de la aldea antes de ser secuestrado y metido en el Dragón Negro.

Ese día el capataz tratando de evitar más problemas con los irlandeses y temiendo por la vida del muchacho, pide que le asignen a Huan a otro tipo de trabajo donde su conocimiento de inglés le fuera más útil. Entonces es transferido al grupo de transporte.

Como el campamento chino quedó al lado del campamento irlandés, estos últimos a falta de una mejor distracción se han dedicado a observar constantemente a sus competidores acosándoles. Todas las tardes humeantes barriles de agua caliente esperan a los chinos que se asean con jabón y perfuman, cambiando las ropas sucias por otras limpias, lo que los irlandeses consideran exótico y afeminado. Esta situación de acoso llega a tal punto que la administración decidió cambiar el campamento chino de lugar situando el de los malayos en medio de manera de evitar enfrentamientos que pudieran afectar la productividad.

Huan está acostumbrado al trabajo pesado, ya que en casa siempre ayudó a su padre en las labores del campo. Lo más duro para él, al igual que para el resto de sus paisanos es estar lejos de la familia y el aislamiento al que están sometidos ya que tienen prohibido cualquier contacto con la población local. En la tienda de alimentos del campamento venden algunos de los alimentos que acostumbran comer en China pero, todo es seco y conservado, nada de alimentos frescos. Huan recuerda comer la comida preparada por su abuela con productos recién cosechados de la granja. Aparentemente lo que nunca falta es el suministro de opio, hay tiendas dedicadas a esto, donde hay hileras de pipas e instrumentos para limpiarlas atendidas por paisanos especialistas en esta preparación. Muchos por la nostalgia y la soledad caen en este hábito en busca de un escape temporal a la depresión producto de su situación. Los mayores se quejan de que no se les permite ningún contacto con las mujeres locales, ni siquiera las dedicadas a la prostitución. Están completamente aislados. Durante la semana trabajan largas horas y el tiempo libre lo pasan caminando por el poblado o jugando mah-jong, fan-tan y pai-kau, mientras otros acuden a las tiendas de opio a fumar y luego deambulan por el campamento con una sonrisa estúpida en la cara. Los irlandeses por su parte, el tiempo libre lo dedican a tomar whiskey, cerveza y fumar tabaco, protagonizando grandes escándalos y revoltosas sesiones de peleas sobre cuyos resultados apuestan. Huan observa todo esto y se mantiene al margen, ahora entiende las palabras de su padre respecto al tabaco y opio.

El prefiere ir al río a pescar en su tiempo libre, donde a veces con suerte logra pescar un buen pescado y consigue una comida fresca gratis. Quizá heredó el gusto por la pesca del padre de su abuela que fue un gran pescador. Mientras pesca pensativo, ve caer una piedrita en el agua cerca de donde está su carnada, mira alrededor y no ve nada. Luego otra piedra y otra después. Ya molesto mira a los arbustos en busca del causante y reclama que están asustando a los peces. De los matorrales sale Tino con una sonrisa en la cara, Huan voltea sin ponerle atención y continúa pescando ignorando al recién llegado. Tino se le acerca, se para junto a él y saca una cuerda con anzuelo del bolsillo derecho de su pantalón, mete la mano en el bolsillo izquierdo y saca una gorda lombriz, la ensarta en el anzuelo y lo lanza justo en el mismo lugar donde está la de Huan. Este molesto por la invasión levanta la cabeza y mira serio a Tino. Esto es una clara agresión en el mundo de los pescadores. Huan le dice en chino que se vaya, que no hay espacio para los dos en ese lugar y espanta a los peces. Tino que no entiende ni pio de lo que escucha, le dice en español que ese es su lugar de pesca desde hace mucho tiempo, que se vaya él. Como dos chiquillos que a fin de cuenta son, comienzan a empujarse con el cuerpo de un lado a otro reclamando el espacio, primero molestos, luego asoman las sonrisas y poco a poco riendo. Repentinamente un pez muerde el anzuelo en una de las dos líneas que se enredan y ellos tratando de sujetarlas caen los dos al agua. Al verse sucios y mojados… explota la risa! En ese momento surge entre los dos una gran amistad que marcará sus vidas. Siguen los encuentros esporádicos en el lugar de pesca y poco a poco Huan empieza a entender y hablar algo español gracias a su conversador amigo. Huan le cuenta a Tino entre señas y su escaso español cómo vino a parar a este lugar y que él trabaja transportando materiales de otros pueblos a Matachín con un carromato que anda sobre los rieles del ferrocarril.

Tino por su parte sentado sobre una gran piedra pensativo recuerda y le cuenta a Huan cómo era su vida en Bogotá donde su padre se dedicaba a la enseñanza en una escuela pública y su madre era modista. Tenía una hermanita llamada Clarita que contaba con solo cinco años. Su padre como todo maestro era un hombre instruido que todas las noches a la hora de la cena disfrutaba discutir con su madre los eventos políticos del país. La gente le tenía mucho aprecio y valoraba mucho su opinión. Tanto así que comenzaron a invitarlo a las reuniones del club social del barrio para que disertara sobre el estado de la república. Tanto así que poco a poco el gobierno comenzó a ver al club social como una célula política opositora radical. Un día el ejército irrumpió en las instalaciones del club en plena reunión, arrestando a los presentes por conspiración contra el gobierno y confiscando todo el material escrito que encontraron. Aunque mi padre logró escapar por la puerta trasera, ese día llevaba consigo un ensayo que estaba escribiendo sobre el abandono en que se encontraba la educación en las provincias del interior de la república, en especial en Panamá. Documento este que cayó en manos de los allegados al gobierno y fue utilizado para acusarle de traidor a la patria, con la consecuente orden de captura. Él tuvo que ocultarse por semanas en casas de conocidos, nunca dormía dos veces en el mismo lugar, pero una noche oscura repentinamente golpearon la puerta de casa, mi madre asustada desde adentro preguntó quién era y mi padre contestó. Pronto abrimos la puerta y le dejamos pasar, estábamos felices de verle, pero él estaba muy nervioso. Le pidió a mi madre que tomara toda su ropa y la metiera en un saco y le explicó que él tendría que irse de la capital por nuestra seguridad, que mientras él estuviera aquí no pararían de acosarnos. Cuando esto sucedía se escucharon fuertes patadas en la puerta de entrada y todos asustados corrimos a refugiarnos en la recámara. Derribaron la puerta y entraron tirando y revolviendo todo, eran seis soldados con carabinas que llamaban a gritos con amenazas e insultos a mi padre. Él nos abrazó a todos y nos besó a cada uno, luego nos pidió que nos ocultáramos bajo la cama, asegurándole a mi madre que nada nos pasaría. Había decidido entregarse tratando de salvarnos a nosotros.

- Está bien! Voy a entregarme, solo tengo una petición.
- Hable antes de que derribemos la puerta!
- Por favor, no les hagan daño a mi esposa e hijos y saldré sin oponer resistencia.
- Tiene nuestra palabra.

Entonces abrió la puerta de la recámara saliendo a entregarse. Al momento que salió le dispararon en el pecho y cayó de rodillas y luego boca abajo cuan largo era. Uno de los soldados lo pateó y viendo que estaba ya muerto, enseguida se metieron a la recámara disparando a diestra y siniestra. Mi madre grito que saltáramos por la ventana yo salté, pero ellas no lograron llegar. Yo quedé guindando del borde de la misma apenas sostenido por los dedos. Cuando escuché los gritos de mi madre cuando los soldados abusaban de ella y el llanto de mi hermanita sin poder hacer nada hasta que minutos después, se escucharon dos disparos y los gritos cesaron. Luego, desde donde estaba yo guindando precariamente pude ver un soldado asomar la cara por la ventana mirando a la distancia en mi busca.

- Son todos mi Capitán, no se ve nadie más.
- Y el muchacho?
- No se ve nadie en los alrededores mi Capitán.

Se marcharon llevando arrastrado el cuerpo de mi padre por el piso que dejó un largo rastro de sangre desde la puerta de la recámara a lo largo del camino. Cuando al fin logré trepar de regreso y entrar para ver la escena más horrible de toda mi vida, maldecí en contra de Dios por no haberme quitado la vida. Todos habían muertos a tiros, hasta mi pequeña hermanita. El cuerpo de mi madre estaba tirado sobre el borde de la cama de espaldas con la falda levantada y un tiro en la nuca y el de mi hermanita tirado en una esquina con un tiro en la cara que estaba irreconocible. Entonces con la cara cubierta en lágrimas las acomodé como pude, para que nadie las viera en esa penosa posición y salí por la puerta corriendo como alma que lleva el diablo y corrí, corrí sin voltear atrás hasta que dejé atrás a Bogotá para nunca regresar. Pasé días deambulando por los caminos, quería morir. Entonces me encontré a un grupo de trabajadores que viajaban rumbo a Panamá con la esperanza de encontrar trabajo en la construcción del ferrocarril. Ellos también venían huyendo de la violencia en la capital y me recogieron, dándome de comer y llevándome con ellos hasta que me hicieron ver que muriendo, solo les daría el triunfo a los asesinos de mi familia, así que me uní a ellos atravesando la selva. Por eso vine aquí pero nunca logré conseguir un trabajo en el ferrocarril y me dedico a hacerles mandados a los trabajadores con la esperanza de que alguno, algún día pueda ayudarme a conseguir el trabajo que anhelo.

Al escuchar la historia de su nuevo amigo a Huan se le ocurre una idea y así los dos maquinan un plan para que el sueño de su nuevo amigo se haga realidad. Entonces Tino empieza a trabajar junto a Huan en el carromato como si en efecto fuera un trabajador. Tino llama la atención de algunos, pero como trabaja con tesón y nadie pensaría jamás en trabajar sin tener que hacerlo, pasa desapercibido. Hasta que un día que llevan al ingeniero en jefe en el carromato, este se queda mirando con curiosidad a Tino que junto a Huan impulsa el carromato con las grandes palancas y se le acerca Tomen.

- Tu no ser chino. Que hace trabajando aquí?

Tino al verse descubierto cae de rodillas y le ruega al ingeniero americano que le dé trabajo. Tomen confundido no entiende muy bien a Tino, entonces Huan en su poco inglés le explica al ingeniero la desventura del muchacho. Entonces Tomen que es un hombre compasivo se queda pensativo unos segundos y luego se dirige a muchacho.

- No preocupa, yo arregla. Trabaja, trabaja.

En ese preciso momento, en Matachín en una tienda dentro del campamento irlandés se lleva a cabo una reunión. Dugan y su grupo maquinan un plan para acabar con la competencia china que los está desacreditando. Mandan llamar a McConaughey un chaparro gordo borrachín con una prominente nariz de puñete roja y sucio sombrero de bombín. Despreciado por la mayoría del grupo, siempre anda botella en mano borracho hasta las patas, pero lo soportan porque es el único que sabe leer y escribir y presta sus servicios a los demás trabajadores escribiéndoles o leyéndoles sus cartas por una módica suma. Es hijo de un importante predicador de Dublín, que se empeñó en su buena educación, pero desde que dio el primer trago a una botella de Whiskey jamás se pudo despegar de ella. Sus andanzas por el bajo mundo lo llevaron a adquirir deudas que jamás pudo pagar y tras ser amenazado de muerte por los prestamistas huye de polizón en un barco que trae trabajadores a Panamá. Apenas entra el regordete a la tienda, Dugan lo agarra por la parte trasera del cuello de la camisa y lo sienta a la mesa.

- Toma papel y lápiz! Escribe tal como te digo.

Al rato todos salen riendo de la tienda con Dugan al frente que sonreído saca la lengua y moja de saliva un sobre de carta que lleva en la mano, lo sella y lanza una gran carcajada.

- Poor mother fuckers…jajaja!

En el nuevo trabajo a Huan y Tino les toca ir a los otros poblados que ya tienen rieles usando un carromato que se operaba manualmente por dos hombres, subiendo y bajando unas grandes palancas. Recogen materiales a utilizar en el extremo en construcción de la línea. Tienen que ser especialmente cuidadosos de no encontrarse con la locomotora que ya en servicio trae pasajeros desde Aspinwall hasta Matachín, de donde entonces estos llegan a Panamá a través de un camino a lomo de mula. Cuando no tienen que ir en busca de materiales, son mandados a trabajar en la cuadrilla de pico y pala que trabaja abriendo el Corte Culebra a través de la montaña.

Un día mientras van en el carromato pasan por el puente sobre un río y ven una larga piragua llena de plátanos que viene río abajo lentamente impulsada a remo por un hombre indígena, adelante de la carga logran ver a una niña de quince años en su atuendo tradicional Emberá. Huan, queda prendado enseguida. Nunca ha visto tal belleza antes. El color cobrizo de su piel y sus largos cabellos chocolate oscuro adornados con flores de papo rojo, la niña va con el torso descubierto asomando sus pequeños pechos apenas cubiertos por su larga cabellera y exhibiendo unos hermosos tatuajes en su cara, brazos y piernas. Río arriba todo debe ser hermoso pensó, debe haber un paraíso allá. Desde ese día, cada vez que pasa por ahí busca con ansias ver a esta joven, la admiración de sus ojos. Hasta que un día mientras pasa en el carromato por el puente sobre el río, ve aproximarse la piragua con su carga y delante de ella esta muchacha de la cual se había enamorado. Se queda viéndola y levanta la mano en señal de saludo, la chica le contesta el saludo y sonríe poniéndose de pie. Huan casi se tira del carromato por ir tras ella, cuando la palanca que sigue moviéndose de arriba abajo le golpea la cara y Tino le grita. La chica se queda mirándolo y ríe al ver el descuido de Huan. Entonces su papá en la parte trasera de la piragua le ordena sentarse y quedarse quieta en su idioma. Dos vidas que casi se rozan pasando paralelas sin tocarse, pero este momento permanecerá vivo en la mente de Huan. Cada vez que se siente desfallecer recuerda, que quizá mañana la verá de nuevo y sigue adelante. Un día decide escaparse e ir al rio y esperar bajo el puente a que pase la piragua con su amada, se sienta en las rocas saca su cuerda de pescar mientras espera. A lo lejos se distingue una piragua cargada de bananos, en ella la chica de sus sueños. Le hace señas y ella sonríe, la piragua cambia el rumbo aproximándose a la orilla, atrás un viejo indígena en taparrabos la conduce. Sin detenerse la embarcación pasa tan cerca de la orilla que Huan extiende su mano y ella la logra rozar con la suya, el amor no necesita palabras. Al pasar el viejo frente a él le lanza un manojo de bananos maduros en señal de amistad.

Otro día al amanecer Huan como de costumbre despierta a Tino, pero este no reacciona, está sudoroso y cubierto con la manta hasta la nariz. Algo está mal, su jovial compañero parece enfermo. Huan sale de la tienda y se encamina en busca del médico chino del campamento. Un respetado anciano experto en las artes de la curación. Apenas entra en la tienda del médico queda sorprendido de la cantidad de cosas que este hombre tiene en las tablillas de sus estantes. Frascos con infinidad de partes de animales desecados, otras inmersas en extraños líquidos de colores. Hay cuernos de rinocerontes, garras de tigre, cornamentas de venado, testículos de gatos y toda clase de menjurjes. En otro estante una gran variedad de hojas secas de diferente forma y tamaño, cortezas de árboles y arbustos junto a raíces de plantas secas. Todos implementos del arte curativo del médico. Mientras Huan observa curioso tal cantidad de cosas intentando identificar lo que ve, aparece el médico.

- Qué quieres muchacho!
- Uno de mis compañeros está muy enfermo y necesita medicina.

El médico chino asiente y se voltea a tomar una caja de madera como de 6 pulgadas de ancho por 12 pulgadas de alto 24 pulgadas de largo, que tiene una correa de cuero cuyos extremos están clavados a los lados de la caja y sirve para colgarla del hombro. El médico chino la cuelga de su hombro y junto a Huan se pone en camino. Caminan rápido atravesando el camino hacia la tienda donde febril esta Tino. Se abre de un golpe la tela que cubre la entrada y entra el médico acompañado de Huan. El anciano se inclina junto a la cama y se queda mirando la cara del enfermo.

- Este muchacho no es un paisano!
- No, pero como si lo fuera. Lo contrató el ingeniero jefe y vive con nosotros. Lo que le afecte a él, nos afectará a nosotros.

- Lo atenderé solo por eso! No me pagan para curar gente de otras razas!

Pone su caja de madera en el piso y se remanga las anchas mangas de su camisa. Pone el dorso de la mano en la frente del enfermo. Luego saca la mano derecha del enfermo de debajo de la manta y toma su pulso con atención, toma el pulso en la mano izquierda también.

- MMmhh!

Con los dedos masajea a los lados del cuello del muchacho como quien toca las teclas de un piano. Luego descubre sus pies y con los dedos aprieta en diferentes lugares buscando el pulso, seguido le hala uno a uno los dedos del pie mientras algunos traquean bajo la tensión. Pasa la larga y gruesa uña de su pulgar a lo largo de la planta del pie observando la reacción del enfermo, que arquea los pies. Se voltea muy serio y mira fijamente a los ojos de Tino que decaído devuelve la mirada, le levanta los párpados para ver bien la bola del ojo.

- Definitivamente es un enfriamiento de los riñones junto a el mal de jungla.

Se voltea tomando la caja del piso y abre su tapa. Saca una hoja de papel que pone en la palma de su mano izquierda mientras con la derecha selecciona cuidadosamente varias de las hojas secas que lleva en la caja poniendo pequeñas cantidades de ellas sobre el papel. Habiendo terminado envuelve el papel como un sobre y se lo da a Huan.

- Dale a beber te de estas hojas. Prepara dos litros y que tome una taza en la mañana y una en la noche. Es todo lo que puedo hacer por él. Aún, así podría ser que la medicina no trabaje.
- Por qué?
- Pues porque no es chino! Mi medicina es china, para chinos no para cualquiera!

Se levanta molesto el médico, recoge su caja y la cuelga al hombro.

- No te voy a cobrar porque igual se puede morir, la sangre de los blancos es muy fría y espesa.

Da la vuelta y sale del lugar dejando a Huan preocupado por la salud de su amigo.

85

- Diablos! Tenía Tino que tener la sangre muy fría y espesa!

Solo le queda esperar y revisarlo luego del día de trabajo a ver cómo sigue. Sale de la tienda y va en busca de agua caliente a la cocina del campamento para preparar el té. Luego lo trae y lo coloca al pie de la cama de Tino.

- Mira amigo, tienes que tomar una taza ahora y otra en la tarde. Luego del trabajo regreso a ver como sigues. Recuerda, este es el té. No lo confundas con el urinal (sonriendo).

Huan se retira y se va a trabajar mientras Tino con cara de enfermo se tapa hasta la cabeza.

Pasan dos días y Tino sigue igual de mal, entonces Huan decide hablar de nuevo con el médico chino. Camina hasta su tienda y entra. El anciano esta de espaldas mezclando líquidos de los frascos que contienen partes de animales salvajes. El hombre se voltea.

- Que quieres ahora muchacho?
- Señor, mi amigo aún sigue enfermo y la verdad lo veo peor, tiene que ayudarnos.
- No puedo hacer nada por él. Te advertí que la medicina china no funciona con esa gente, tienen la sangre muy fría y espesa. Llévalo al hospital de su gente. Quizá lo salven con sus pastillas y jarabes. Vamos! Fuera, fuera!

Huan regresa a la tienda agobiado y entra. Se sienta en la cama junto a Tino y le explica la situación. El médico chino se declara impotente de curarlo ya que como no es chino sus medicinas no funcionan en su cuerpo. Así que tendrán que ir al hospital de la Compañía. No habrá problema porque como él es blanco pasará desapercibido. Le quita la manta del cuerpo y lo ayuda a vestirse, le pone los zapatos y lo sienta al borde de la cama. Huan se sienta junto a él y pasa el brazo de Tino por encima de sus hombros para ayudarlo a incorporarse. Caminan juntos hasta el hospital de la compañía.

Al llegar son recibidos en la recepción e inmediatamente una enfermera se encarga de pasar a Tino a un consultorio donde el Dr. Maad lo recibe. Huan que ve que su amigo ya está a buen recaudo se retira en dirección a su lugar de trabajo. Tino está sorprendido de la limpieza del lugar y de ver como estos ángeles vestidos de blanco que son las enfermeras

86

van de lado a lado apuradas atendiendo a los enfermos diligentemente. Luego de ser examinado por el Dr. Maad, lo pasan a una sala donde hay largas hileras de camas con enfermos. Lo llevan a una y lo acuestan. Minutos después se presenta una de las enfermeras, alta y gorda, con gruesos brazos y cara de capataz. Viene con un balde de agua jabonosa y varias esponjas y trapos. Tino asustado la observa mientras esta se acerca a él y sin ningún miramiento procede a despojarlo de su ropa dejándolo desnudo. Él trata de cubrir sus partes nobles pero la inmensa mujer no tiene reparo en restregarlo y limpiarlo por todas partes levantándole los brazos y piernas como si fuera un muñeco de trapo y restregándole hasta las partes indecibles de su anatomía. Pero, valió la pena el sufrimiento, nada como sentirse limpio y oloroso a jabón. Ese olor le trae reminiscencias de cuando tenía tres años y su madre amorosa lo bañaba cariñosamente a diario, ahora se siente mejor, aunque todavía está enfermo y esta batita que le han puesto lo hace sentir frio en el trasero que queda al descubierto. Se cubre atrás como puede y se acuesta boca arriba. Luego una delgada enfermera de hermoso cabello color rubio ensortijado entra a la sala y camina dirigiéndose a su cama. Él callado solo la sigue con los ojos y una gran curiosidad. Trae una bandejita blanca con ella. Será comida? Bueno, comida le caería bien, ya es casi hora de comer y las tripas le gruñen como leones en cautiverio, pero… No! Lo que lleva en la bandejita es un largo tubo de vidrio que en un extremo tiene una larga aguja plateada. Para qué será? Pone la bandejita sobre la mesita de noche que está al lado de la cama y como si fuera un muñeco lo voltea boca abajo, con un algodón le restriega la nalga y ya en este momento los ojos del muchacho comienzan a desorbitarse cuando presiente que… Ay! Diablos! Que dolor! Mejor me hubieran dado un martillazo en el dedo gordo del pie. Disque muy bonita y muy delgadita, pero bien que me pinchó la nalga. Mírenla, ahora se va muy sonreída.

La suerte no cambiaría para Tino por unos días, serían muchas hipodérmicas antes de que comenzara a sentirse mejor y como ya se conoce el procedimiento, apenas ve a la rubia enfermera asoma la nalga. Lo bueno es que tres veces al día la gorda morena del carrito de comida le trae una bandeja de suculentos platos. En la mañana un plato de avena, café, huevo duro y pan. Al medio día una pierna de pollo, puré y vegetales hervidos. A la cena un pedazo de carne con salsa, papas guisadas y pan. Jamás había comido tan bien desde que murió su madre. Si para disfrutar de esta vida hay que soportar algunos pinchazos, bienvenidos sean! Además, ya comenzaba a sentirse mejor.

Luego de dos semanas aún sigue internado en el hospital y Huan lo visita cuando el trabajo se lo permite. Tino se asegura de guardar en el cajón de la mesita de noche alguna delicia de las que come para convidar a su amigo cuando viene. Huan se queja de que las enfermeras lo hacen asearse y limpiar sus zapatos antes de permitirle entrar al hospital, pero hace el sacrificio por su amigo. Hoy los dos conversan junto a la cama de Tino que le comenta.

– Mira (enseñando la barriga), nunca la había tenido tan grande. Jajaja!
– Ya te sientes mejor del enfriamiento de riñón?
– Yo ya no me siento nada.
– Bueno, me voy. Tengo que descargar de la carreta unos barriles que encargaron para el hospital y luego regreso a la línea del tren.
– Barriles? Serán de carne seca para la comida.
– No, vienen vacíos. Quien sabe para qué.

Huan se despide y se aleja saliendo de la sala, pero ya ha quedado sembrada una duda en la curiosa mente de Tino. Barriles vacíos, para qué podrían ser?... y como todo muchacho comienza a maquinar un plan para averiguarlo. Durante el día hay mucho movimiento en el hospital y el personal constantemente va de un lado a otro en sus faenas. Pero, de noche la actividad disminuye, especialmente entre las 9pm a medianoche cuando hay cambio de turno y entonces de medianoche a 3am. La enfermera del turno de noche hace su última ronda a las 9pm y de ahí más nadie aparece hasta las 3am. Así que esta noche saldrá a investigar.

Ya es de noche y el reloj de péndulo que se encuentra en la recepción del hospital suena nueve campanadas, indicación inequívoca de que pronto la enfermera del turno nocturno hará su última ronda. Tino se tapa con la manta y se hace el dormido de pronto se escucha un golpe en la puerta de la sala y esta se abre rechinando, la enfermera entra con el carrito de las medicinas y las comienza a administrar. Como Tino ya está mejor a esta hora no le toca nada así que la mujer pasa frente a su cama solo observándolo. El la ve pasar con el rabo del ojo. Al terminar su labor la enfermera sale de la sala y cierra la puerta. Entonces él se levanta de la cama llevando puesta la bata de enfermo que deja ver al descubierto su blanco trasero. Acomoda la almohada de forma que parezca que aún está acostado y camina de puntillas hacia la puerta.

Protegido por la oscuridad piensa que nadie lo ve, cuando escucha una voz grave que le dice,"adónde crees que vas muchacho?". Asustado mira a la derecha, de donde viene la voz y es un hombre negro que acostado en una de las camas le dice, "vas a hacer que nos castiguen!". Tino voltea hacia el hombre y con el dedo en la boca hace señas de silencio. El hombre calla y se voltea volviendo a dormir.

Se entreabre la puerta de la sala y tras ella se ve la cara de Tino asomándose. En el pupitre de las enfermeras que está frente a la puerta están las dos que cubren el turno. Conversan animadamente sobre el Ingeniero en Jefe Tomen que constantemente sufre recaídas de fiebre amarilla, pero se niega a internarse en el hospital. Permaneciendo en su remolque de metal y haciendo que una enfermera le lleve los medicamentos a diario hasta allá. Se quejan de tener que atenderlo de esta manera mientras toman café. Es imposible salir sin ser visto, la puerta se cierra lentamente de nuevo y cuando la cerradura traba se escucha un golpe. El muchacho corre tirándose en la cama cuando afuera una de las enfermeras escucha el golpe y le pregunta a la otra. Qué fue eso? La segunda responde. Qué cosa? Yo no he escuchado nada, sigue contando... Tino está de nuevo en la cama y piensa como hacer para salir. Aah! Están en la planta baja, luego puede descolgarse por la ventana. Se levanta y sube un poco el marco de madera que sostiene la malla mosquitera asomándose. Bueno, abajo todo está libre excepto por una pequeña planta con flores moradas que está bajo la ventana, quizá se maltrate un poco, pero nada más. Se escurre entre el marco y la malla mosquitera, los pies por delante. Se desliza hasta quedar afuera colgando de las manos mirando a la pared. Desde afuera del hospital se ve al muchacho guindando de la ventana en bata de enfermo, mientras viento de la noche le levanta la bata descubriéndole el trasero y cuando siente el frio viento en salva sea la parte decide soltarse. Cae rozando con las manos la pared de madera y cuando posa los pies sobre el suelo, éste esta lodoso por la lluvia que cayó en la tarde. Resbalando sus pies desnudos cae hacia atrás sentado justo sobre la pobre plantita de flores moradas que resultó ser una pequeña veranera que con sus espinas pincha vengativamente el trasero del muchacho que sale brincando con las manos atrás, sobándose el trasero. Hasta que logra ocultarse detrás de la esquina del edificio. Al llegar a ésta se agacha y queda de frente al portón trasero de servicio del hospital. Al lado de éste junto a la pared están los seis barriles de madera con sus tapas encima y sin colocar. Frente al portón una pequeña carreta de carga con dos caballos. Le parece raro ya que ellos, los de transporte no trabajan de noche y no recuerda haber visto nunca una carreta de este tipo en el campamento. Se pone en cuatro y empieza a avanzar cual gato hacia el portón a medida que se cubre entre las plantas que adornan los lados del edificio y los barriles vacíos. Al estar más cerca escucha unas voces en inglés.

- Suave Peter, no debemos dañar los especímenes o tendrán poco valor.
- Bullshit! Un muerto es un muerto, que importa!
- La universidad no pagará por un cuerpo dañado idiota!

Tino no puede aguantar la curiosidad por saber que pasa y se mete detrás del portón, que abierto hacia afuera deja un espacio donde está la bisagra por desde donde se puede espiar. Cuidadosamente se coloca en posición y pega la cara viendo a través lo que sucede adentro. Hay tres barriles dispuestos sobre el piso con la abertura hacia arriba y las tapas en el suelo. Dos hombres vestidos de negro están de pie junto a los barriles y uno de ellos manipula una soga que controla un juego de poleas que sube y baja un gancho. El gancho está ahora dentro del primer barril, el hombre de la soga llamado Peter afloja la tensión en el gancho y el segundo cuyo nombre no sabemos mete la mano en el barril destrabando el gancho, maniobra algo dentro del barril y saca una banda de tela resistente con ojales en los dos extremos. Luego Peter corre el juego de poleas a un lado corriéndola por un riel anclado en el techo del cual se suspende y corre de un par de ruedas. El otro hombre toma el gancho y lo pone en el asa de un gran cubo de madera lleno de líquido.

- Ok Peter, levanta.

Peter comienza a halar la soga y las poleas poco a poco levantan el gran cubo. Luego el hombre lo hala lateralmente hasta que queda sobre el primer barril. Entonces lo voltea dejando caer el contenido del mismo en el barril hasta llenarlo. Aparta el cubo y toma la tapa del barril y un gran mazo de madera. Coloca la tapa y la golpea varias veces hasta que ésta queda en posición, mientras Peter baja el cubo al suelo. Ya cerrado el primer barril, el hombre incógnito camina fuera del campo de visión, luego de unos segundos se ve una camilla acercarse empujada por el hombre. Pero, qué es esto! Sobre la camilla hay un cuerpo inmóvil, un cadáver desnudo. Peter toma la banda de tela y cuidadosamente la acomoda bajo los brazos del cadáver y por detrás de la espalda. Le da la vuelta al cuerpo y engancha la banda al gancho del juego de poleas.

Comienza a levantar el cuerpo y cuando queda suspendido de las poleas, el otro hombre retira la camilla. Luego regresa y empuja el cuerpo hasta que éste queda sobre el segundo barril. Justo entonces.

- Ok. Peter despacio abajo.

A medida que el cuerpo desciende el hombre lo va acomodando para que quepa hincado de cuclillas dentro del barril. Luego lo desengancha y proceden a llenarlo con el líquido del cubo hasta cubrirlo tapándolo después. Así nuevamente repiten la operación con el tercer y último barril. Tino no puede creer lo que ve, están empacando cuerpos humanos como quien hace conservas. Luego de terminar el último, el desconocido llama a Peter.

- Buen trabajo Peter. Vamos al comedor a tomar una cerveza!

Desaparecen los dos misteriosos hombres de negro. Tino incapaz de controlar su curiosidad, al ver que ya no hay nadie entra a hurtadillas a ver de qué se trata todo esto. Se acerca al gran cubo de madera y huele su contenido, es salmuera. Luego examina los barriles y en un costado logra ver una inscripción borrosa.

UNIVERSITY OF N W Y RK

DEPARTMENT OF MEDICINE

UN ED S TES OF AMER

Al llegar enfermo a este hospital nunca pensó que sería testigo de tan macabro descubrimiento. Aparentemente los cadáveres en buenas condiciones son conservados y vendidos a los departamentos de medicina de algunas universidades para la práctica de sus alumnos. Quizá de esta forma subvencionan la atención o ¿será el negocio de alguna persona sin escrúpulos? El muchacho sale rápidamente del lugar y continúa rodeando el edificio. Quiere ver bien la cara de los hombres de negro y camina agazapado asomándose por cada ventana que encuentra tratando de encontrar el comedor de los empleados. Se asoma a varias sin suerte cuando se detiene en una y logra asomarse. Adentro está el Dr. Maad está de espaldas, frente a él una gran mesa sobre la cual está parte del cadáver de un hombre moreno, de la cintura para abajo. Más allá en otra mesa se pueden ver los huesos limpios que corresponden al resto del cuerpo, limpios y acomodados en orden. El doctor tiene en su mano un gran cuchillo con el cual está desarticulando la rodilla del cadáver hasta separar la parte baja de la pierna, la cual toma y sobre un tinaco de lata blanco procede a limpiar de carne los huesos, tirando el sobrante en el tinaco. Luego limpia raspando la tibia y el peroné, separándolos del pie. Pone sobre la mesa el pedazo de cadáver y camina mientras admira los huesos hasta la otra mesa donde yacen éstos ya limpios. Son de la parte superior del cuerpo. Entonces coloca estos huesos en el lugar en que les corresponde. Es un tenebroso trabajo de carnicero. Al fondo de la habitación se observan cuatro esqueletos humanos ya armados y conectados con alambre suspendidos de una carretilla parecida a las usadas por las lavanderías para transportar las ropas en gancho. Sólo que esta carretilla con ruedas es más alta, donde fácilmente se puede suspender osamentas de hasta dos metros. El ya no resiste ver más y se agacha ocultándose.

Sabe que tiene que huir, no se quedará en este lugar ni un segundo más y sale corriendo en medio de la noche con su bata de enfermo como alma que lleva el diablo. En la oscuridad solo se logra ver una tela blanca que se aleja meciéndose de lado a lado rápidamente internándose en la espesura. Son las 3am y Huan duerme plácidamente después de un largo día de trabajo. En la tienda se escuchan los ronquidos de los demás trabajadores. Cuando la tela que cubre la entrada se abre de un tirón y Tino entra como bala cayendo sobre su cama y llamando a Huan. Los demás se quejan del ruido mandándolos a callar mientras Tino jalonea a Huan despertándolo.

- Por Dios! No sabes lo que he visto.
- Qué cosa? Qué haces aquí?

Entonces Tino le cuenta su aventura y el tenebroso descubrimiento que ha hecho.

Lo que nunca podrían saber ellos es que en el futuro jamás se pudo contabilizar con seguridad la cantidad de muertes que ocurrieron durante la construcción del ferrocarril transístmico. Que hubo rumores de que el hospital de la compañía subvencionaba su operación mediante la venta de cadáveres conservados en barriles a las universidades para la práctica de sus alumnos. Que hubo rumores también de que uno de los médicos del hospital era estudioso de las osamentas humanas y pretendía hacer un museo con esqueletos de las diferentes razas que trabajaban en el proyecto y que cuentan también que fue visto en ocasiones limpiando afanosamente huesos humanos para este propósito. También se dice que otra de las razones por las que los registros de las muertes eran tan deficientes, fue porque muchos de los trabajadores eran inmigrantes sin documentos por lo cual no se les podía identificar y notificar a sus familias.

Pronto pasa el tiempo y ya es domingo, Huan y Tino pasan el tiempo observando un juego de Mahjong cuando llega un grupo de paisanos molestos por la falta de opio en las tiendas dedicadas a su consumo. Ellos solo les escuchan, no les gusta fraternizar.

Paisanos- No hay opio, ya ni siquiera eso tenemos. El té escasea y la tienda de alimentos tiene pocas cosas. El jefe dice que ya mandaron a comprar que la otra semana llegará.

Lo que ninguno sabe es que Dugan y su grupo celosos del desempeño superior de los chinos, atribuyéndolo al consumo de opio decidieron mandar una carta al obispo católico de New York quejándose de lo que sucede. Esta carta luego aparece en el periódico sin que los directivos de la compañía le den mucha importancia hasta que un contador les indica que suspender la compra de opio les representaría ahorros de quince centavos diarios por hombre. Entonces basándose en las nuevas leyes del estado de New York que prohíben la distribución sin licencia de drogas, ordenan a la administración en Panamá no importar más la droga sin tomar en cuenta los efectos adversos de esta medida radical sobre una población ya adicta.

Cuando la carta con las instrucciones de la administración llega al comisariato en Panamá, el encargado manda una nota al Ingeniero en Jefe explicándole la situación y que procederán a cumplir con las ordenes. Tomen sentado al escritorio revisa su correo cuando descubre la nota y al leerla da un puñetazo sobre el escritorio.

- Burócratas de mierda! No entienden que es parte del contrato, que el comercio de opio es legal internacionalmente y que además no se puede suspender de una vez sin repercusiones.

Toma papel y pluma y comienza a redactar una nota de contestación al encargado del comisariato donde pide que no se deje de comprar el opio y que le dé tiempo de escribir a los administradores aclarando esta situación y poniendo en su conocimiento las posibles consecuencias. Cuando repentinamente tiene un acceso de tos que lo deja sudoroso y febril. Se levanta y camina lentamente hasta la cama donde se deja caer cuan largo es. Otra vez cae vencido Tomen en su constante lucha contra las enfermedades tropicales. Quedando la nota olvidada sobre el escritorio.

Dugan se entera de lo que ocurre a través de uno de sus contactos en el comisariato. Esa misma tarde se presenta en la tienda donde normalmente se reúne con su grupo llevando cuatro botellas de Whiskey y convida a todos a celebrar. Abre una de las botellas y bebe de ella largos tragos, eructa y se limpia la boca con la manga de la camisa.

- Jajaja! Ahora es solo cuestión de tiempo.

Esa misma tarde mientras Huan y Tino regresan de pescar, al acercarse al campamento ven a uno de los irlandeses trepado en una escalera junto a la entrada, bajo el letrero. Abajo otros tres ya borrachos ríen sin parar mientras el hombre en la escalera con una brocha mojada de pintura negra escribe una "o" y una "s" al final del nombre del campamento. Los muchachos se esconden en un matorral para no llamar la atención de los borrachos y evitar problemas. Mientras se ocultan Huan le pregunta a Tino qué hacen estos con el letrero. Tino bajando la cabeza le dice que tienen que cuidarse mucho de los irlandeses. Que este pueblo siempre se ha llamado "Matachín", pero lo que hacen estos hombres al agregar esas dos letras al final "os" es darle una connotación totalmente diferente. Ahora dice "Matachinos" y le explica su significado.

Durante la semana se observa cómo el trabajo de los paisanos que consumen opio va mermando. Los campesinos como Huan que no practican este hábito tratan de trabajar más duro para compensar por los afectados para no ser castigados en general por la ineficiencia. Ya suficientes bajas tienen por la fiebre, malaria y otras enfermedades. Comienzan a poner menos tierra en las canastas de los afectados para evitar que colapsen y aparenten mantener buen ritmo de trabajo. Algunos de plano dejan caer la tierra de las canastas que llevan sobre las cabezas. Huan está preocupado porque ahora ya hablan de amotinarse y exigir la substancia que según el contrato es parte de su paga. Las quejas de los adictos se juntan a las de los otros afectados por la nostalgia, falta de alimentos de su etnia y falta de convivencia con mujeres.

Por otro lado, Tomen enfermo de malaria está recluido en su remolque y no se le ha visto en más de una semana. No se ha enterado de que el comisariato ya suspendió la compra de la droga sin su autorización y que la mano de obra china en su mayoría sufre de síndrome de abstinencia. Hasta que un día Balden se acerca corriendo al remolque de Tomen y desesperado golpea repetidamente la puerta, éste ya lleva enfermo casi dos semanas y no ha salido del remolque. La puerta se abre lentamente dejando ver a un débil y pálido Tomen aún sin recuperar, Balden desesperado le informa.

–   Los culíes han enloquecido. Se están suicidando en masa. Les pagan a los Malayos con sus pertenencias para que estos los decapiten. Diablos! Tomen tienes que venir! Es un desastre!!

Tomen sale trastabillando aún débil con la ayuda de Balden que lo lleva del brazo hasta el carromato que operan Huan y Tino.

–   Rápido a Matachín!

Salen a toda velocidad rumbo a Matachín. Al llegar al poblado desde antes de detenerse los cuatro quedan horrorizados con la matanza, cuerpos masacrados por doquier, algunos decapitados, otros destripados y desangrados. Aún se escuchan los gritos salvajes de los malayos justo antes de dar el machetazo final al decapitar a un paisano. Huan y Tino saltan del carromato y corren por el campamento chino entre los cuerpos hasta llegar a su tienda donde recogen sus pertenencias haciendo una tamuga y escapan. Ven cómo se dan los suicidios masivos, los hombres se cuelgan de los árboles ahorcándose con sus propias trenzas, otros entierran la cacha de sus machetes en el suelo y luego se tiran sobre ellos de rodillas destripándose, otros han afilado ramas en forma de horquetas y se lanzan contra ellas cercenándose las arterias del cuello. Mientras un grupo de malayos que como avispas revolotea en los alrededores aprovecha para matar y saquear en el campamento chino. Persiguen a los paisanos que huyen, les disparan y cuando caen heridos son decapitados para luego despojarlos de sus pertenencias.

Huan y Tino huyen siendo perseguidos por los malayos que los han descubierto y les disparan. En la desesperación de la huida los muchachos se separan siendo perseguidos por sendos grupos de malayos internándose en los matorrales. Tino se pierde de vista mientras el grupo de malayos dispara en la dirección de su huida. Huan mientras lucha por su vida, corre escapando, al ver a un malayo con su mosquete, se esconde entre los matorrales, pero el malayo lo ha visto y lo busca apartando los matorrales con el cañón de su arma. El hombre se acerca con el mosquete, Huan sabe que lo ha descubierto y lo matará para robar sus cosas. Ve acercarse el cañón del rifle e instintivamente lo toma con sus dos manos y lo jala arrancándolo de manos del malayo. El hombre al verse desarmado saca su largo cuchillo para tirarse sobre Huan que retrocede fuera de su alcance y le asesta un golpe en el costado con el rifle, el hombre cae de rodillas e inmediatamente otro fuerte golpe recibe en la cara con la cacha. Luego Huan avienta el arma que sale volando por el aire y al caer al suelo la misma se dispara sola mientras Huan continúa huyendo.

Desde su campamento los irlandeses observan la matanza sonriendo sin intervenir como quien ve un juego de pelota, pero Dugan al ver que Huan se escapa de sus perseguidores no puede resistirse a tomar parte en la matanza y cumplir su amenaza. Saca su gran cuchillo de la cintura, saca la lengua mojada y la pasa por los dos lados de la hoja acondicionándola para su fino trabajo. Se encamina tras Huan y lo sigue en su huida con grandes zancadas cual lobo al acecho, dándole alcance lo tira al piso. Toma a Huan por la espalda y levanta en alto su largo cuchillo para matarlo. Huan logra sacarse el collar del cuello y armado sólo con el colmillo del Dragón Negro logra retorcerse como gato y voltearse, luchan y Dugan le falla dos veces con el cuchillo enterrándolo en la tierra y justo en el momento en que lo levanta por tercera vez para asestarle finalmente en él corazón, Huan logra desgarrarle la yugular al hombre con la punta del colmillo que desesperadamente usa como defensa. A Dugan se le desorbitan los ojos, deja caer el cuchillo que rueda por el suelo y se lleva las dos manos al cuello, sale la sangre a borbotones por su boca y del cuello entre sus dedos, derramándose sobre Huan. Luego cae muerto sobre el muchacho que lucha por librarse de su peso y escapa cubierto en la sangre de su atacante. Los otros malayos que venían tras él, al ver que hay un hombre blanco muerto, discuten entre ellos en su idioma y pronto desaparecen del lugar. No quieren ser culpados de la muerte de un blanco.

Huan corre entre los matorrales dejando un rastro de huellas ensangrentadas y goterones de la sangre de su atacante. Llega a los pies de un gran árbol ya casi sin aire y apurado trata de limpiar en su corteza la sangre que escurre de sus manos y ropas. Cuando siente caer algo sobre su hombro izquierdo y luego al suelo, mira y ve en el suelo un zapato chino. Pensando que algún paisano escondido entre las ramas del gran árbol lo dejó caer, mira hacia arriba quedando anonadado y conmovido al ver este el árbol de la muerte. Un gran árbol de guayacán amarillo en pleno esplendor de su floración, con sus largas ramas extendidas cual brazos clamando al cielo, de las cuáles desde las más altas a las más bajas, muchos paisanos entre sus flores amarillas cuelgan ahorcados de sus propias trenzas enrolladas al cuello. Cual viejas muñecas rotas al viento, que hace ondear sus ropas que suenan igual al aleteo de cientos de grullas que levantando el vuelo emprenden el camino en migración a algún mejor lugar.

Huan cae arrodillado y lágrimas ruedan de sus ojos mientras observa alrededor decenas de estos hermosos árboles con sus macabras decoraciones guindando de sus ramas. A lo lejos aún se escuchan disparos y el ruido lo regresa a la realidad, entonces sacude la cabeza, se levanta y continúa corriendo. Llega a un río donde otros de sus paisanos se lanzan a las profundidades con pesadas piedras atadas a la cintura, él trata de evitarlo, pero los hombres como autómatas se siguen lanzando. Se acerca a uno y trata de impedir que se tire diciéndole que ya lo peor pasó, han logrado escapar y son libres. El hombre se voltea y con el rostro cubierto en lágrimas le responde.

- Libre? para qué? Jamás volveré a casa y aquí solo hay soledad y tristeza.

Entonces se lanza al rio frente a sus ojos hundiéndose y desapareciendo en las oscuras aguas mientras sus ojos aún abiertos miran fijamente a Huan. Otros se han amarrado a las grandes piedras de la orilla del rio en espera de una de las frecuentes crecidas diarias y así terminar su sufrimiento. Huan corre desesperadamente por una pequeña quebrada afluente del rio, que atraviesa una plantación de cacao. Los árboles de cacao preñados de la amarilla fruta le dan un aspecto mágico al riachuelo, como escoltando su camino a través del bosque. Sus pies lastimados y sangrantes dejan rastros a cada paso. Logra ver una cueva entre las raíces de un gran árbol centenario, su entrada cubierta de una extraña niebla donde exhausto entra y se esconde. Descansa sin aliento sentado sobre una gran piedra que hay en medio de la cámara interior, ya no puede más. Su corazón late con fuerza, está a punto de estallar y siente un frio sudor que escurre por su cara. Cuando de repente escucha un ruido que proviene de la entrada de la cueva y presiente que ha sido alcanzado por sus perseguidores malayos. Ya no puede correr más y no hay hacia donde escapar, se resigna a perder la vida, cubre su cara con sus manos ensangrentadas y en silencio tiembla en espera del golpe final del machete malayo que ponga final a su sufrimiento.

Cuando Carlos desde el 2015 se arrastra cruzando el umbral de la entrada, atravesando la niebla del tiempo que los separa en su desesperación por escapar de Blod y su pandilla. Carlos se arrastra hasta alcanzarle y lo hala del hombro de la sucia camisa y le pide, "busca ayuda!". Huan entiende las palabras, ya sabe algo de español, pero tiembla de miedo, incapaz de moverse ni descubrir sus ojos. Luego siente que le halan del antebrazo izquierdo separándole la mano de la cara y el temeroso voltea rogando ver la cara amiga de Tino, pero cuando alcanza a ver…

Es un fantasma de casco y extraños ropajes, que se ha arrastrado sobre el piso de la cueva sujetándolo del brazo y pidiendo ayuda. El voltea y sus miradas se cruzan, en ese momento en la profundidad de los ojos de este ser alcanza a ver un fiero dragón negro que se retuerce hasta darse la vuelta y morderse la cola. Entonces cae en un trance y tiene la visión de rápidas imágenes que aparecen frente a él como destellos. El ferrocarril llegando a la ciudad de Panamá. Grandes explosiones en medio de la selva. Una gran inundación que sumerge poblados. Un inmenso barco sin velas que navega sobre la tierra. Un ejército de hombres blancos vestidos de verde que marcha. Estudiantes que lanzan piedras mientras son acribillados a tiros. Máquinas voladoras que como moscas sobrevuelan un barrio que está en llamas. Una bandera de cuadrantes en blanco, azul y rojo, con dos estrellas que ondea sobre un gran cerro. Inmensas piscinas llenas de agua en una de las cuales un gran navío descansa.

Huan aterrado lanza un grito desesperado que retumba en lo profundo de la cueva haciendo eco en cada rincón de la selva que les rodea. Sale corriendo de la cueva a la luz del día y enceguecido por el sol tropieza con una piedra del lecho del riachuelo, aún en el suelo mira alrededor mientras su visión se aclara y alcanza a ver ahora a tres malayos de pie en lo alto del barranco que le observan machete en mano. Uno de ellos señala con su machete en su dirección señalándolo y comienzan a bajar. Mientras Huan con el último impulso de adrenalina que aún le queda, se levanta y corre despavorido nuevamente por el curso del riachuelo internándose en la selva. Atraviesa los matorrales corriendo desesperadamente perdiendo a sus perseguidores hasta llegar a la orilla del río, cerca del lugar donde acostumbraba a pescar con Tino y no pudiendo más, cae exhausto desfallecido en la orilla…

EL COLMILLO DEL DRAGÓN

Mientras en 2015 ya son las tres de la tarde, Vivian la novia de Carlos y el grupo de ciclistas del grupo de paseo ya han llegado al estacionamiento del trillo de Cocoa Plantation. Tito y Jaime de veinte y veintidos años, amigos de Carlos se acercan a Vivian, Tito la saluda.

- Xopá Vivi y Carlos?
- Ese ya debe estar a mitad de camino (sonriendo).

Todos entran con sus bicicletas al sendero pedaleando entretenidos. Tito y Jaime le hacen una señal a Vivian y se adelantan para encontrarse con Carlos. Más adelante encuentran la bicicleta roja de Carlos a la orilla del camino. Al llegar el resto del grupo se organizan para buscarle, desafortunadamente lo hacen del lado equivocado. Luego el grupo decide llamar a 911 y en cuestión de minutos hay un fuerte operativo de búsqueda, pero Carlos no aparece. Pronto pasan las horas empieza a bajar el sol, va a oscurecer, los rescatistas ya dándose por vencidos se preparan a abandonar la búsqueda hasta el día siguiente. Vivian desesperada con lágrimas en los ojos les pide que no abandonen la búsqueda. Tito y Jaime aún siguen en la espesura de la jungla en busca de su amigo, gritan su nombre mientras bajan por el barranco. Es entonces cuando se escucha el desgarrador grito de Huan que a través de la cortina del tiempo resuena por toda la jungla en 2015.

Proviene de los matorrales al fondo del barranco más adelante, al lado del riachuelo. Tito y Jaime regresan y se lanzan barranco abajo en esa dirección seguidos de Vivian y los rescatistas. Llegan al fondo y encuentran a Carlos solo e inconsciente en la entrada de la cueva, junto al riachuelo.

Carlos es rescatado por los miembros de SENAFRONT con apoyo de los guarda-parques, siendo evacuado en una ambulancia de 911. Lo llevan al Hospital Santo Tomás donde es atendido de urgencia y hospitalizado. De no haber sido encontrado a tiempo no habría sobrevivido.

Esa misma tarde el SENAFRONT mientras peinaba la zona encuentra escondidos al final del trillo de Cocoa Plantation, entre unos bambús justo en la intersección con el antiguo camino de cruces a un grupo de malcantes que huían del lugar. Son Blod y sus secuaces que son arrestados luego de que los reportes del pelepolice los identifican como malechores buscados con cuentas pendientes con la justicia.

Dos semanas después todo vuelve a la normalidad. Carlos ya en su casa con la pierna enyesada sentado en un sillón piensa sobre lo sucedido. Nadie le ha creído las historias que cuenta sobre ese extraño personaje que soñó durante su inconsciencia. Los médicos atribuyen su historia a un efecto de la conmoción que sufrió al desbarrancarse. Pero fue una experiencia tan vívida que él aún siente que realmente sucedió. Se levanta y camina con muletas rumbo a su habitación y cuando pasa frente al espejo del recibidor, ve la nota de su abuela aún en este. Decide entonces ir a visitar a su abuela Rosa al día siguiente.

Mientras en 1854, todavía Huan yace cubierto de sangre y desfallecido, tirado a la orilla del rio. Más abajo, saliendo del recodo del mismo aparece una solitaria piragua que se acerca navegando lentamente río arriba. La misma está vacía y a lo lejos se distinguen dos tripulantes, Wandra de pie en la proa escudriña la rivera, mientras Tino rema atrás. Repentinamente a la muchacha se le alegra la cara y hace señas señalando en dirección a donde yace tirado Huan. Tino en la popa con un remo en la mano se levanta y mira con cara de alegría. La piragua lentamente se acerca mientras los dos reman ahora. Llegan a la orilla junto a Huan y los dos Tino y Wandra bajan, Tino se agacha y con cuidado revisa el pulso en el cuello de Huan y asiente sonreído. Lo recogen delicadamente y suben a la embarcación tapándolo con hojas de plátano, vuelven a subir y luego continúan remando rápidamente río arriba.

Se van internando en la selva hasta llegar a una pequeña playita de arena en la rivera del rio. Wandra le hace señas a Tino, han llegado. Reman hasta la playita y cuando la piragua encalla Tino se baja jalándola hasta que queda sobre la arena.

- Espera aquí. Voy a hablar con mi padre.

Mientras Tino quita las hojas de plátano descubriendo a Huan que yace débil en el fondo de la piragua. Le golpea suavemente la mejilla con el dorso de la mano a la vez que le llama por su nombre. Este apenas abre los ojos, entonces se escucha la voz de Wandra que habla en su dialecto y cuando Tino mira hacia arriba de la colina que está junto a la playita, ve a Wandra venir junto a su padre y cuatro jóvenes muchachos indígenas de la aldea. Llegan junto a la piragua y entre los cuatro muchachos levantan a Huan y lo llevan en hombros colina arriba hacia la aldea. Cuando llegan Tino queda asombrado de ver el hermoso lugar, grandes casas de madera y techo de paja sobre pilotes hechos de troncos de madera. Las casas son abiertas con pocas paredes de manera que están bien ventiladas. La aldea está dispuesta de forma que en la parte central se encuentra una casa comunal donde se dan todas las actividades de la comunidad. Alrededor de esta hay varias casas de menor tamaño, pero igualmente cómodas y bien construidas que pertenecen a cada familia. A las casas se accede usando una curiosa escalera tallada en un tronco. Ya en la casa comunal el padre de Wandra que resultó ser el Cacique de la aldea les da la bienvenida y les informa que pueden quedarse en esta por lo pronto. Las mujeres de la aldea preparan una rica comida de pescado y frutas que les ofrecen, luego de comer y recuperar algo de fuerzas llega a visitarlos el Chamán de la aldea. Que después de examinar a Huan, le unta las heridas con una pasta hecha con hojas y raíces de plantas medicinales y le recomienda descansar hasta el día siguiente. Huan aún cansado obedece quedando acostado en la casa comunal mientras Tino se dispone a regresar para averiguar que ha sucedido luego de los suicidios masivos y la matanza encubierta. Aprovecha que justo ahora zarpa una piragua rio abajo llevando un cargamento de plátanos para irse de pasajero en ella hasta Matachín. Luego de atravesar la selva la piragua pasa por debajo del puente del ferrocarril donde desembarca Tino.

Camina hasta llegar al campamento que encuentra desolado, hay trabajadores de otras nacionalidades por doquier recogiendo en carretas los cuerpos de los difuntos chinos que todavía están regados en los alrededores, para ser llevados a una fosa común en las afueras de Matachín. Otros trabajadores con largas escaleras de madera suben a los árboles, encargados de recuperar los cuerpos de los ahorcados que aún se balancean de las ramas. Machete en mano cortan de un golpe las largas trenzas dejando caer los cuerpos a tierra cual fruta madura, donde otro grupo se encarga de recogerlos. Mientras otros buscan entre los matorrales a orillas del rio los cuerpos de los que murieron ahogados. Tino pregunta entre los trabajadores por la suerte de los chinos que han sobrevivido y averigua que han sido reunidos por la administración y transportados a Aspinwall con la intención de embarcarlos a Jamaica, ya que después de lo sucedido ya no quieren conservarlos, ni contratar en lo futuro los servicios de trabajadores chinos. De acuerdo a los conteos del capataz, 125 hombres fueron bajados de los árboles y 300 encontrados muertos en los alrededores sumando 425 en total, aunque el número no es preciso. Tan pronto Tino averiguó el resultado final de los acontecimientos regresó rápidamente a la aldea Emberá para poner al tanto a su amigo.

Al llegar, en silencio se dirige a la casa comunal donde Huan sentado en un banco de madera ya se ve más recuperado, se sienta a su lado y pone su brazo sobre los hombros de su amigo.

- Hermano, alrededor de 425 han muerto y la administración está mandando a todos los sobrevivientes a Jamaica. Algunos que han escapado a Panamá deambulan pidiendo limosna en las calles. No te aconsejo que regreses o te atraparán mandándote lejos. Yo tampoco quiero regresar, por lo pronto debemos quedarnos aquí hasta decidir que haremos.
- Si de alguna forma el destino me ha traído hasta aquí es por algo. Sabes que soy un campesino y aquí hay buena tierra, mucha agua y las plantas crecen increíblemente. Así que puedo trabajar la tierra, pero solo es muy difícil.
- Solo por qué? Somos dos y saldremos adelante.

En eso Wandra que se acerca trayéndoles comida escucha lo que hablan y poniendo la bandeja de comida frente a ellos sobre un tuco, se sienta junto a Huan y le toma la mano.

- Por qué dicen que son solo dos? Somos tres.

Sentados quedan en 1,854 discutiendo animadamente sus planes de hacer una plantación.

En 2015 al día siguiente, mientras Vivian admira el paisaje desde el balcón del apartamento de Rosa y la brisa marina juguetea con su larga cabellera, adentro Carlos conversa sentado en la sala con su abuela. Ahora a diferencia de otras ocasiones, le llama la atención la vitrina de la anciana, llena de fotos viejas. Rosa que nota su interés, se levanta y camina hasta el aparador que está junto al comedor, de dónde saca un viejo álbum de fotografías. Camina de regreso y se sienta junto a él, abriendo el gran álbum y comienza a pasar las hojas mostrándole fotos de sus antepasados, hasta que llega a una página donde hay una foto en blanco y negro de una hermosa joven china vestida a la usanza de finales de los mil ochocientos. Su expresión ha cambiado y una tierna sonrisa ilumina su cara. Se acerca a Carlos enseñándosela.

– Sabes quién es ésta?

Señalando la foto a la vez que la limpia deslizando sus delicados dedos sobre la superficie de esta a la vez que ella misma responde su pregunta.

– Es mi mamá. Se llamaba Mei Lin ella era la menor de tres hermanas que llegaron a Panamá a finales de los mil ochocientos.

Toma la foto en sus manos y la vuelve a mirar con ternura, la voltea y se la enseña a Carlos.

– Mira, aquí está la fecha. Mil ochocientos ochenta y tres, la vida era muy diferente en esos tiempos.

Entonces la coloca nuevamente en su lugar y prosigue el pasar de páginas e historias de personajes hasta que cerca al final, Carlos ve una foto de una joven mujer indígena y deteniendo a su abuela, le dice:

– Yo he visto a esta mujer antes!

Pasa la página y ve la siguiente foto, que es de dos hombres jóvenes uno chino y otro latino sentados junto a un azadón y varios manojos de arroz, vestidos con ropas parecidas al montuno de manta sucia pero, sin decoraciones. El chino lleva sombrero cónico y el otro un sombrero de junco. Carlos le dice:

– Esas caras!

Al final pasa a la última hoja donde hay una vieja y pequeña foto de un muchacho chino a su arribo a Panamá. Es la foto de control que les tomaba la Compañía del Ferrocarril, Carlos la toma en sus manos y la mira de cerca, luego la voltea y atrás se lee: "30 de marzo de 1854". El muchacho como de quince años aparece con ropa típica de trabajador culí de aquellos años, con sombrero cónico y larga trenza. Él pone especial atención a un objeto sobre el pecho del sujeto, un collar con un blanco colmillo. Carlos entonces lo reconoce.

– Abuela, hay algo que tengo que contarte…

Entonces Carlos decide contarle a su abuela la extraña visión que tuvo durante el accidente. Luego del relato de Carlos la abuela pasa su mano acariciando la mejilla de su nieto, después se levanta en silencio dirigiéndose al comedor, abre una gaveta del aparador y saca una vieja cajita labrada en palo rosa regresando junto a Carlos. Se sienta y la pone sobre su regazo, la abre y dentro hay un collar de cuero llevando un gran colmillo de marfil engarzado, en la punta y base tiene casquillos de oro. Lo saca y sobre sus manos lo enseña a Carlos que lo observa sorprendido. Entonces lo levanta, por encima de la cabeza de Carlos y lo acomoda en su cuello.

- Ahora te toca llevarlo, este era el collar de mi abuelo Huan, el primero de la familia que llegó a Panamá, el 30 de marzo de 1,854 y sobrevivió a los eventos que sucedieron en Matachín, un antiguo poblado que ahora yace bajo las aguas del Canal de Panamá.

En el momento más crítico de sus vidas, dos personas de épocas diferentes coinciden en un mágico lugar y logrando rasgar el velo del tiempo se ayudan a seguir con vida, ignorando que la misma sangre corre por sus venas.

FIN

SUR 4 BRAVO

EL SECUESTRO DEL CORTE CULEBRA

Lindo Amanecer. Es un cálido día de verano en la selva colombiana. Extensiones densamente cubiertas de un manto verde únicamente interrumpido por los largos y serpenteantes ríos que hoy discurren lenta y pacíficamente hacia el mar. Bajo los árboles, junto a uno de estos ríos hay una pequeña aldea Emberá. "Lindo Amanecer" es su nombre, son apenas nueve chozas construidas sobre postes de troncos de árboles, dispuestas alrededor de un solar en medio del cual se levanta una gran casa comunal. Pequeños niños de tres a cinco años juegan en los alrededores correteando gallinas, mientras cerca a la orilla del río que bordea la aldea otros chiquillos más grandes en taparrabos hacen sus primeros intentos con el arco y flecha. En la casa comunal hay un grupo de niñas ya adolescentes vestidas únicamente con una tela colorida enrollada a su cintura y el torso descubierto luciendo sus tatuajes tradicionales. Están sentadas con cuadernos en el regazo, haciendo sus tareas. Lucerito una niñita gordita de tres años, de cabellos largos corre riendo tras un pollito. En su corretear se pierde de vista entre dos chozas que colindan con la jungla. Ella corre feliz hasta que repentinamente resbala en un charco de lodo y cae boca abajo mientras el rápido pollito sale corriendo y escapa entre los matorrales. Ella se levanta y limpia sus manitas. Ahora, se ha quedado mirando al piso con la boca abierta y cara de sorpresa, se restriega sus ojitos y vuelve a mirar. Frente a ella dos botas de caucho negras, ella curiosamente mira poco a poco hacia arriba y descubre a un hombre vestido con ropa de camuflaje militar. Es Matatigre, un hombre blanco de aproximadamente 35 años. Lleva lentes y fácilmente pasaría por maestro de escuela o doctor excepto por una gran cicatriz que tiene al lado izquierdo del cuello recuerdo de un antiguo combate, lleva una gran AK-47 en las manos. La niña se queda congelada y grita llorando de miedo.

En la casa comunal se escucha el grito de Lucerito y la mayor de las muchachas, Jazmín una adolescente de 16 años y largos cabellos negros adornados con un papo rojo, vestida con una tela de diseños amarillos y hermosos tatuajes la escucha. Reconoce la voz, es la de su hermanita menor. Inmediatamente deja el cuaderno de lado y baja de la casa comunal por la escalera de tronco y corriendo va en su busca. Sigue el llanto de su hermanita y se mete entre las chozas. De pronto se detiene en seco tapándose la boca cuando ve a Matatigre que tiene agarrada a su hermanita y tapándole la boca le dice en voz baja.

– No grites y todo va a salir bien. Avisa al cacique.

Una hora después, la aldea completa está reunida en la casa comunal, todos sentados alrededor sobre largos bancos de madera hechos de toscos tablones. Están rodeados de un grupo de doce paramilitares fuertemente armados. Mientras, Matatigre de pie en medio habla con los mayores, tres hombres emberás de alrededor de sesenta años vestidos de manera tradicional, sentados en un extremo de la reunión, les dice.

- Tienen que colaborarnos. Nuestra lucha es por ustedes y sus hijos, para que ya no sean explotados por este gobierno capitalista corrupto que los tiene en el abandono. No les pedimos grandes sacrificios, nada que no puedan cumplir. Algo de comida y su cuota de combatientes para esta lucha, que también es por ustedes.

De entre los mayores de la aldea que están sentados en un extremo, se levanta un anciano delgado y de larga cabellera blanca, en su atuendo tradicional de taparrabo y collares de cuentas cruzados al pecho, llevando un sombrero de fibra vegetal y plumas. Es el cacique de la aldea.

- Hermano Matatigre, sabes que nunca te hemos negado la comida de nuestro plato y hemos cumplido todas tus demandas, pero míranos ahora. Ya no tenemos muchachos varones, ya te los has llevado todos y nunca más volvieron. Quizá ya han muerto y sus padres aún los esperan. Solo somos un grupo de ancianos, mujeres y niños. Qué más quieres de nosotros?

Matatigre mira alrededor y realmente no encuentra ningún muchacho. Entonces centra su vista en Jazmín y la señala. La madre de Jazmín desesperada se tira a los pies de Matatigre, llora y ruega que no se lleven a su hija. El cacique apenado solo baja la cara, no hay nada que pueda hacer para evitarlo.

Una semana después Jazmín camina con un grupo de chiquillos de aproximadamente quince años en fila india, ya vestida de camuflaje con ropas que le quedan grandes y botas de caucho negras, atraviesan unos altos herbazales. Son los nuevos reclutas de esta guerra entre hermanos. Llegan a un campamento en medio de la selva, protegido bajo las copas de grandes árboles. En este lugar hay tiendas de campaña y chozas improvisadas. En los alrededores grupos de nuevos reclutas son entrenados por experimentados paramilitares. Jazmín observa cómo a un grupo le enseñan a disparar, a otro a matar con puñal y al último a arrastrarse pasando desapercibidos en la jungla.

Las niñas son alojadas en una choza junto con otras reclutas ya mayores y los niños de la misma forma en otra choza. Dentro de sus respectivas tiendas es el único lugar donde aún se pueden comportar como niñas, jugar y peinarse entre ellas. Afuera son reclutas en entrenamiento y tratadas de igual forma que los hombres.

El campamento paramilitar tiene dos perros machos y una perra que durante la noche rondan vigilando y alertando de cualquier intruso. De los tres animales la perra es la más feroz, tanto así que durante el día la conservan amarrada para evitar que ataque y muerda a los nuevos reclutas. Sólo un viejo indígena se le puede acercar para darle de comer y beber. El lugar donde la amarran está a medio camino de la choza de Jazmín y cada vez que Jazmín pasa cerca de ella, la perra brava le ladra insistentemente botando espuma por la boca mientras jala y jala incesantemente la soga que la detiene en su intento por romperla. Pasan las semanas y poco a poco Jazmín se va acostumbrando a la rutina. Primero la entrenan a arrastrarse por la jungla sin ser vista o escuchada. Luego a manipular una AK47 y después a matar silenciosamente con un cuchillo de combate. Ella sobresale en el grupo siempre, es inteligente y rápida aprendiendo. Un día mientras Jazmín ya acostumbrada al ladrido de la perra camina descuidada frente a ésta, el animal por fin logra romper la soga y corre tras ella. Le salta a la espalda tirándola y mordiéndole el hombro, Jazmín instintivamente, como gato se contorsiona y gira, saca su puñal y se enfrasca en una lucha por su vida con el animal. Mientras se revuelcan Jazmín logra degollar a la perra. Todos los demás observan en silencio lo que ocurre sin intervenir. Saben que esa es la perra preferida de Matatigre, que personalmente la ha entrenado para ser la más agresiva. Al caer moribunda la perra sobre ella, aterrorizada la echa a un lado y sale corriendo bañada en su sangre, internándose en los matorrales. Durante la noche regresa, ya en la choza llora en silencio atemorizada y una de las reclutas mayores se acerca.

- – No llores, ya lo peor ha pasado. Ahora todos esos pendejos te respetarán. Les has demostrado que eres capaz de pelear por tu vida y vencer al enemigo.
- – Pero, yo estaba aterrorizada, todavía lo estoy.
- – No te preocupes. No lo comentes y vas a estar bien, ya duerme.

Al día siguiente mientras desayuna uno de los instructores se le acerca, le pone la mano en el hombro y le dice que es llamada por Matatigre a su choza. Jazmín con miedo mira a sus compañeras y la recluta mayor la mira y le hace una seña con el pulgar arriba sonriendo. Jazmín se levanta y se encamina a la choza de "Matatigre" y apartando la tela que hace de cortina entra. Éste está sentado en un improvisado escritorio de espaldas mientras escribe.

- Así que mataste a mi perra.
- Perdón señor, ella me atacó e iba a morderme el cuello y tuve…
- Por tu bien espero que de verdad seas una perra más brava que ella. De ahora en adelante te voy a observar muy de cerca.

Así continúa su entrenamiento bajo la constante supervisión del comandante. Siempre es más exigida que las otras reclutas, al punto de que hay días en que se siente desfallecer. Hasta que llega a ser una experta guerrillera reconocida por su bravura, inteligencia y don de mando. Jazmín no solo se ha convertido en una hermosa joven mujer, sino en la mano derecha de Matatigre.

Una mañana el comandante está en su tienda, sentado frente a una mesa hecha de madera rústica revisa un gran mapa de la zona, sobre el cual como si fuera juego de ajedrez, se encuentran dispuestas pequeñas figuras a manera de fichas que representan la distribución de los efectivos, los depósitos de armamentos, los laboratorios de procesamiento y depósitos de producto. Con sus manos lentamente prepara un cigarrillo de tabaco picado. Termina de acomodar el tabaco y enrollar el papel, entonces con cara de satisfacción se recuesta en el respaldar de la silla, despega la vista del mapa, saca la lengua y lame sellando el papel del cigarrillo. Lo aleja e inspecciona girándolo entre los dedos, luego lo pone en su boca y del bolsillo de su camisa de fatiga saca un pequeño encendedor de color verde. Lo enciende y lentamente acerca la llama al extremo del cigarrillo a la vez que chupa del otro extremo y el tabaco se enciende con un brillo anaranjado liberando su aromático humo. Justo en ese momento mágico para todo fumador, se abre repentinamente la tela de manta sucia que sirve de cortina en la entrada. La fuerte luz del sol ilumina el umbral y la silueta de un bien formado cuerpo de mujer en ropa de fatiga con el cinturón bien ceñido a la cintura aparece a contraluz. Es Jazmín luciendo su hermosa cabellera castaño oscuro suelta al viento.

– Comandante, me mandó llamar?

Matatigre da una larga chupada a su cigarrillo mientras observa a la muchacha, aspirando luego con la boca abierta el humo y mientras lo exhala su cara dibuja una sonrisa.

– Entra muchacha, tenemos que hablar.

Ella pone un pie adentro entrando y la cortina se cierra rápidamente detrás de ella dejando al sol afuera y su bello cuerpo femenino frente al comandante.

– En posición de descanso recluta!

Ella se para recta con las piernas ligeramente abiertas y las manos atrás. Matatigre se levanta despacio y se acerca a ella simulando inspeccionarla, pero su cara deja ver una mirada lasciva a medida que se le acerca. Camina despacio rodeándola mirándola de arriba abajo, a los pechos al pasar por el frente y bajando la vista al redondeado trasero de Jazmín al pasar por detrás. Luego la abraza por detrás mientras la muchacha permanece inmóvil, pasa la mano derecha por la cintura de ella sujetándola mientras con la izquierda aparta el liso cabello de Jazmín del cuello y acercando la nariz al cuello de la chica la olfatea.

– Qué rico huele su merced!

Ella permanece inmóvil, entonces la empuja sobre la mesa cayendo ella boca abajo sobre el mapa que yace en esta y él comienza a bajarle el pantalón. La muchacha forcejea un poco bajo el peso del hombre que ya ha logrado descubrirle media nalga cuando ella logra llevar su mano derecha hacia delante alcanzando su cuchillo de combate. Lo sujeta fuerte por el mango y en el momento preciso cuando el peso del hombre sobre ella se aligera, rápidamente gira quedando sentada sobre la mesa frente a su atacante y con el cuchillo justo en su garganta listo para cercenarle la yugular. Matatigre se queda quieto con cara de sorpresa mientras intenta mirar en dirección al cuchillo mientras levanta la ceja derecha y Jazmín lo observa con rabia en la cara. Pasan dos segundos congelados como estatuas en esta incómoda posición cuando repentinamente… Jazmín ríe a carcajadas manteniendo aún el cuchillo en el cuello de Matatigre que ahora sonríe viéndola a la cara. Ella baja el cuchillo y lo clava en el sobre de la mesa atravesando el mapa y separando a Matatigre con la mano izquierda comienza a desabotonar su camisa de fatiga, uno a uno cada botón hasta quedar abierta y luego con las manos abre la camisa enseñando orgullosa sus lindos pechos y quitándosela la tira sobre la silla. Luego desabotona su pantalón de fatiga bajándose el mismo junto con el panty hasta la rodilla. Entonces se acuesta sobre el mapa y coquetamente le hace señas con el dedo índice a Matatigre apuntando entre sus piernas mientras saca la lengua y remoja sus labios de lado a lado.

- Ahora yo soy la comandante. Así que a seguir ordenes!

Matatigre sonreído se arrodilla lentamente sin dejar de mirarla a los ojos hasta que su cara se pierde entre los hermosos muslos de la joven mujer que ahora jadea ligeramente sonreída mientras contorsiona el cuerpo. Cuando la excitación se apodera de ella y el jadeo se hace rápido ella lleva la mano hasta su entrepierna, busca con los dedos hasta encontrar la mata de pelo de la cabeza de Matatigre y tomándolo del cabello lo jala deslizando su cara por su barriga hasta el pecho, justo entre sus dos senos. El hombre desesperado besa, chupa y relame los pezones mientras con las manos suelta su correa y desabotona su pantalón torpemente para dejarlo caer mientras Jazmín levanta las piernas rodeándolo por la cintura fuertemente y los dos caen extasiados convulsionando de placer.

Pasa el tiempo y ahora yacen acostados en la pequeña cama de Matatigre que está al fondo de la tienda, él conversa con Jazmín.

- Mañana tengo que partir por un par de días. Te voy a dejar a cargo del puesto hasta mi regreso. Tengo que asistir a una reunión con los hijueputas gonorreas esos de Cienfuegos y Aleksey.
- De qué se trata la reunión? Es sobre la desmovilización?
- Si. Estos huevones se están dando la gran vida allá y nosotros acá igual de jodidos.
- Ya los combatientes no están mamando gallo y han comenzado a preguntar, que hay en esto para ellos. El gobierno en su propaganda dice que les van a dar dinero, los van a ayudar a poner negocios y prometen no extraditar a nadie.
- Que sigan durmiendo de ese lado de la cama y vamos a amanecer todos con la boca abierta y llena de moscas.
- Pero y los negociadores…

- Ni siquiera nosotros los mandos medios sabemos cómo vamos a quedar, pero no somos pendejos para andar dando papaya. Si estos malparidos nos traicionan ya verán con quienes se topan. Usted fresca mamita que nosotros de esta salimos bien librados y déjeselo saber a los demás. Qué de eso, me encargo yo!

La mañana siguiente sale Matatigre del puesto junto a seis de sus mejores hombres y se encaminan por un angosto sendero que se interna en lo profundo de la jungla. Van camino a Rajatabla una aldea controlada por la guerrilla que está a seis horas de camino a pie, allí se encontrará con otros dos colegas, Cienfuegos y Aleksey comandantes del mismo rango que él. Han decidido reunirse a discutir la problemática de los acuerdos que son llevados a cabo lejos de ellos, por la cúpula y el gobierno. Debido a lo aislado de sus puestos en la selva, es poca la comunicación que tienen con los altos mandos y realmente funcionan de manera casi independiente. La poca información que reciben es a través de la recepción de radio y televisión cuya señal llega muy pobre y débil a sus puestos de comando. Hasta ahora ellos se han mantenido en sus labores de protección de las áreas de siembra y procesamiento de coca, llevando a cabo el trasiego del producto final a través de las trochas en la selva hasta los puntos acordados en la costa y atravesando la frontera hasta Darién. Eventualmente se despachan pequeños grupos de efectivos a misiones de secuestro y rescate al igual que a labores de reclutamiento en los pueblos y aldeas cercanas. Es una maquinaria finamente ajustada cuyos responsables son estos tres hombres que se verán las caras hoy para determinar cuál será su posición. Acatarán la desmovilización o se declararán en rebeldía y continuarán su lucha de manera independiente.

Rajatabla es una aldea de chozas con techos de pencas construidas con madera rustica extraída de la misma selva, de ahí proviene su nombre. Está situado en una hondonada a las márgenes de uno de los tantos ríos que como serpientes van camino al mar contoneándose entre la espesura de la selva. Son veintisiete chozas pequeñas construidas alrededor de una más grande que ocupa el lugar central. Esta tiene cuatro paredes y en cada una de ellas hay una puerta. Adentro ocupando el lugar central hay una gran mesa y sobre ella un mapa de Colombia sobre el cual hay muchas figuras de diferentes colores que representan puestos de defensa, depósitos de armas y municiones, depósitos de producto, puestos de vigilancia y aldeas y pueblos cercanos. En una esquina hay un puesto de radio tipo militar con un pequeño escritorio para su operador. En otra esquina tres refrigeradores de 10 pies de capacidad. En otra una mesa con cuatro sillas y en la última una alacena y un armario repleto de armas y municiones. Solo cuatro personas están dentro de esta choza, el operador de radio, el experto en logística que le da mantenimiento al mapa en todo momento y en una esquina sentados en la mesa dos hombres ya mayores rayando los sesenta. Uno de ellos, Cienfuegos es delgado y alto con ropa de camuflaje y un cinturón negro ceñido a la cintura del cual guinda una gran pistola de grueso calibre. Su cara tiene las marcas de muchos combates con el enemigo al igual que con los muchos insectos propios de esta zona selvática, sus cabellos y barbas largas son plateados y su mirada cansada. El otro hombre, Aleksey lleva ropa de fatiga y es más bajo y un poco gordo pero rápido en sus movimientos, lleva un binocular guindando del cuello y luce una barba de tres días junto un cabello corto y entrecano cual mezcla de sal y pimienta, bajo la nariz un desordenado mostacho adorna su cara. Conversan animadamente mientras beben un licor en pequeños vasitos de shots.

Aleksey toma de un solo trago el contenido de su vaso y lo estrella sobre la mesa a la vez que mira a Cienfuegos molesto.

- Y adonde diablos está este pendejo que no termina de llegar?
- Fresco amigo. Tómate otra copa, ya sabes que en esta selva el que mucho apura termina cayendo de culo.

Aleksey lo mira sin cambiar su cara de molesto mientras Cienfuegos levanta una botella de aguardiente antioqueño y le rellena el vaso. Aleksey da la vuelta y sale por la puerta molesto dando varios pasos y mira escudriñando hacia la colina con las manos formando puños en la cintura cuando ve venir un grupo de siete combatientes bajando por el sendero que conduce a la aldea. Enseguida toma el binocular que cuelga de su cuello y observa hacia la colina detenidamente. Una ligera sonrisa se dibuja en su cara y dejando caer el binocular sobre su pecho entra de nuevo a la choza caminando despacio, mira a Cienfuegos y sonríe.

- Ya viene bajando la colina ese pendejo.

Se sienta junto a la mesa y cuchichea algo con su colega. Matatigre por delante llega con sus hombres al centro de la aldea en fila de a uno y se dirigen a la choza principal, ya frente a la puerta de esta, se voltea y dirige a sus hombres.

- Bueno muchachos. Rompan fila y tómense un descanso. Pero mucho ojo! No quiero a ninguno borracho causando líos, partimos mañana al amanecer.

Los hombres rápidamente parten conversando entre ellos en dirección a una de las chozas pequeñas donde funciona un pequeño comedor. Matatigre da la vuelta y entra por la puerta de la choza principal. Ya adentro busca con la vista a sus colegas que le miran desde sus sillas. Sonreído abre los brazos y los mira con una gran sonrisa.

- Mis queridos colegas! No me van a saludar? O que?
- Ya estamos muy viejos para levantarnos a saludar a un culicagado como tú.

Aleksey y Cienfuegos se quedan serios viendo a Matatigre y de repente todos se comienzan a carcajear. Aleksey levanta la mano

Aleksey- Ya ven y siéntate, no seas tan marica. Un aguardientico para el calor?

Pone otro vasito de shot sobre la mesa y levantando la botella le sirve hasta casi el borde sin que se derrame una gota. El recién llegado lo levanta a la vez que los otros dos hacen lo propio con los suyos y brindan. Luego de saborear el anisado elixir ponen los vasitos sobre la mesa.

Aleksey- Ahora si hágale mi querido Cien.

Cienfuegos- El motivo de esta reunión es para establecer nuestra posición con respecto a las conversaciones de paz y desmovilización que la cúpula de nuestro movimiento adelanta con los representantes del ilegitimo gobierno y el santurrón de su presidente.

Matatigre- La verdad es que nosotros nada sabemos. La información que nos llega es la que podemos obtener de los medios de comunicación cuya señal apenas llega a nuestros campamentos.

Aleksey- Para mí, estos huevones ya se vendieron y se están dando la gran vida allá mientras nosotros estamos acá incomunicados.

Cienfuegos- Cómo puedes pensar eso? Todos conocemos a nuestros líderes.

Matatigre- Si. Pero no es lo mismo acá en la selva que allá tomando roncito y cogiéndose a alguna negrita bien formada.

Cienfuegos- A que te refieres?

Matatigre- Todos sabemos quién allá es ahora el comandante, que manda y actúa más como un emisario de los gringos que como un aliado.

Aleksey- Duras palabras, pero no dejas de tener algo de razón.

Cienfuegos- Esas son elucubraciones. Quizá es la oportunidad de salir de esta vida y vivir nuestros últimos años en paz.

Matatigre- Paz? Ya deja de estar mamando gallo y despierta. Cuando la gente se olvide de nosotros nos van a corretear como a cucarachas y uno a uno nos van a eliminar.

Cienfuegos- La verdad es que ni ellos, ni nosotros vamos a olvidar a nuestros muertos.

Aleksey- Entonces qué? Ahora todos amigos y cada quien para su casa? Yo creo que es una treta para sacarnos del medio.

Cienfuegos- No hay que dar papaya con esta gente. Ya no podemos confiar en los cubanos, mira como está Venezuela.

Aleksey- A esos sí que los jodieron de lo lindo. Ya ni para cagar tienen papel…jajaja!

Matatigre- Creo que has dado en el clavo. Ellos están jugando a convertirse en la zona libre del Caribe, con su propio centro bancario. No nos están ayudando, se están congraciando con los gringos.

Cienfuegos- A mí me sacan muerto de esta selva.

Matatigre- Yo no entrego una pulgada de tierra sin pelear.

Aleksey- Creo que estamos todos de acuerdo.

Cienfuegos- Necesitamos un plan, armas y dinero para comprarlas.

Matatigre- Siempre he tenido una idea que les parecerá loca, pero puede resultar y ni siquiera afectará el mentado alto al fuego que tenemos que cumplir.

Los tres se acercan y comienzan a conversar en voz baja sobre el nuevo plan. Matatigre con entusiasmo les explica su plan a la vez que esclarece sus dudas. Repentinamente se levanta Aleksey, toma su vaso de aguardiente y lo toma de un jalón, traga sintiendo el fuerte licor bajar por la garganta y con un gesto incredulidad.

Aleksey- Y quien carajos se encargará de esta misión?

Cienfuegos- Si lo hacemos, nadie puede saber que somos nosotros. Si fracasa la operación no podemos quedar involucrados.

Matatigre- Tengo la gente precisa para esta operación y son gente de mi entera confianza y probada lealtad. Solo necesito su apoyo y entera discreción.

Cienfuego- Pues hágale mijo!

La visita a Rajatabla se extiende a tres días y luego de su ausencia Matatigre regresa con noticias importantes. Les han confiado una importante misión que determinará el futuro triunfo de la guerrilla sobre el ejército. Matatigre manda llamar a un selecto grupo de doce combatientes, compuesto por paramilitares jóvenes que han sobresalido en su entrenamiento y desempeño, entre ellos Jazmín y tres chicas más que han demostrado excelentes aptitudes. Les reúne en su tienda.

- Deben prepararse para salir mañana, se nos ha asignado una importante misión que podría determinar el éxito de nuestra lucha. Más adelante les daré los detalles. Por ahora preparen su equipo, mañana temprano salimos.

Darién. Amanece en plena selva. Acá la vida transcurre bajo un reloj diferente y la naturaleza impone sus condiciones, es la tierra del famoso "Tapón del Darién", una selva tan espesa e inhóspita que el humano con sus adelantos no ha podido penetrar. Es uno de los pocos lugares del mundo donde la naturaleza y la vida silvestre aún prosperan. Está amaneciendo tras una noche lluviosa y en la montaña bajo la neblina matutina se puede ver el dosel de la jungla con sus miles de tonos de verde destellante por las gotas de agua que aún no se evaporan. Por arriba las copas de los árboles semejan una verde alfombra, pero bajo ella en el sotobosque hay un hervidero de actividad, desde las arrieras recolectoras con su incansable podar, el ñeque y armadillo que buscan entre las hojas del suelo su alimento y el jaguar que los acecha en busca de próxima comida. Protegidos del sol bajo las copas de los árboles que luchan por un espacio donde absorber sus rayos, animales rara vez vistos se mueven en la seguridad de la selva donde el hombre apenas ha logrado abrir algunas pocas trochas entre la espesa vegetación.

La naturaleza no reconoce fronteras y menos las impuestas por el hombre. En la espesura, un río transcurre deliciosamente por su pedregoso cauce, protegido del sol por las altas y espesas copas de los árboles. La cristalina agua se escurre cantarina entre grandes piedras hasta llegar a una caída de donde salta libre hasta caer en una poza natural que ha horadado a través de cientos de años. Tres hermosas jóvenes indígenas retozan desnudas bajo la caída de agua. Desde la profundidad del agua se dibujan los hermosos cuerpos cobrizos desnudos de Jazmín y sus compañeras que nadan despreocupadamente y felices. Cualquiera al ver esta lúdica escena jamás se imaginaría estar frente a tres de las mejor entrenadas paramilitares de la guerrilla. Una voz rompe la paz de este idílico escenario cuando las llama. Las risas de las jóvenes se silencian, la expresión de sus caras cambia y una a una salen del agua abandonando su escondido santuario de placer. Sus largos cabellos negros escurren el agua que danza de lado a lado a lo largo de sus espaldas al ritmo del contoneo de sus caderas al caminar. Sus hermosos cuerpos desnudos aún mojados se pierden entre los arbustos.

Un angosto sendero enlodado se abre paso en la espesura de la jungla, apenas se logra ver y solo un ojo entrenado lo descubriría. De repente, se escuchan pasos acercándose. Un grupo de personas en uniforme militar se desplazan rápidamente entre la vegetación llevando mochilas militares, arriba las copas de los árboles los cubren del sol y de los helicópteros que frecuentemente patrullan el área. Bajo esta verde alfombra, un espeso sotobosque. En medio de la paz únicamente interrumpida por el trinar de las aves y el aullar de los monos, truena una rama podrida al caer al suelo desde la altura de un árbol y el grupo se detiene al unísono. Se agachan y desaparecen a la vista mimetizados entre los matorrales. El hombre que va adelante hace señales al resto de ellos de que todo está bien y lentamente se incorporan y continúan la marcha. Sus botas de caucho les abren paso entre el lodazal mientras las mangas de sus uniformes les protegen de la vegetación. Han aprendido a abrirse paso en la jungla sin usar el machete porque éste hace un ruido reconocible a la distancia y en vez de sorprender al enemigo, ellos podrían ser los sorprendidos. Llegan a un riachuelo que fluye entre las piedras de un claro protegido por las ramas de los árboles que hay alrededor y el grupo se detiene a tomar agua. Es el grupo de doce paramilitares de Matatigre en camino a Panamá. Cada uno lleva a cuestas una mochila que pesa veinte kilos, todos saben lo que llevan adentro, pero para ellos eso no es importante, es solo parte de la misión. Mientras el grupo descansa, tres de ellos se reúnen junto al riachuelo sobre una gran piedra. Son Matatigre, Ñeque y Jazmín, cada uno de ellos comanda y forma parte de una célula de cuatro guerrilleros.

El jefe de la operación es "Matatigre", es el más experimentado de todos y ya ha incursionado a la provincia panameña de Darién en múltiples ocasiones en misiones de entrega de la blanca mercancía. La segunda al mando es "Jazmín" que ya es una guapa mujer de piel cobriza, largo cabello negro y liso que lleva apretadamente peinado bajo una gorra, su uniforme deja ver unas curvas deliciosamente esculpidas, sería el sueño de cualquier hombre, pero su historial de 18 militares muertos en combate aleja a cualquier pretendiente y le asegura el respeto incondicional de sus compañeros. "Ñeque" de 22 años es el tercero del grupo, es un joven indígena de extracción muy humilde que desde la infancia fue secuestrado por los paramilitares y se inició en las filas como aguatero, pero su lealtad y coraje en el frente lo han convertido en una ficha clave de esta operación, es un hábil rastreador.

Los demás todos por seguridad y para mantenerlos anónimos se llaman igual a su jefe de grupo con el agregado de "uno", "dos" y "tres" al final. Todos son guerrilleros experimentados tanto en la jungla como en guerrilla urbana. Fueron seleccionados directamente por los altos mandos para esta misión y al aceptarla a sabiendas empeñaron la vida.

Matatigre saca de uno de los bolsillos de su camisa un localizador satelital y revisa su posición. "Estamos cerca" les informa a los otros dos, en quince minutos debemos llegar a menos que nos encontramos con algún "fronterizo" (nombre clave con que se refieren a los guardias de frontera panameños). No hay mucha conversación, se hacen señas con la cara y pronto la hilera de a uno está de nuevo en marcha abriéndose paso en la jungla como serpiente. Llegan a un punto del bosque donde hay un pequeño claro, Matatigre revisa su aparato de nuevo y dice, "Es aquí". Entonces Ñeque camina alrededor del claro buscando con el pie algo en el suelo bajo las hojas secas, luego se agacha y toma un pedazo de soga semienterrada en la tierra y la jala levantando una tapa echa de una hoja de zinc verde muy bien cubierta de tierra, ramas y hojas.   Bajo la tapa un gran hoyo en la tierra, protegido lateralmente con ramas de forma de que no colapse, dentro del mismo hay doce bolsas de plástico negras como las de basura de jardín.   Las sacan una a una buscando alguna marca en ella. Nueve no tienen marca y se las dan a los subalternos de cada grupo de tres, las otras tres llevan uno, dos, tres tiras de cinta adhesiva.   Matatigre toma la que tiene una tira, le pasa la de dos a Jazmín y la de tres a Ñeque.   Dentro de cada bolsa hay ropa de civil y una mochila de colores común como las usadas en Panamá por los trabajadores de las construcciones para llevar su almuerzo y pertenencias.   Inmediatamente se quitan las botas de caucho y se desnudan vistiéndose con las ropas de civil que hay en las bolsas. En el grupo de subalternos hay tres mujeres más que al ver la ropa de sus bolsas descubren que son de hombre así que ya en panty y sostén sin pena alguna interrogan a sus compañeros por el contenido de las otras, a ver si hay ropa de mujer.   En efecto encuentran ropa de mujer en otras tres bolsas y se las pasan.   Ya vestidos de civil toman las mochilas militares con su carga y las introducen en las bolsas negras junto a los uniformes militares y botas de caucho arrojándolas al hoyo el cual vuelven a tapar y cubrir con tierra, hojas y maleza para que pase desapercibido.   Revisan el contenido de sus nuevas mochilas y encuentran en ellas una cartera con treinta dólares en billetes chicos, una identificación falsificada, un celular, una muda de ropa interior un jugo y un paquete de galletas.   Entonces comparan las fotos de las identificaciones falsificadas y las intercambian.

Ya vestidos de civil y con las nuevas mochilas al hombro continúan su camino, saliendo del monte y aproximándose a un poblado indígena. Al entrar al poblado dejan de caminar en fila y andan en grupo, van conversando como turistas ecológicos en excursión. Saludan a los indígenas tomándose fotos y continúan el camino hacia el pueblo más cercano. El primer punto de la misión ha sido cumplido, la entrega se ha realizado.   Ahora hay que llegar a Yaviza desde donde se puede seguir en transporte.   Ya cerca del poblado, todos se acicalan un poco y las chicas se maquillan con algunos cosméticos que incluían sus mochilas.   Entran al pueblo por separado en grupos de cuatro, cada grupo incluye una mujer.   Es importante en caso de ser interrogados por un "fronterizo", una chica sonriente puede suavizar el asunto y distraer al fronterizo. Los grupos entran a Yaviza uno a uno, tomándose fotos con los celulares y actuando como turistas mochileros.   Se juntan en una refresquería y piden unas chichas y empanadas mientras conversan animadamente.   Dos "fronterizos" patrullando se acercan.

- Buenos días jóvenes!

Jazmín toma la palabra.

- Buenos días, como está.
- Andan de paseo por acá? De donde son?
- Si, somos turistas. Vinimos al Darién a observar aves y la diversidad biológica de acá.
- Y todos andan juntos?
- Si oficial juntos, pero no revueltos (riendo coquetamente).
- Buenos jóvenes bienvenidos al Darién, si tienen cualquier problema allá está el cuartel, estamos a sus órdenes.

La coquetería de Jazmín y las otras chicas había salvado la situación, han salvado el primer obstáculo y esto les da más confianza. Ahora hay que conseguir transporte a la ciudad. Pasean por el pueblo hasta encontrar la piquera de transporte y se acercan a comprar boletos. No van todos juntos, se separan en grupos de cuatro para no levantar sospechas y se van montando en sendos buses con rumbo a la "24 de Diciembre", el asentamiento suburbano más al este del municipio de la ciudad de Panamá. Jazmín y sus tres compañeros se montan en una chiva roja junto a otros pasajeros en su mayoría campesinos que llevan sus productos a la ciudad para su venta. Una señora ya mayor, Doña María de unos sesenta años intenta subir un saco de yuca que lleva para vender, pero apenas puede con él, Jazmín muy amablemente la ayuda y empiezan una conversación. Los otros muchachos al igual van entablando conversación con los pasajeros, ayudándoles y tratando de agradarles. Ellos también son gente de campo y saben relacionarse con esta gente sencilla y trabajadora, además así se entremezclan con ellos y no llaman tanto la atención. Es importante ganarse la voluntad de los pasajeros en caso de que haya retenes.

El chofer avisa en voz alta que más adelante hay un retén de la Policía de Fronteras. Nadie se sobresalta, esto ya es costumbre. Al incrementarse la lucha contra el narcotráfico han aumentado los retenes para revisar en busca de posibles cargamentos de droga. El vehículo se detiene repentinamente y el chofer habla con el oficial.

- Buenos días comando!
- Buenos días! Vamos a hacer una revisión. Por favor todos abran sus bolsas y cédula en mano. Cabo! Revise la carga.

Todos abren sus bolsas, Jazmín y sus compañeros no están preocupados, no llevan nada sospechoso. El oficial ve el contenido de las bolsas y pregunta a cada uno su origen y destino. Al llegar a Jazmín.

- Buenos días señorita, de dónde viene?
- Vengo de Yaviza con mi novio y un amigo.

Al oír el acento el oficial los ve con sospecha y decide interrogarles más.

- Y ustedes dos cómo se llaman?
- Yo me llamo Pablo oficial.
- Y yo soy Roberto señor.
- Qué andan haciendo por acá en el Darién?

Jazmín interviene sonriendo.

- El Darién es famoso mundialmente por su selva y animales así que vinimos a conocerlo.
- Y en dónde se quedaron?
- Cómo así oficial?

Preocupada por no poder dar una buena respuesta.

- Que en dónde se alojaron, no me diga que pasaron la noche en la selva.

Todos los pasajeros están callados, presienten que va a ver problemas y se retrasará el transporte, lo que los perjudica a todos. Jazmín duda, no sabe que responder…

- Eh…, Eh…

Doña María viendo a la muchacha en problemas decide ayudarle.

- Ya oficial! La joven y sus amigos se quedaron en el patio de mi casa, atrás en el bohío y hasta me ayudaron a cosechar la yuca. No ve que son buenos muchachos y turistas.

En eso se van acumulando los vehículos en la fila y algunos comienzan a pitar. Otro de los Fronterizos desde afuera le habla al que interroga a Jazmín.

- Qué pasa Martínez? Hay alguna irregularidad?
- No teniente, todo en orden. Ok, siga adelante chofer.

124

Se da la vuelta y baja del vehículo, todos respiran aliviados. Ya con la chiva en marcha Jazmín agradece a la señora.

- Gracias señora, la verdad estaba nerviosa y ya tenía miedo.
- No te preocupes mi'jita. Ellos sospechan de todo el mundo y a los ladrones, a esos no los pescan. Sólo con verlos se da uno cuenta de que ustedes son gente buena.

Se ríen y continúan conversando.

Estamos al extremo este de la República de Panamá muy lejos de la moderna ciudad capital con sus altos rascacielos y congestionadas avenidas. El camino es malo con muchos baches y el viejo transporte se estremece con cada hoyo del camino.

Continúan el viaje conversando y los muchachos contándoles cuentos a los niños que van en el transporte. Cuando llegan a la "24 de Diciembre" ya es de noche. Al bajar del transporte parece que ya todos son amigos, la gente se despide amablemente deseándoles suerte. Doña María, que entabló amistad con Jazmín la despide con un beso en la mejilla y le obsequia una medalla de latón del tamaño de una moneda de cincuenta centavos con la imagen de la Virgen del Carmen.

- Toma mi'jita para que te proteja.
- Gracias señora, pero no se moleste. Yo la verdad no creo...
- No importa. Tómala como un regalo, aunque tú no creas, ella te protegerá.

Entonces la señora le abre la blusa un poco y se la pone con un pequeño imperdible en el comienzo del tirante izquierdo del sostén, justo sobre el corazón. La señora cariñosamente la vuelve a besar en la mejilla y se despide desapareciendo entre la gente.

En la 24. Jazmín saca la cartera y busca un papelito dentro de ella, lee lo que está escrito, es la dirección de una casa donde pasarán la noche. Los cuatro se sientan cerca de la zona prepago del metrobus y ella les informa, aquí dice "Los Pilones, calle segunda". Tenemos que buscar cómo llegar allá. Vamos a preguntar, se levantan y comienzan a caminar. En eso un pequeño taxi amarillo Picanto se detiene al lado de ella y el chofer la aborda.

- Wapín mami a dónde te llevo?

Uno de los muchachos contesta.

- Disculpe señor, estamos buscando los Pilones, calle segunda.
- Yo taba hablando con la guial no contigo. Hey! Mami este man anda contigo?

Jazmín entonces habla.

- Si señor son mis primos y buscamos la casa de una tía. Llévenos por favor, usted que es tan querido…si?
- Bueno ta'bien. Son tres palos hasta'llá. Pero esas mochilas me las ponen en el maletero, acabo de tapizar los asientos.

Los tres caminan a la parte trasera del taxi y miran con curiosidad un gancho con soga elástica que mantiene la tapa del maletero cerrada. El taxista les grita desde la ventana.

- Qué están esperando? La llave? Suelten el gancho y metan la mochilas!

Rápidamente uno de los muchachos reacciona y desengancha la tapa metiendo las tres mochilas y colocando nuevamente el innovador y curioso cierre a la vez que sonríe. Dan la vuelta y ella se sube adelante junto al chofer y los tres hombres atrás. El chofer, un viejo moreno panzón va todo el camino vacilando a Jazmín y coqueteándole sin saber que en menos de dos segundos ella podría matarlo sin arma alguna. Ella juega su papel de chica ingenua y coqueta a la perfección. El pequeño taxi se encamina recorriendo las oscuras calles de la 24 en busca de la dirección. Antes de llegar a la entrada de los Pilones encuentran un retén policial. Están deteniendo a todos los taxis, les piden las licencias e interrogan a los choferes y pasajeros acerca su destino. A algunos les piden abrir el maletero del vehículo revisando su contenido. Adelante de ellos en medio de la calle un policía les hace señas de orillarse a el hombro e incorporarse a una fila de autos en la que más adelante cuatro unidades los interrogan, el chofer se queja.

- Chucha madre! Perdón mi amor, es que estos tongos ya me tienen cabreado.
- Qué pasa? Algún problema?
- No mami, son solo ganas de joder. Según ellos somos los taxistas los causantes de la inseguridad aquí, pero la verdad son ellos Mira!

Saca del bolsillo de la puerta del conductor un periódico y se lo pasa a Jazmín que se queda mirando la contraportada donde hay una gran foto de una morenaza en bikini de hilo dental enseñando un gran y redondeado trasero mientras voltea sonreída. Ella se queda mirando al taxista con cara de curiosidad enseñándole la página con la foto. El hombre voltea mirando la foto y ríe, le arrebata el periódico de la mano y lo voltea.

- Perdón mi amor, es aquí al otro lado. Aquí, fíjese!

Ella toma el periódico y examina la portada donde entre otras noticias encuentra una que dice: "Abogado local pone al descubierto la desaparición de gran cantidad de armamento de guerra perteneciente a las fuerzas de seguridad nacionales". El chofer se explica.

- Todos nos preguntamos cómo hay tantas armas en la calle si está prohibida la importación. Pues ahí está la respuesta y luego si un ganadero quiere un rifle para proteger su ganado no puede comprarlo. En qué manos cree usted que quedan esas armas disque perdidas? Shhhh! Ya viene el poli.
- Licencia!
- Tenga comando.
- Adonde se dirige.
- Aquí cerca, a los Pilones.
- Abra el maletero.

Los hombres sentados atrás comienzan a inquietarse y a la vez lentamente llevan una mano hacia el cuchillo que llevan oculto en la cintura. Jazmín presiente lo que está por ocurrir y voltea a mirarlos tratando de tranquilizarlos con una seña. Se siente un golpe en la parte de atrás del vehículo cuando el policía cierra de un fuerte golpe el maletero. Regresa caminando junto al vehículo hasta el conductor llevando la licencia en la mano y lo mira fijamente.

- Y esas mochilas?
- Son de los muchachos comando. Son predicadores mormones, andaban de campamento predicando en Darién. Verdad mamita?

El conductor mira a Jazmín con una gran sonrisa en la boca y guiñándole el ojo sin que el policía lo vea.

- Si oficial.

El policía les lanza una última mirada intimidatoria a todos en el vehículo antes de tirarle adentro sobre las piernas la licencia al conductor.

- Ya váyanse!

Ni lento, ni perezoso acelera el taxista el pequeño taxi amarillo integrándose a la avenida, luego suelta una carcajada.

- Jajaja! Más vale que me seguiste el cuento, sino nos hubieran retenido por horas. Los tres son paisas, no?
- Si acabamos de llegar de visita.
- Ah! Vienen pal Crisol de Razas. Me di cuenta cuando me dijeron adonde, a Paisatown.
- Paisatown? Qué es eso?
- Así le llaman a esto de los Pilones, es como una sucursal de Cali o Medellín…jajaja!

El tonto taxista está tentando su suerte, pero esta lo acompaña hoy, porque nada debe entorpecer la misión. Así que los cuatro paramilitares se aguantan la mecha como dicen aquí en Panamá. En Los Pilones ya esperan los otros grupos en la casa designada para pasar la noche. Aquí es fácil confundirse con los habitantes, hay tantos inmigrantes colombianos y venezolanos que hasta se sienten en casa y no es raro ver gente nueva todo el tiempo. Ya que, gracias a la feria de Crisol de Razas, hay un gran flujo de inmigrantes esperando su oportunidad de participar por su residencia.

Al caer la noche salen a recorrer el barrio como cualquier recién llegado para no despertar sospechas. Cerca de la casa hay una fonda paisa que prepara unas ricas arepas rellenas y siempre está llena de gente. Ellos sólo disponen de veinte dólares cada uno, pero para un paramilitar entrenado como ellos esto es una gran suma. Están acostumbrados a sobrevivir por largo tiempo en la selva sin pertrechos así que para ellos ésta es como una gran fiesta antes de ir al frente. Luego de comprar sus ricas arepas, regresan a la casa para discutir el plan. Solo Matatigre tiene toda la información respecto al plan, la cual es dosificada a cuentagotas para asegurar que no haya ninguna filtración y se mantenga el secreto. En caso de que fueran descubiertos e interrogados, ninguno del grupo podría develar el plan aunque quisiera. A su debido tiempo él informará a Jazmín y Ñeque del paso siguiente. Por lo pronto sólo pasar la noche en los Pilones y mañana por separado seguir al siguiente punto de reunión. Regresan a la casa con sus arepas y sodas donde todos comparten en la sala comedor, pasado un rato Matatigre llama a los otros jefes de grupo a la recamara para coordinar el siguiente paso.

- Bueno muchachos, hasta ahora hemos cumplido con los primeros pasos del plan con éxito. Mañana se incrementará el nivel de dificultad, partiremos desde esta casa segura a el centro de la ciudad. Aquí hay muchos paisanos lo que nos facilita confundirnos entre la gente, al acercarnos más a nuestro objetivo tendremos que ser más cuidadosos y actuar independientemente.

Ñeque le pregunta.

- Cómo saldremos de aquí? Qué transportes utilizaremos compañero?
- Ya tenemos doce tarjetas de metrobus precargadas para la misión. Cada una tiene diez dólares que debe ser suficiente y hasta sobra en caso de cualquier percance. Las mismas también son válidas para su uso en el metro de Panamá así que tenemos muchas opciones.
- Compañero, necesitamos algún tipo de mapa para orientarnos y localizar el siguiente objetivo.

Jazmín interviene.

- Eso no es problema, los celulares que tenemos tienen data activada, ya lo revisé. Podemos orientarnos con las aplicaciones que tienen éstos.
- Precisamente ese es el plan, de forma que no levantaremos sospechas. Estaremos como cualquier hijo de vecina revisando cosas en el celular. Ahora a lo que vinimos. Mañana partimos temprano por separado, saldremos de casa a intervalos de quince minutos para no despertar sospechas. El siguiente objetivo es llegar a casa segura dos, que se encuentra en la Tumba Muerto cerca de la avenida Centenario que conduce al puente del mismo nombre. Al llegar a las inmediaciones, miembros de una pandilla local que nos brindan apoyo los contactarán y dirigirán al destino. Aquí hay tres cintas negras, el líder de cada grupo llevará una amarrada a su mochila para que lo reconozcan.

129

Ahora a descansar. Les entrega una cantidad billetes a cada uno y los despide.

Jazmín y las otras chicas aprovechan para darse un refrescante baño, hace mucho que no disfrutan de un pequeño placer como este. La vida en la selva siempre escondiéndose no es fácil y ellas han probado ser tan buenas en lo suyo como cualquier combatiente hombre, pero no pueden negar su feminidad. Los hombres aprovechan para afeitarse y asearse mientras otros juegan a las cartas esperando su turno. Hay dos de guardia, uno en la parte trasera y otro en el frente de la casa. Atisban por las ventanas en caso de alguna novedad. Cae la noche y poco a poco van cayendo por doquier a descansar. El día ha sido largo y el cansancio los vence, en las ventanas los centinelas cuidan sus sueños. Solo se oye a la distancia la música que proviene de la fonda arepera a dos calles de distancia y más lejos el pregonar de los altavoces de una iglesia al aire libre.

Son las cuatro de la mañana y la tranquilidad se respira en el ambiente. Todos duermen apaciblemente menos los centinelas, suena un celular y todos despiertan poniéndose en posición para defenderse entre los muebles. De suceder algo tendrían que defenderse a mano limpia, no llevan armas, eso los delataría de ser detenidos y registrados. El celular que suena es el de Matatigre, éste contesta rápidamente.

- Si, gracias. Procederemos enseguida (saliendo de la recámara). Debemos partir antes de lo previsto. Uno de nuestros contactos me ha avisado que se planea hacer allanamientos en esta área a las cinco de la mañana y están por salir. Recojan todo su equipo y saldremos. Tan pronto como podamos nos separamos y tomamos rumbo a la zona paga del metrobus junto al supermercado, de allí partiremos en buses por separado.

En menos de un minuto ya todos están listos para partir. La vida de guerrilla los ha acostumbrado a estar siempre listos y dormir con un ojo abierto. Van saliendo a intervalos de un minuto y se pierden en la oscuridad. En el barrio amanece y el sol despunta en el cielo cuando se oyen sirenas acercarse. Tres vehículos policiales se acercan llevando un escuadrón de asalto. Llegan velozmente derrapando al frenar frente a la casa, rápidamente bajan los policías y llegan a la puerta del domicilio abriendo la misma de una patada. Entran gritando "quietos, nadie se mueva, esto es un allanamiento" pero, nada se mueve dentro de la casa, parece vacía, encienden las luces y solo alcanzan a ver un gato que escapa asustado. El jefe del grupo se comunica por radio reportando el domicilio vacío y algunos rastros de ocupación. Operación fallida.

Mientras, Jazmín está en la fila de la zona paga de la 24 con sus compañeros esperando su turno. Delante de ella un señor mayor moreno con pantalón gris y una guayabera ya viejita y muy usada. El señor lleva dos sacos de arroz de veinte libras que va levantando y moviendo según avanza la fila. Jazmín lo observa y cuando el hombre trata de subir al bus, ya no puede con el peso. Jazmín enseguida se ofrece a ayudarle junto a uno de sus compañeros y le sube los sacos al bus. El hombre agitado por el esfuerzo le agradece la atención.

- Gracias mi amor, ya casi no podía con mis sacos de arroz compita. Ya no tengo la fuerza de antes (sonriendo).
- No se preocupe señor, es un placer ayudarle. Hasta dónde va llevando su carga?
- Yo me bajo en Mañanitas, ahí vivo con mi viejita. Ahora la comida está muy cara y con mi jubilación solo alcanza para arroz y porotos, ni pensar en un pedacito de carne. Usted no es de aquí, verdad?
- No, estoy de paseo visitando a mi tía que vive en los Pilones. Conoce usted por esa área.
- No mamita, esto ha crecido mucho y hay lugares que uno ya ni conoce. Con tantos maleantes que hay ahora, no es seguro para un viejo como yo. Aquí me bajo, gracias mamita que Dios te bendiga.
- Cuídese, que esté bien señor.

El viejo se baja y emprende su lento caminar con sus sacos de arroz a cuestas. El bus sigue su camino y Jazmín y sus compañeros se comportan a semejanza de la mayoría de los pasajeros. Van camino a la Tumba Muerto, curioso nombre para una avenida tan importante, que a pesar de tener un nombre oficial, pocos lo usan o conocen. Según las instrucciones deben bajarse en la parada cerca de las universidades, en esta área es común ver estudiantes con mochilas llenas de libros. Por fin llegan a la parada indicada, bajan y ella con la vista inspecciona el lugar en busca de su contacto. La parada está vacía y en el piso un grafiti con las palabras "huele-huele". Jazmín se queda mirando el diseño cuando de la nada aparece un chiquillo de quizá catorce años, flaquito, morenito de grandes lentes con cara de hípster. Se acerca al grupo.

– Xopa! Síganme!

Da la vuelta y todos cruzan la avenida rumbo a un edificio en especial, es un gran edificio con apartamentos de interés social. Está controlado por la pandilla de los huele-huele. Nada sucede a 200 metros a la redonda sin que ellos sepan. En uno de sus apartamentos pasarán el día. Tienen un trato con los huele-huele que les brindarán un cerco de protección que les permita coordinar los últimos detalles y descansar. El pago por este servicio ha sido acordado con anterioridad por los altos mandos y será en especia. Ni siquiera estos pandilleros tienen idea de la razón de su presencia en la ciudad. Son solo meros peones en esta operación y mientras menos sepan mejor. Por lo pronto deben hacerse pasar por inmigrantes ilegales que han pagado en Colombia por un salvoconducto a Panamá.

Hoy Matatigre mira la televisión con interés. Están televisando la inauguración de la ampliación de las nuevas esclusas del Canal de Panamá. La celebración es en grande, hay bandas musicales y se premian a muchos empleados. Por otro lado, se anuncian conciertos de músicos populares y se invita al público en general. Matatigra llama a Jazmín y Ñeque.

– Ven eso? Ya es hora de que conozcan el plan. Vengan.

Se dirigen a la recámara y la puerta se cierra tras ellos. Matatigre toma su mochila y saca un folder rojo de ella.

– Esta es la operación más grande que hemos intentado. Si todo sale bien habremos conseguido financiamiento para culminar con éxito nuestra revolución y la toma del poder en nuestra patria.

Saca la primera página del folder y la tira sobre la cama. Es la foto de un barco tanquero de gas natural Neo Panamax inmenso, en la proa su nombre en grandes letras, "**Poseidón**". Luego saca un mapa del Canal de Panamá.

– En unos días cuando ya el jolgorio haya terminado y todo regrese a la normalidad, nuestra misión es secuestrar esta nave y obligar al gobierno panameño a pagarnos un rescate de 100 millones de dólares. Para esto, asaltaremos el transporte de pasa-barcos que

132

los lleva desde Diablo en este punto, hasta este otro al muelle de Paraíso.

Entonces toma el mapa y abriéndolo señala un lugar específico.

- Acá en este lugar, después de la entrada de la esclusa de Miraflores hay una paralela a la carretera que nos servirá para este propósito. Suplantaremos a la cuadrilla con nuestra gente y ya a bordo tomaremos control de la nave. Tiramos las anclas y detenemos el barco en medio del corte, sembramos los explosivos con detonadores a control remoto en el cuarto de máquinas junto al casco del barco y empezamos la negociación. Una vez alcanzado nuestro propósito, no hay planes de escape ni de recuperación del grupo. Los que logren escapar se reunirán en este mismo lugar, los que no puedan escapar, deben morder esta pastilla, cada uno llevara una. Si se niegan a pagar el rescate o intentan alguna acción heroica, detonamos los explosivos y nos veremos las caras en el infierno. Si alguno tiene dudas, este es el momento de hablar.

Ñeque entonces…

- Pero, señor debemos tener un plan de extracción si se presentan complicaciones.
- Creo que hablé claro, compañero.
- Señor, creo que debe reconsiderar. Podemos idear algo…
- Tienes razón perdona, es mi error.

Matatigre se acerca a Ñeque por atrás y le pone la mano en el hombro con cara de aceptación cuando, repentinamente saca su cuchillo y tapándole la boca le corta el cuello, Ñeque que cae al piso ahogándose en su sangre hasta quedar muerto en un charco de sangre. Mientras Jazmín lo ve sorprendida.

- Ok, Ya estás extraído pendejo. No necesitamos indecisos! Ahora tú Jazmín estarás a cargo de la mitad del equipo.
- Si señor.
- Debemos evitar a toda costa que cualquiera de nosotros sea arrestado e interrogado. Mañana es el día.

Matatigre se dirige al closet y saca una bolsa negra grande, la voltea sobre la cama y caen doce uniformes de pasabarcos del canal.

‒ Encárgate de que todos estén listos.

Al día siguiente antes de amanecer salen del apartamento uno a uno protegidos por la poca iluminación de los pasillos del edificio. Ya van vestidos con uniformes de pasa-cables, cortesía de sus contactos locales. Abajo los espera un busito blanco parecido a los usados por los transportes piratas tan comunes en la ciudad que no llamará la atención. El primero en entrar al busito es Matatigre, Saluda al chofer llamado el "Veinte". Le comunica que tuvieron un problemita y él tendrá que reemplazar hoy a una baja. El hombre asiente callado y Matatigre le pasa un cartucho con un uniforme de pasa-cable. Estando ya todos a bordo el transporte arranca en dirección a la Avenida Centenario en dirección al puente. Hay un gran congestionamiento vehicular en la avenida en dirección a la ciudad, pero a esta hora hacia el puente la carretera está vacía. Antes de llegar al puente toman la salida hacia Paraíso y continúan en dirección a Pedro Miguel. Pasan junto al muro de aproximación norte de la esclusa de Pedro Miguel, cruzan las líneas del ferrocarril y continúan dejando atrás el poblado. Siguen frente a un local en donde en tiempos pasados existió un club llamado "Lake View". Más adelante hay una parte donde la carretera pasa junto al lago y después hay una bifurcación al lado derecho que lleva a la planta potabilizadora de Miraflores, es una sección paralela a la carretera principal. Aquí el busito gira a la derecha saliendo de la carretera y estacionando detrás de unos árboles quedando cubierto por la vegetación. Ahora hay que esperar. Durante el día algunos conductores solitarios llegan al lugar, pero ellos en uniforme les notifican que el lugar está cerrado por mantenimiento del área. Ha pasado casi todo el día y aún continúan esperando. Son casi las cuatro de la tarde y nada sucede. Repentinamente suena un celular. Matatigre saca el aparato del bolsillo de su camisa y contesta. No dice nada solo escucha y luego de cerrar manda dos hombres hasta el otro extremo del camino donde la bifurcación vuelve a juntarse con la carretera y les dice que al acercarse el bus de los pasa-cables lo detengan con la excusa de un accidente y lo manden por la bifurcación, luego cuando este haya entrado cierren la entrada con sendos conos anaranjados. Entonces se dirige a los restantes.

‒ Ok, prepárense. Saquen las mochilas que están atrás del busito.

Hay nueve mochilas, tres grandes con diseño de camuflaje y seis negras más chicas. Abren las de camuflaje y en ellas encuentran pertrechos de combate, pistolas, cuchillos, granadas, metralletas cortas. Matatigre se acerca a las mochilas negras y las abre, dentro de ellas hay explosivos plásticos de gran poder con su detonador. Matatigre toma un control remoto en sus manos. Aprieta un interruptor en la primera bolsa y una luz led roja se enciende dentro de la mochila a la vez que en su control remoto se enciende otra luz roja. Así, repite la operación cinco veces más y a la última la luz del control remoto cambia a verde, entonces se dirije a Jazmín.

- Jazmín tú y las mujeres se encargarán de colocar los explosivos bajo cubierta en el cuarto de máquinas como acordamos y luego reforzarán a los grupos de proa y popa. Toma tu radio. Veinte, tú y los demás someterán a la tripulación de cubierta, colocarán explosivos en proa y a mitad del barco, luego soltarán las anclas, toma tu radio. Usen sus cuchillos, no disparen a menos que sea absolutamente necesario. Este barco lleva carga explosiva y no queremos que explote por error. Cuando la situación esté controlada abajo, Jazmín dejará su radio en popa y subirá conmigo al puente.

En eso uno de los hombres apostados en la entrada de la paralela grita que ya viene el bus de los pasa-barcos. Todos se preparan ocultos al lado de la vía mientras Veinte se sube al busito, lo arranca y abre las puertas. Al acercarse el bus, los hombres en la carretera ponen los conos en medio obligando a detenerse con señas al bus. Le notifican al chofer que hay una colisión vehicular adelante que vayan por la paralela. El bus se desvía subiendo por la paralela donde los esperan Matatigre y los demás, entonces los dos hombres colocan los conos en la entrada de la paralela para evitar que entre otro vehículo y corren tras el bus. Cuando el bus se encuentra a Matatigre y sus hombres uniformados, estos les hacen señales y el bus se detiene. El chofer abre la puerta y le pregunta a Matatigre que tipo de problema hay, que él lleva una cuadrilla que ya va retrasada. Rápidamente los hombres de Matatigre suben al bus sacando sus armas y les disparan a los pasa-barcos acribillándolos. Cuán rápido los matan, los bajan metiéndolos cual bultos en el busito. El Veinte pone una piedra en el acelerador, cierra las puertas del busito y mueve la palanca de "P" a "D" y el busito sale disparado bajando la colina a orilla del lago y acaba hundiéndose en el agua entre unos matorrales. Suben entonces al bus de los pasa-barcos y arrancan rumbo al muelle de Paraíso. En eso suena en el radio del bus, una voz de hombre.

- Pedro, que pasa que no llegan! Ya el barco esta encima y no queremos retraso con este barco explosivo.

Veinte toma el micrófono y contesta.

- Vamos por la potabilizadora, ya pronto llegamos.
- Ok, vayan directo a la lancha que ya está esperándolos.

Llegan al muelle y bajan del bus en fila. Con la premura del retraso nadie les pone atención. El supervisor sale de su oficina gritándoles y haciéndoles señas de que aborden rápido la lancha que el barco está encima. Todos suben rápidamente a la lancha y ésta sale del muelle rápidamente a encontrarse con el barco.

Mientras en el puente del gran barco un experimentado piloto da instrucciones de navegación. Suena su radio.

- Sur Cuatro Bravo, remolcador.
- Adelante remolcador.
- Por fin llegaron sus pasa-cables.
- Ya era tiempo.

La lancha de pasa-barcos se acerca al navío. Detrás del operador de la lancha Jazmín muy de cerca le apunta en la espalda con una pistola. Mientras Matatigre imparte las últimas instrucciones.

- Ustedes tres van a la proa y colocan dos cargas a medio barco y otras dos en la proa. Ustedes tres a la popa y dejen caer las anclas. Los otros tres van al cuarto de máquinas y matan a los maquinistas excepto al maquinista en jefe, paso seguido siembren los explosivos. Después se encargan de defender el acceso al puente donde estaremos Jazmín y yo. No disparen a menos que sea necesario, usen sus cuchillos para matar, no queremos rehenes. El rehén es el barco.

Jazmín lo interroga.

- Qué hacemos con los remolcadores que están amarrados en la proa y popa?
- Corten las amarras y ahuyéntenlos a tiros.

La lancha se apea al barco justo debajo de una escalera de sogas que hay al costado y los hombres con las mochilas de explosivos comienzan a subir. Arriba en la cubierta los esperan dos marinos del buque. Al llegar el primer hombre arriba inmediatamente apuñala a los que los reciben cayendo estos muertos en el acto. Ya han salido y subido todos del bote y solo falta Jazmín. Ella ve en el parabrisas del bote una tarjeta de San Antonio y le dice al operador.

– Crees en él? Pues encomiéndate que hoy lo vas a ver.

Le va a disparar al hombre en la nuca, pero duda. Entonces lo golpea con la cacha de la pistola aturdiéndolo y luego salta rápidamente tomando la escalera y subiendo. La lancha con el operador inconsciente se separa del barco fuera de control hasta encallar en la orilla. Al llegar a cubierta Matatigre les dice que sigan sus órdenes por los radios y se encamina al puente. Jazmín se queda abajo coordinando hasta que la situación esté bajo control. Rápidamente todos se encaminan a sus puntos. Tres hombres van proa llevando cuatro mochilas. Otros tres van a popa y las mujeres entran al cuarto de máquinas a detener el barco y sembrar las últimas dos mochilas de explosivos. Van avanzando a la vez que disparan con sus ak47 a los marinos que se aparecen en su camino. El capitán del barco llama la atención del piloto de que algo está mal. Desde el puente se ven a los tres guerrilleros avanzando por la cubierta rumbo a la proa llevando sus armas. A medida que avanzan van colocando en el camino tres de las mochilas con explosivos. Llegan a proa y apresan a tres marinos que estaban ahí. Les ordenan arrodillarse con las manos arriba y los ejecutan uno a uno.

Rápidamente el piloto habla con los remolcadores pidiéndole un reporte cuando en ése preciso momento los tres guerrilleros de popa con hachas en mano cortan las sogas del remolcador que vuelan por los aires y proceden a disparar con sus ak47 contra el puente del remolcador obligándolo a retroceder, en proa lo mismo sucede al mismo tiempo. Las tres mujeres guerrilleras bajan al cuarto de máquinas y matan degollando a todos menos al maquinista. A punta de pistola lo obligan a detener del todo la máquina, luego lo amarran y lo mantienen a punta de pistola. El barco queda a la deriva apenas moviéndose en medio del canal. Acto seguido Jazmín y sus compañeras siembran los explosivos restantes encendiendo los controles remotos. Las tres mujeres regresan a reunirse con Jazmín. Esta deja dos de las mujeres en el cuarto de máquinas cubriendo el acceso y con otra se encamina al puente a reunirse con Matatigre que espera justo afuera.

Mientras el piloto informa por radio al control de tráfico marítimo lo que sucede, el capitán del barco entra a su camarote y saca dos escopetas y un revólver. Los dos timoneles se arman y se disponen a defender el puente. El piloto espera instrucciones con el radio en la mano y trata de calmar la situación en el puente. En eso un tiro desde afuera rompe el cristal de la puerta y una bomba de humo cae dentro. Todo se llena de humo y la tripulación se esconde esperando el asalto. Matatigre y las dos guerrilleras entran disparando, el piloto alza las manos y es apresado mientras los tripulantes son abatidos. Cuando el humo se disipa la situación está bajo control de los guerrilleros. Aún vivos el capitán y el piloto entonces Matatigre da instrucciones por radio.

- Ok, en la popa suelten las anclas.

Se escucha el ruido de las cadenas de las anclas al caer y como se va frenando el barco.

- Ahora suelten las anclas en la proa.

Desde el puente se ve a los hombres dejando caer las anclas. Luego de que éstas caen, hay silencio en el puente. El piloto en tono nervioso habla.

- Por favor déjeme reportar la situación. Hay barcos en camino y tenemos que detenerlos.
- Comuníquese y páseme el radio. No quiero acciones heroicas. Ninguno de ustedes tiene ningún valor para nosotros, así que no se arriesguen.
- Sur cuatro bravo a control de tráfico.
- Control de tráfico, que pasa sur cuatro bravo. Tenemos reportes de los remolcadores de que hay problemas a bordo.

Matatigre le arrebata el radio de las manos al piloto.

- Habla el comandante Matatigre. Hemos tomado control de esta nave y sembrado explosivos en la misma, la hemos detenido y estamos dispuestos a volarla. Si usted comprende la gravedad de la situación es mejor que contacte al superior más alto que pueda y póngalo en la radio. No intenten ningún movimiento en nuestra contra o volaremos esta bomba flotante.

Apaga el radio y saca de su mochila una caja electrónica con seis luces rojas encendidas y un botón rojo. Entonces se voltea hacia el piloto.

- Cada una de estas luces es una carga explosiva en el casco del barco y éste botón rojo detona la primera iniciando una reacción en cadena. Ustedes mejor que yo saben que este barco lleva gas natural que es muy explosivo. Así que un error y todo se va a la mierda. No solo nosotros, además el Corte Culebra quedaría destruido y cerrado por años. Usted piloto siéntese ahí callado. Encierren al capitán en su camarote.
- Tu piloto, toma el radio y llama de nuevo.
- Sur cuatro bravo a control de tráfico.
- Este es control de tráfico, El Jefe desea comunicarse con quien está a cargo de la situación.

Matatigre le arranca el radio al piloto.

- Habla el Jefe en representación de la junta directiva quiero asegurarle que cooperaremos en todo lo necesario para lograr la liberación del buque que mantienen en su poder.
- Hemos colocado cargas explosivas en el barco y estamos dispuestos a detonarlas si intentan algo en nuestra contra. Ya veo que entienden lo delicado de su situación. Queremos 100 millones de dólares en rescate.
- Cómo los quiere? En billetes sin marcas y en bolsas sin ningún rastreador?
- No insulte mi inteligencia. Se hará una transferencia electrónica a una cuenta cifrada en un Banco de Suiza a nombre de una empresa off shore que les informaré. No se molesten en rastrear el dinero porque al fin del día ese dinero pasará por medio mundo de empresas antes de ser retirado en más de cien lugares diferentes alrededor del mundo. Cuando nosotros tengamos el dinero completo, ustedes tendrán su barco. De lo contrario….Todo se va a la mierda, literalmente.
- Yo no puedo tomar esa decisión personalmente. Enseguida convoco una reunión de la directiva y me pongo en contacto.
- Tienen 24 horas. Son las 19:00 horas.

En las redes sociales se comenta que algo sucede en el canal. Se reciben reportes de que frente al puente Centenario hay un buque encallado o detenido. Ya en las noticias nocturnas de la TV se aprecian imágenes

139

de la nave, con intentos de entrevistar a funcionarios del Canal. En las noticias matutinas ya se ha filtrado la versión de un secuestro de la nave con un supuesto pedido de rescate. La cobertura menciona el peligro inminente ya que la nave transporta gas natural. Una de las cargas más explosivas. A mediodía el Presidente anuncia a la nación lo que acontece con el pedido de que se guarde tranquilidad y asegurando que un grupo de negociadores están trabajando en el asunto. Mientras se dan reportes de gran acumulación de barcos en la bahía. El gobierno norteamericano ofrece su cooperación en el problema, ofrecimiento que es rechazado por el gobierno panameño.

Ya en la tarde grupos de ciudadanos comentan en las calles, reuniéndose en grupos y protestando por lo que acontece y la falta de acción del gobierno. Se va reuniendo una multitud en el Puente de San Miguelito y luego se les unen los transportistas de Diablos verdes que van llegando más y más. Los noticieros muestran la multitud en vistas aéreas que comienza a movilizarse de todas las formas posibles en dirección a la avenida del puente Centenario.

Mientras en la rivera del canal la Policía de Frontera, la Fuerza Aeronaval y otras instituciones apertrechados y escondidos planean como resolver el problema. Surge un plan entre la instituciones para abordar y controlar la embarcación, pero mientras los secuestradores estén vigilantes tendrá poco éxito. Mientras, muy atrás del barco en una pequeña lancha inflable seis buzos con trajes de neopreno negro esperan una señal. Son cuatro buzos de asalto y dos especialistas en explosivos.

Una barrera de policías de tránsito impide el acceso al puente por supuestas reparaciones, pero ya la noticia se ha difundido por las redes sociales. Los policías ven aproximarse una gran cantidad de Diablos Verdes y todo tipo de vehículos cargados de gente con banderas panameñas. Hacen señales de alto pero la multitud rebasa las barreras y continúa.

Comienza a llegar la multitud en buses Diablos Verdes, cargados de banderas nacionales. Todos apostados sobre el Puente Centenario protestando por el atentado ondean las banderas. Rápidamente Matatigre toma el radio y grita.

- Quiten a esa gente del puente, de lo contrario comenzaremos a disparar.
- Qué gente? No tenemos conocimiento de algo en el puente.

- Ustedes lo han buscado.

En la TV se ven vistas aéreas con cientos de personas enarbolando banderas que protestan sobre el puente. La noticia filtrada de lo que acontece ha provocado la ira general y la población se ha lanzado a las calles. Matatigre da la orden a sus secuaces de disparar a matar hacia la multitud desde el barco. Son tiradores expertos y pronto se escuchan las detonaciones de sus armas y se ve como la gente comienza a caer mientras unos corren y otros aún permanecen enarbolando sus banderas.

Muy atrás del barco, justo detrás de una curva del canal el grupo de buzos de la Fuerza Aero-naval esperan una señal. Este es el momento y reciben la autorización aprovechando la distracción en el puente Centenario adelante del barco para lanzarse al agua. Van llevando motores portátiles negros a batería, que les permiten moverse rápidamente a ras del agua. Mientras avanzan hacia la popa del barco, en frente siguen cayendo civiles bajo el fuego que proviene del barco. Los agentes de la policía de Frontera aunque ocultos en las riveras y apuntando, tienen orden de no disparar a los secuestradores por el peligro de que detonen las cargas. Protestan al ver a los civiles cayendo mientras ellos están imposibilitados de defenderlos. La gente en el puente Centenario ha desalojado y sólo se ve a algunos arrastrando a los muertos y heridos. Hay banderas por doquier.

Atrás del barco los seis buzos están a cien metros de distancia y sueltan sus motores portátiles y se hunden para no ser vistos al acercarse a la popa. Ya los secuestradores de popa han regresado a sus puestos sin notar ningún movimiento. Bajo la superficie los seis hombres lentamente se acercan. Se reúnen junto a las hélices gemelas del barco, uno de ellos asciende y sin salir a superficie extiende la mano llevando un led rojo y hace seis flashes que por su posición no son vistos desde el barco. A la distancia el Comandante de la policía de Frontera observa los destellos.

- Ya están bajo la popa del barco. Que se preparen los francotiradores.

Sendos francotiradores apostados en las dos riberas del canal se aprestan a disparar a los secuestradores de popa. Los buzos escondidos tras la curvatura del casco de popa salen a superficie asomando apenas las cabezas y nuevamente hacen una señal con el led rojo. El comandante habla.

-   Ahora!

Los francotiradores de la policía de Frontera disparan con sus armas silenciosas y solo se escuchan zumbidos mientras caen los tres hombres, acto seguido los buzos lanzan ganchos de asalto a la borda, enganchando y trepando por las negras sogas. Desde la rivera el jefe observa atento. Mientras las dos mujeres que cuidan el acceso al puente escuchan el ruido de los ganchos. Ya los seis hombres están a bordo. Se mueven hacia el cuarto de máquinas a la vez que las dos mujeres se mueven hacia ellos. Las mujeres por radio a Matatigre.

-   Algo pasa en popa, vamos a investigar.
-   Popa, qué sucede informe.

No hay respuesta, entonces ordena.

-   Procedan, rápido! Proa apoyen al grupo de popa enseguida!

Los tres hombres de proa comienzan a moverse hacia atrás cubriéndose. Desde la rivera el comandante observa el movimiento.

-   Que los tiradores disparen sin hacer contacto con nada. Solo tiros seguros que pasen a través. No queremos la más mínima chispa ya que podría ocasionar la explosión.

A la vez que los de proa se mueven hacia atrás se escuchan los zumbidos de las balas que pasan de lado a lado sin rozar el metal del barco. Dos de los hombres caen abatidos y Matatigre y Jazmín desde el puente los ven. Mientras los buzos ya han dominado a las dos mujeres y cortado sus cuellos, sus cuerpos yacen al pie de la entrada del cuarto de máquinas y ahora dos buzos custodian la entrada con las armas de las mujeres. Abajo los otros cuatro tratan rápidamente de localizar las cargas explosivas y las van encontrando a la vez que las desactivan. Matatigre que rabioso toma el radio amenaza con detonar las cargas si no detienen el ataque de inmediato. Ya los tres hombres de proa han sido abatidos. En el puente nadie se ha dado cuenta, pero las luces rojas que indican que las cargas están en línea, se han ido apagando y solo queda una encendida. El piloto en su esquina ha observado callado como una a una se han apagado a excepción de esa última. Abajo los buzos ya han desactivado cinco cargas, pero aún no encuentran la sexta y continúan buscando. En la parte trasera del cuarto de máquinas yace aún oculta y con su luz roja parpadeando esa última carga. Jazmín mira al piloto y se da cuenta de lo que mira. Le informa a Matatigre de lo que sucede con las luces. Este iracundo se acerca al piloto y le da un puñetazo en la cara, lo toma por el cuello y usándolo como escudo sale al balcón del puente con el control en la otra mano gritando.

- Desgraciados! Comiencen a rezar que los voy a mandar al infierno!

Matatigre camina de regreso arrastrando a su escudo humano por el cuello y entra al puente. Pone el control sobre la mesa de mapas y con la misma mano toma su pistola de la cintura y la pone en la sien del piloto.

- Ahora sí, hijueputa malparido. Me vas a decir como echar esta mierda pa-delante.
- Por favor, no me haga daño. Tengo esposa e hijos…
- Habla ya y deja de estar lloriqueando.
- Este es para moverlo hacia adelante, así. Con esto se controla el timón de esta manera, pero está anclado y no podrá moverse…

Suena un fuerte disparo y la cara de Matatigre se pringa de sangre a la vez que cae muerto el piloto con un tiro en la sien esparciendo un gran charco de sangre salpicada de pedazos de cerebro sobre el piso.

- Jazmín, toma esa mierda como dijo ese pendejo y dirígenos a la entrada de esa esclusa a la derecha.

Matatigre a la vez se dirige al control de la máquina y luego de echar una mirada furiosa a la rivera este del canal, de donde vinieron los tiros que abatieron a sus hombres, aprieta los dientes y lo mueve de un empujón a la posición de "FULL AHEAD". Desde afuera se ve la chimenea del barco que comienza a expulsar un humo negro en grandes cantidades y lentamente comienza a girar la hélice del barco tomando velocidad. A medida que gira, una a una sus aspas que apenas se asoman afuera de la superficie del agua por el profundo calado del navío, caen dentro nuevamente con grandes salpicaduras empujando la masa de agua produciendo a la vez mucha espuma detrás del barco. Desde sus escondites ocultos en la rivera los efectivos de la policía de Frontera observan sorprendidos el increíble espectáculo. Poco a poco las cadenas de las anclas comienzan a tensarse bajo la potencia de este coloso del mar y toda la nave tiembla bajo la fuerza que ejercen sus motores que poco a poco son llevados al límite transmitiendo toda su furia a sus gigantescas hélices gemelas. Abajo en el cuarto de máquinas los buzos buscan desesperadamente en los planos de la máquina tratando de encontrar como detener a este gran monstruo de la tecnología naviera mientras se comunican a señas por el estruendo provocado por cada explosión del masivo motor de combustión interna. Las cadenas vibran y rechinan, se retuercen cual serpientes marinas y tras grandes estallidos comienzan a reventarse una a una. Primero la de babor en la proa, luego la de estribor. Grandes pedazos de los grandes eslabones de las cadenas vuelan por los aires cayendo algunos a la distancia en el agua y otros sobre la cubierta del barco. Ya con la proa libre el navío comienza a ganar velocidad siendo frenado únicamente por las grandes anclas traseras que muy por debajo de la superficie del agua, en lo profundo del canal se aferran al fondo lodoso cual garras, pero no son capaces de detener a esta mole de la tecnología hidráulica. Comienza a moverse lentamente y toda el área se llena del espeso humo negro que emana de su chimenea mientras su proa se encamina a la recién inaugurada esclusa destinada a los grandes neo panamax.

Muy lejos de allí en una oficina refrigerada en el edificio de la administración del canal unos ojos desorbitados observan lo que sucede en un gran monitor. Un ingeniero de cabello chocolate, lentes y gordo, con pantalón azul marino y camisa blanca con el cuello desabrochado y la corbata floja se voltea con la boca abierta y mira a otros tres que están sentados en una mesa de conferencias mientras grita.

-   Esto no puede estar sucediendo!

Mientras en el cuarto de máquinas de S4B los buzos al fin encuentran en los planos como desconectar los motores. Uno de ellos sale corriendo dejando el grupo atrás y se dirije a una gran palanca en un inmenso panel lleno de focos indicadores e interruptores. Toma la palanca con la mano izquierda a la vez que se persigna con la derecha y agachándose da un tirón de ella quedando acuclillado cubriéndose la cabeza con las manos. Repentinamente las revoluciones del gigantesco motor comienzan a caer hasta quedar detenido por completo. Desde afuera las últimas exhalaciones de humo negro del motor se disipan con el viento como el tenebroso suspiro de muerte de un ciclope. En el cuarto de máquinas los buzos se abrazan y gritan vivas a su valiente compañero, pero todavía el peligro no ha acabado. Hay una última carga explosiva oculta que no se ha encontrado. Enseguida todos vuelven a su búsqueda.

En la oficina refrigerada del edificio de la administración los cuatro hombres miran con atención el gran monitor. Uno de ellos tartamudeando...

- Se ha detenido?
- Parece que se ha detenido?
- Si. Estamos a salvo ya lo detuvieron!

Se abrazan los cuatro con gran alegría y luego el ingeniero gordo baja la cara dejando atrás a los otros y se sienta serio a la mesa sirviéndose un vaso de agua que toma lentamente. Uno de los otros riendo se le acerca.

- Qué te pasa? No estás feliz que todo se resolvió?
- Por supuesto que sí, pero sabes que hubiera pasado si llega a explotar frente a la represa de aproximación Borinquen?

En el puente de S4B todo queda en silencio repentinamente, Matatigre y Jazmín se ven a la cara. Matatigre grita.

- Qué diablos está pasando!

Sube y baja varias veces el control de velocidad de la máquina hasta que se da cuenta de que no funciona. Mientras el gran coloso marino se desliza silenciosamente sobre el agua tranquila hasta encallar lenta, pero ruidosamente en el dique Borinquen de aproximación a la nueva esclusa. Hundiendo su bulbosa proa en el borde que da hacia el lago Miraflores. Matatigre se queda congelado y su cara cambia, tiene un gesto de tranquilidad y la mirada lejana. Como si hubiera alcanzado el Zen. Entonces camina hacia el frente del puente y mira hacia el cielo por la gran ventana y sonríe.

- Aún tenemos una carga!
- Ya se acabó Matatigre. No lo logramos, ya basta!
- Eso ya no tiene importancia ahora. Solo así entenderán nuestro mensaje, voy a volar esta mierda!

Da la vuelta y se dirige a los controles de las cargas explosivas donde una luz roja todavía parpadea indicando que está en línea y lista para su macabro trabajo.

- No ya basta! Se acabó!

Jazmín se interpone en el camino del hombre deteniéndolo. Este sin ningún miramiento le da un fuerte puñetazo en la cara derribándola y continuando su camino. Jazmín desde el piso logra agarrarlo de una pierna y derribarlo. Se enfrascan en una lucha tirados en el piso cuando repentinamente Matatigre queda sobre ella y le da varios puñetazos en la cara quedando ella aturdida. Luego él se levanta y toma el control remoto caminando hacia la puerta que da al balcón del puente. La abre y sale levantando en alto el control.

- Hijueputas malparidos! Si me quieren matar háganle pues!

Se escucha a la distancia varias ráfagas de metralleta que vienen de la rivera del canal y un segundo después el pecho de Matatigre es golpeado por ocho balas que lo sacuden como si fuera un títere mientras lo atraviesan. Instantáneamente cae al piso y retorciéndose exhala su último aliento de vida con el control remoto todavía en su mano. Entonces aprieta el botón rojo y por un segundo hay un gran silencio. Hasta las aves han callado. Un gran CRACK! Se escucha. Dentro del cuarto de máquinas los buzos salen volando hacia la parte delantera cayendo en pedazos. Seguido un gran BOOM! Y revienta por detrás la popa del barco, una gran llamarada y columna de humo. La última carga explotó abriendo un gran boquete en la popa. El barco se inclina rechinando mientras el sistema anti incendios arranca inundando todo de una blanca espuma que se mezcla con la sangre de Matatigre dibujando curiosos diseños rosados sobre el piso del balcón. Justo en ese momento Jazmín comienza a volver en sí y trastabillando sale al balcón y apoyándose en el pasamano camina hacia Matatigre. Está mareada y tiene la vista borrosa.

Desde la rivera del canal, a través de la mira telescópica de un rifle de alto poder la observa un experto francotirador de la policía de Frontera. Ella se mueve erráticamente mientras el tirador los observa muy quieto apuntando al corazón de Jazmín. A su lado su compañero con un radio en mano. El tirador dice.

- Tengo el tiro…

El compañero al radio.

- La tenemos a tiro…
- Dispare.

146

Una sola bala zumba surcando el aire desde la rivera hasta llegar al puente y en ese momento Jazmín resbala con la sangre mezclada con espuma de Matatigre y se mueve cayendo sobre el pasamanos cuando justo en ese momento la bala entra directo al lado izquierdo del pecho de Jazmín que tras el fuerte impacto da una voltereta y cae inerme del puente directo al agua. El barco yace en medio del canal con la popa humeante mientras dos remolcadores se acercan con sus cañones de agua y espuma luchando por apagarlo.

Ya la situación está bajo control y han pasado varias horas. Un teniente desde la cubierta habla por radio.

- Reportando señor. Ya recuperamos los explosivos faltantes y los cuerpos de casi todos los secuestradores.
- A qué se refiere con casi... Teniente.
- No hemos encontrado el cuerpo de la última secuestradora señor.
- Ah! No se preocupe teniente. Ya aparecerá flotando en un par de días.

Mientras en un lugar escondido de la orilla, bajo unas ramas muy cerca de la superficie del agua, entre las hojas verdes se ve la cara de Jazmín apenas flotando fuera del agua. Está inconsciente, inmóvil. Repentinamente toma una gran bocanada de aire, mueve un poco la cara y lentamente abre los ojos. Lleva la mano al pecho, del lado izquierdo adonde le dieron el tiro y... se ve algo metálico brillar. Es la medalla que le regaló Doña María de Darién, la que llevaba prendida en el sostén, torcida por el impacto del proyectil. El objeto metálico religioso le ha salvado la vida impidiendo que el proyectil penetrara.

Ella ve hacia el cielo azul mientras flota oculta entre las ramas y mira unas blancas nubes moverse en la altura, cómo cambian de formas mientras danzan a merced del viento. Parecen un tucán, luego una flor de papo, luego un manojo de bananos. Sus recuerdos la llevan lejos, de regreso a Lindo Amanecer, al rio que fluye tranquilo frente a la playita de arena donde las piraguas yacen de costado. Se escucha la risa contagiosa de varios niños y niñas que retozan felices en la orilla salpicando agua por doquier. Unos metros más allá donde el agua está tranquila, flota una delgada niña de cinco años. Su larga y oscura cabellera extendida, los brazos y piernas abiertos, el agua cubre apenas sus oídos aislándola del ruido de los otros niños y sus ojos miran fijos en lo alto, a las nubes, que cambian de forma, ahora parecen un mono,

147

luego una piragua, ahora la cara de una mujer que la ve con ternura sonriendo. Al ver tan hermosa sonrisa siente una calidez por dentro y tiene una epifanía. No es esta su lucha, ni este su destino. Su destino está con los suyos junto a ese rio.

Semanas después en la aldea de Lindo Amanecer en la selva Chocó, Lucerito la hermanita de Jazmín ya tiene seis años. Está sentada en la casa comunal con otras niñas haciendo tareas en sus cuadernos. Echado a su lado un perrito cachorro con collar rojo de soga. El cachorro repentinamente se levanta molesto y sale corriendo mientras ladra. Se pierde entre las chozas y solo se escucha su ladrido. Lucerito lo sigue guiada por los ladridos, al fin lo encuentra y lo ve parado ladrando insistentemente hacia un arbusto. Lucerito alza la vista en busca de la razón de los ladridos de su cachorro y se queda sorprendida con la boca abierta. Entonces riendo feliz corre hacia el arbusto de donde sale Jazmín sonreída que se agacha y abraza a su hermanita.

- Tu nunca tendrás que pasar por lo que yo pasé. De eso me encargo yo.

Semanas después de su llegada una mañana como de costumbre los niños retozan en la playita de la aldea gritando y correteando a la orilla del rio. Mientras desde la colina donde está la aldea los mira sonriendo una mujer joven con sombrero de cacica, es Jazmín. De un lado del sombrero se balancea algo brillante de lado a lado, la medalla de la Virgen del Carmen que torcida por el impacto de bala está prendida con un pequeño imperdible.

FIN

EL BAR DE VLAD

Sandra y Martín estudian gastronomía en la misma universidad y son muy buenos amigos. Sandra es una chica de veinte años delgada, guapa con una hermosa cabellera ondulada. Es muy inteligente y la mejor estudiante de su clase. Martín, su compañero fiel es un joven bien parecido de veintidós años con un físico deportivo, que sin aceptarlo está enamorado secretamente de Sandra.

Es viernes de noche y se abre la puerta de la Universidad de par en par. Aparece saliendo por ella un grupo de bulliciosos jóvenes estudiantes que acaban de salir de clases. Enseguida llaman la atención de los transeúntes por su apariencia. Todos llevan puesta coloridas indumentarias de Chef, son estudiantes de Gastronomía del último año y hoy están dispuestos a divertirse. Tres de ellos comentan:

- Hey! Y entonces? Adonde es la rumba hoy?
- Vamos a Casco Viejo.
- Si! Vamos al Bar de Vlad a comer chorizos.
- Uhmm! Hasta se me hace agua la boca.
- Bueno, esa puede ser la primera parada de la noche. Vamos a comer esa rareza de chorizos y luego seguimos con algo koreano.

Sandra y Martín parados en una esquina junto al grupo escuchan a sus compañeros hablar de lo sabrosos que son los chorizos del mencionado Bar de Vlad. Ella, que es la más avispada de los dos, enseguida piensa en descubrir el secreto de dicha receta y ver si la puede hacer pasar como suya en el examen final de la carrera. Ya que como es sabido, todo buen Chef debe tener una receta emblemática y especial que lo identifique. No basta con saber cocinar rico, eso cualquier mamá lo sabe hacer. Piensa que copiando estos chorizos y adicionándoles algunos pequeños cambios a la receta, puede hacerla suya. Un poquito de sal aquí y un poquito de pimienta allá y listo, sería su original o quizá poniéndoles culantro para un toque bien panameño. Decide entonces emprender la aventura, pero le hace falta algo, un cómplice incondicional. Martín! será su cómplice, el jamás se negaría a ayudarla, entonces le dice.

- Tú vas a ir con ellos a ese bar?
- Que va Sandy, tu sabes que yo soy tu compañerito pio pio. Adónde quieres ir tú? Ya sabes que tú mandas y yo me arrastro.
- Yo no puedo salir hoy, pero tengo ganas de ir a probar esos chorizos deliciosos de que tanto hablan ellos.

- Chorizos? De verdad te interesan? Siempre pensé que tú eras más gourmet que eso.
- Acuérdate de lo que nos dijo la Profesora. Que todo buen Chef debe tener una receta emblemática y propia que lo identifique. Además, ya pronto es el examen final y no tengo ni idea de que receta voy a presentar como trabajo de graduación.
- Yo menos, pero qué tiene que ver eso con chorizos? Además, eso de las famosas recetas es para los Chef más yeyés, no pa los de fonda cuara y cuara como nosotros...jajaja!!
- Dirás como tú, que eres un cocinero rakataka. Yo quiero tener mi propio restaurante y si tienes suerte quizá te contrate de pinche.
- Xopa Sandy? tá bueno de la discriminación. Ta bien que sea humilde, pero no es para tanto. Qué piensas hacer entonces? Copiarlos? Estos manes te delatarán, ya le conocen la sazón.
- No hombre! Mira, les ponemos un poquito de sal por aquí y un poquito de pimienta por allá, culantro y listo! Ya es una receta original!
- Bueno, entonces para cuándo planeas la demencia esa?
- Vamos mañana en la noche, nos encontramos en las escaleras de las Bóvedas a las siete en punto.

Lo jala por la camisa con la mano izquierda acercándose a él y lo mira directo a los ojos diciéndole en voz baja.

- Tú y yo solos, no puedes decirle a nadie más...ok?

Así lo convence de comenzar esta aventura en busca de la receta perfecta.

Al día siguiente a las 7:00 de la noche, Martín bien vestido con un jean pegado y camisa rosada espera sentado en las escaleras de las Bóvedas en la Plaza de Francia. Mientras, se distrae observando algunos turistas que pasean tomando fotos. Hay uno junto a un buhonero que lleva sombrero paisa y pregona con acento colombiano su mercancía.

- Pase adelante su merced, lleve su recuerdito 100% panameño. A solo tres pesos.

Un turista se acerca.

- Ese ser sombrero legítimo panameño?

– Si mi estimado. Este es un sombrero 100% de Chitré, es muy autóctono.

Martín se ríe y continúa esperando. De entre la gente aparece Sandra caminando en su dirección, al verla pareciera aproximarse en cámara lenta contoneándose sensualmente en tacones altos, con su cabellera meciéndose al viento y una sonrisa encantadora. Él se queda como extasiado observando su belleza hasta que ella llega a su lado y lo despierta de su sensual ensoñación.

– Xopa! Martín que te pasa? Estás con cara de boboleto.
– Wow! Sandy, te ves tan buena en ese vestido que hasta intentaría levantarte…jaja! Y esos zapatitos de florecitas? Pareces una yeyecita!
– Ya no me jodas, que tú con esa camisa rosada pareces ñaño pescando. Ya vámonos!

Caminan por las viejas y adoquinadas calles del Casco Viejo, llenas de turistas y locales en busca de diversión y buena comida. Van en busca del Bar de Vlad. En el camino, como siempre Sandra marcando el paso por delante y Martín atrás. Él no puede evitar ver con interés el trasero de Sandra redondito y apretadito, que se contonea sensualmente bajo ese ajustado vestido con cada paso que da al caminar con esos tacones tan altos. Nunca la había visto vestida así. De veras que está buenísima! Quizá esta sea mi noche de suerte, pensaba mientras la miraba. Camina un paso atrás de ella distraídamente y repentinamente tropieza al subir una acera, trastabilla y casi se cae. Cuando recupera el equilibrio está frente a un viejo negro y flaco, descalzo y con el torso desnudo dejando ver sus costillas, solo lleva un sucio pantalón chocolate medio remangado y ceñido a su flaca cintura con un pedazo de soga. Es el orate del barrio que acostumbra pernoctar en esa área, vive de las limosnas y de la comida que dejan los comensales. Al incorporarse Martín quedan cara a cara, el orate de entre su barba desarreglada muestra una amplia sonrisa que deja entrever la falta de tres dientes y lo sucio de los otros mientras le advierte.

– Cuidáo fren, por andá oliendo ese culito te vas a matá!...jajaja!

Ríe a carcajadas mientras Martín lo mira molesto y sonrojado apura el paso para alcanzar a Sandra que sigue adelante con su sensual andar sin reparar en lo sucedido. Llegan a la acera frente al Bar y se detienen, ven el viejo edificio con sus pesadas puertas de madera que han sido pintadas ya demasiadas veces, arriba de éstas un letrero de neón azul con el nombre "BAR de VLAD" que prende y apaga sin cesar con un fuerte zumbido. Afuera hay dos mesas redondas, una a cada lado de la entrada, llenas de comensales ya entraditos en tragos brindando y comiendo, así que deciden entrar. Martín se acerca ahora seguido de Sandra y entreabre la puerta, lo recibe una muchedumbre que baila y bebe pero lo que más le llama la atención es un delicioso aroma a chorizos recién asados al carbón que proviene de la cocina del local. Aspira el aroma lentamente deleitándose, se le hace agua la boca. Sandra detrás de él impaciente le da un empujoncito en la espalda y le dice que ya entre para ella poder ver. Ya adentro… SI! Qué aroma tan delicioso! Entonces se mueven confundiéndose entre la gente que baila hasta encontrar una mesita para dos vacía en una esquina oscura y se sientan esperando ser atendidos.

En menos de un minuto de la obscuridad surge un hombre blanco de unos cincuenta y tantos años, impecablemente vestido con una inmaculada camisa manga larga blanca, corbata negra de gatito, pantalones negros de pliegues y zapatos de charol relucientes, es Hans. Les habla con un marcado acento alemán.

- Buenas noches, bienvenidos al BAR de VLAD. Qué desean comer y tomar los señores?

Martín responde.

- Ah…si…Eh… Quién es Vlad?
- Vlad es un héroe en Rumania que ahuyentó a los enemigos turcos de su pueblo con sus actos sangrientos, pero creo que no han venido a una clase de historia rumana…no?

Entonces Sandra interviene.

- Mire, lo que realmente queremos saber es quien es el cocinero del bar.
- No entiendo su curiosidad, pero soy yo señorita, también soy el bar tender y mesero.

Hans intenta sonreír agradablemente sin éxito y solo asoma una rara mueca enseñando los dientes. Sandra por su lado ya ha identificado a su target. Lo mira de arriba abajo, cual gato maula mirando al mísero ratón. Las cartas están echadas y ella sonríe segura de tener los cuatro ases bajo la manga. Piden unas cervezas bien frías, una orden de chorizos y van a bailar mientras para no despertar sospechas. Sandra actúa su papel a la perfección bailando bien pegado mientras, Martín que jamás había sentido el calor del cuerpo de Sandra tan de cerca está tan arrecho cual verraco en celo. Pronto termina la pieza, Martín trata de recomponerse y ella se encamina rápidamente a la mesa que los espera ya servida. Se sienta sin quitar la vista del plato con una actitud felina. Toma un bocado que llena su boca y mastica ávidamente, se le hace agua la boca y sus papilas gustativas enloquecen al degustar tan deliciosa mezcla de sabores. Sabe entonces que tiene que obtener esa receta, se lo dice todo su cuerpo y ésta es su oportunidad. Martín por su parte cierra los ojos con placer mientras se relame al degustarlos. Sandra le comenta.

- Qué delicia, se me hace agua la boca y hasta siento unas cosquillitas detrás de las rodillas. Es un placer casi sexual…
- Mmm… Creo que después de la ropa vieja que hace mi abuela, esto es lo mejor que he probado en la vida.
- Con esta receta nos graduamos Martín! Tenemos que averiguar cómo los hace, porque estos chorizos no son de supermercado.
- Cómo lo vamos a averiguar? No creo que éste viejo suelte su secreto así nada más o te lo piensas levantar para sacárselo y por eso viniste así de prity?
- La verdad si, esa era la intención, pero no creo que un simple coqueteo funcione con este man, tendría que dejar el panty aquí. Vamos a tener que usar el plan "B".
- Plan "B"? Qué, me lo tengo que levantar yo?
- No pendejo! Nos quedamos aquí escondidos cuando cierre el bar y espiamos cómo los hace.
- Tu siempre me metes en que líos Sandy, pero yo soy tu mejor amigo hasta el final. Sólo espero no quedar en la chirola por tu culpa.

Conforme avanza la madrugada siguen bailando y tomando, Martín nunca había pasado un rato tan bueno con una chica. Además, Sandra estaba tan desinhibida por el ambiente y la adrenalina que trataba a Martín como si fuera su macho y eso a Martín lo volvía loco. Poco a poco a medida que avanza la madrugada los clientes van abandonando el lugar y como suele suceder, al final solo van quedando los más borrachos e impertinentes. Gente vulgar y soez, políticos desprestigiados, abogados truchos y nuevos ricos allegados al gobierno de turno. A las tres de la madrugada se apaga la música y Hans sale del mostrador, anunciando a sus bulliciosos clientes que en diez minutos el bar cerrará. Les agradece mucho el haber venido y promete que mañana con gusto los recibe con más cervezas y buenos chorizos. El grupo de borrachos le aplauden y lanzan tres hurras por Hans. Poco a poco amablemente los va escoltando a la salida y cierra la puerta. Mientras, Sandra y Martín se han escabullido y escondido aprovechando la oscuridad. Se han situado en un lugar desde donde pueden observar la puerta de la cocina. Sienten una mezcla de nerviosismo y anticipación con mariposas en el estómago, pero están seguros de pasar desapercibidos. Sandra está emocionada por obtener su receta y Martín esperanzado por luego conseguir algo más con ella, de lo que ya probó bailando. Mientras, Hans que es un viejo lobo ya los ha detectado, sabe que alguien se ha quedado adentro, pero no quien. Aún a sabiendas actúa con normalidad.

Cierra la puerta del local, se dirige al mostrador y se sirve un trago de whisky, bebe un poco y camina a la cocina actuando cansado. Intencionalmente deja la puerta abierta para permitirles observar y distraerlos así. Pone el vaso sobre un gran mesón de madera que ocupa la parte central de la cocina. Se inclina y toma de un cajón un viejo estuche de cuero, lo lleva a su pecho con cariño, es su juego de cuchillos, lo abre sobre la mesa de trabajo y los dispone cuidadosamente, uno a uno por orden de tamaño. Saca de debajo del mesón una vieja máquina eléctrica alemana de moler carne y la instala en la esquina contraria conectándola. Camina hacia la pared izquierda y de un gancho toma un viejo delantal que alguna vez fue blanco y ahora está profusamente manchado de sangre seca. Entonces camina hacia el fregadero en el fondo de la cocina y abre la llave del agua caliente, el ruido del agua corriendo invade el lugar y una densa capa de vapor se forma inundando el espacio. Él lentamente se lava las manos, luego se incorpora y con las manos aún mojadas se acomoda el cabello hacia atrás, toma un viejo gorro de carnicero de un gancho que está al lado del espejo sobre el fregador y se lo pone. Deja corriendo el agua y da unos pasos hacia la mesa, recoge el vaso de whiskey, luego camina hacia la derecha desapareciendo de vista. Entonces sin ellos saberlo Hans sigilosamente entra por una puerta lateral que da al baño, que conecta con el salón por una puerta que está al lado del mostrador. Abre lentamente la puerta junto al mostrador sin hacer ruido. Mientras, Sandra y Martín aún observan la cocina llena de vapor tratando de ver que pasa, Sandra voltea y le hace un gesto de interrogación a Martín, le cuchichea en voz bajísima,

- Adonde diablos habrá ido?
- No sé, no lo veo.

Mientras, Hans sale agachado por la puerta junto al mostrador, toma de detrás de la barra su vieja cachiporra de bar tender y luego sale rodeando sigilosamente el salón. Se les acerca entonces por detrás a la pareja que aún mira hacia la cocina buscándole. Alza silenciosamente su cachiporra lo más alto posible y...Zas!! La baja rápidamente con fuerza, se escucha un golpe seco y Martín cae inconsciente cual saco de papas. Sandra aterrorizada mira hacia atrás logrando ver apenas la cara de Hans que dibuja una enloquecida sonrisa. Ella siente que le falta el aire, un frio recorre su cuerpo y le sube por la espalda, la vista se le nubla y torna negra, cuando cae desmayada.

Hans arrastra a Martín de los pies hasta la gran mesa de trabajo de madera y luego lo levanta y lo pone sobre ella. Después va por Sandra y al tomarle de los pies para arrastrarla ve los zapatos floreados. Reconoce a Sandra como la chica preguntona, la levanta y se la echa al hombro entrando a la cocina. Entonces ya en medio de la cocina se voltea hacia Martín que yace sobre la gran mesa de madera, afila lentamente un gran cuchillo, mientras piensa qué hará con Sandra, que ahora yace acostada en una mesita auxiliar de acero inoxidable detrás de él. Hans procede ahora a su tenebrosa labor con Martín mientras Sandra permanece inmóvil e inconsciente sobre el frio acero inoxidable. Toma su cuchillo y lo clava rápidamente en Martín, la sangre escurre por sobre la mesa. Pequeños chorros y goterones de sangre caen por el piso mientras los pies de Hans calzados con zapatos plásticos que alguna vez fueron blancos, pero ahora están profusamente manchados de sangre se mueven de lado a lado de las patas de la mesa.

Ya ha pasado una hora, los dedos de los pies de Sandra comienzan apenas a moverse y luego estos se estiran como cuando alguien despierta de un largo sueño y se estira pesadamente. Ella siente un dolor punzante en la cabeza y el ruido del motor eléctrico de la moledora retumba en sus oídos trayéndola de vuelta a la realidad. Entreabre los ojos trabajosamente y todo se ve borroso, no reconoce donde está. Hasta que mira al lado y su vista se aclara, ve a Hans de espalda con su delantal, cubierto de sangre hasta los codos, cuchillo en mano afanosamente

157

trabajando en un pedazo de carne. Recuerda y reacciona, intenta gritar, pero en ese momento Hans se voltea y rápidamente le tapa la boca con su mano ensangrentada.

- Calla! Niña tonta, no querías saber?

La mira fijamente a los ojos hasta que ella abandona el intento de gritar y entonces lentamente le destapa la boca. Ella queda con la boca y mejillas manchadas de rojo, callada, pero con los ojos muy abiertos cual muñeca de plástico. Luego se incorpora lentamente como autómata y queda sentada, inmóvil. Hans sigue trabajando en sus trozos de carne limpiándolos y moliéndolos en la ruidosa máquina, dándole la espalda confiadamente. Entre pedazo y pedazo de carne él se limpia las manos con un trapo rosado que pone a un lado. Al verlo Sandra cae en cuenta de lo que es y piensa.

- ROSADO! NO!, no puede ser!, no es un trapo! Es la camisa de Martín!

Pero permanece sentada, inmóvil viendo todo como si estuviera atada a la mesa, pero nada la detiene, sólo su gran curiosidad y deseo por esa receta. Piensa en silencio...

- Bueno, todo tiene un precio. Pobre Martín me caía bien.

Al final el ruido de la moledora se detiene, hay varias porciones de carne de hamburguesa en la mesa y colgando de un alambre de tendedero, se balancean tiras de chorizos frescos. Entonces Hans camina hacia el otro lado del mesón hasta la pared posterior, arrastra un viejo baúl de madera que está junto a esta descubriendo una tapa de drenaje de metal, tal como las que hay en las calles y la abre. Arrastra algo pesado que suena como huesos resbalando sobre el suelo. Lo lanza por el drenaje y se oye como cae al agua. Luego se limpia una última vez las manos, hace una bola con la camisa rosada de Martín y la tira también. Coloca después la pesada tapa en su lugar y la cubre de nuevo con el viejo baúl.

- Ese drenaje sale a 4 kms en el mar.

Camina hasta el fregador con las manos y brazos manchados de rojo hasta los codos y abre la llave del agua caliente. El sonido del agua cayendo inunda nuevamente el lugar y Hans ve caer el agua sobre sus manos manchadas de rojo, desvaneciendo poco a poco ese color que ahora mancha el agua que se escurre por la coladera. La cocina está llena de vapor y Hans alza la vista mirándose en el espejo empañado de vapor que tiene frente a él, observa su cara manchada, con el revés de la muñeca limpia un circulo en el espejo para poder ver detrás de él, al lado derecho. Mira la imagen de Sandra sentada en la mesita auxiliar, observándolo, inmóvil con sus grandes ojos muy abiertos y la cara aún manchada de carmesí.

Ya ha amanecido el sol apenas despunta y aún se ve en el cielo el azul de la noche, el letrero de neón sobre la entrada del Bar parpadea ruidosamente y luego, por fin se apaga. La vieja puerta de madera repintada se abre pesadamente rechinando cual quejido. Detrás de ella de la obscuridad aparece Hans, la claridad del amanecer le da en la cara y el cansancio se le nota. Toma una bocanada de ese aire matutino y llena sus pulmones, retiene el aire un segundo y luego exhala largamente. Trae en la mano una gran bolsa de basura negra, que pone a un lado de la puerta. Con la otra, la cierra y estremece para asegurarse de que está bien cerrada. Saca del bolsillo un llavero con una gran llave antigua y cierra la cerradura con dos giros rápidos. Vacila por un momento, como meditando y lentamente le da un giro para atrás antes de sacar la llave.

En ese preciso momento pasa por la acera de enfrente el orate del barrio, sacudiéndose aún el polvo de la acera que anoche le sirviera de cama y le grita a Hans.

- Wapin Hans, no hay ná pa'mí hoy?

Hans le sonríe amablemente, alza la mano saludándole.

- Tu venir a comer gratis en la noche.

El viejo hombre sonríe enseñando sus pocos dientes y continúa su tambaleante marcha en busca de un posible desayuno gratis. Hans a su vez se encamina por la acera hacia el basurero de la esquina y antes de llegar se detiene y lanza su bolsa junto a otras que ya están ahí. Al caer la pesada bolsa se le rompe una esquina y de esta se asoma el tacón de un zapato de mujer….con un bonito estampado de flores.

Ya ha pasado una semana y todo transcurre en Casco Viejo con normalidad, los turistas toman fotos, los locales buscan cómo ganarse la vida y los borrachos aún siguen de juerga, especialmente los allegados al nuevo gobierno, que son los nuevos ricos. Ya es de noche y la luminaria cerca al Bar está quemada como de costumbre. Mientras, en otro lado de la ciudad en el campus de una Universidad privada hay un anfiteatro lleno de gente. Al frente, en el centro del escenario una gran mesa. Dos hombres y una mujer elegantemente vestidos están sentados de frente a la multitud con caras muy serias. A un lado del escenario hay un podio donde un hombre joven está frente al micrófono. Del otro lado del escenario sale un mesero bien ataviado con una bandeja llevando tres pequeños platitos. Cada uno tiene tres rebanadas de algo parecido a chorizo. El mesero se acerca a la mesa y coloca un platito frente a cada persona en la mesa. Estos con gran ceremonia sacan un largo tenedor y lentamente llevan una rebanada a la boca, mastican ávidamente y con el bocado aún en la boca ponen cara de estar pensando. Toman un pequeño cubo que está al lado de cada uno y escupen el bocado. Paso seguido tiran dentro el platito con las rebanadas restantes, toman un buche de agua y se enjuagan el paladar. Hay un gran silencio en el anfiteatro, la multitud les observa atenta. Los comensales se miran entre sí, se acercan y cuchichean entre ellos deliberando, luego la mujer se levanta y hace una señal al maestro de ceremonia en el podio, este entonces habla.

- Prueba superada!

El público se levanta y de pie aplaude.

- Sandra Moreno!

Del lado derecho del escenario, de detrás del telón sale una joven con toga y birrete, camina hasta la mesa y la mujer en ella se levanta, le cambia el cordón del birrete de un lado al otro y la felicita entregándole un diploma. La joven se voltea y levanta el diploma en alto con una gran sonrisa en la cara… Es Sandra.

Días después en el oscuro callejón, frente al Bar en una de las dos mesitas cuatro borrachos comparten escandalosamente, planean cómo hacerse del dinero de un contrato público con sobre-costo. Uno grita insistentemente.

- Mesero! Mesero! qué pasa que nadie nos atiende!

De la obscuridad aparece un mesero con una camisa impecablemente blanca y corbata de gatito, pantalón de pliegues negro y unos relucientes zapatos bajos de charol.

- Buenas noches señores. Qué les puedo servir?
- Una bandeja de chorizos, dos hamburguesas y cuatro cervezas. Uhm! Mamí estás buena cómo pa'comerte. Jajaja!

Otro de los comensales le pregunta por el alemán ese, "el que se parecía a Linch, el de los héroes de Hogan.

- Viejo pa'amargado, pero que chorizos hacía...man!

El mesero levanta la cara lentamente con una extraña sonrisa y es Sandra con el cabello recogido que contesta.

- El alemán ya no está aquí, pero los chorizos son los mismos.

Sonríe coquetamente y da la vuelta entrando por la puerta del local.

FIN

LA GUIONISTA

Silvia de 31 años es una joven mujer latina profesional que ha dejado mucho de lado en la vida por ir tras de su sueño. Es una guionista exitosa con muchos premios en su haber que viaja frecuentemente en busca de inspiración y referentes para escribir sus guiones. Ella ejerce una atracción especial sobre la gente, que les motiva a contarle sus cosas. Algo raro de encontrar en estos tiempos en los que ya nadie habla en los aeropuertos y lugares públicos. Ella lo atribuye a que de cierta forma la gente más sensible de alguna forma se da cuenta de que a ella le encantan las historias y esto los anima a compartirlas. Como los aeropuertos y hoteles le son aburridos y tiene tiempo de sobra entre vuelo y vuelo, le entretiene escuchar estas historias que muchas veces las utiliza en parte de sus guiones. Nunca le ha molestado ser abordada de esta manera, se le hace divertido y hasta siente que cumple una labor social al permitir que esta gente se desahogue.

Hoy está trabajando en un nuevo guion que se relaciona con lo ocurrido en la invasión de Panamá el 20 de diciembre de 1989 y no ha logrado conectar con la historia como para poder contarla. Aunque sus padres son panameños, ella salió de Panamá a los cinco años al final de la dictadura militar y jamás regresó. Como muchos otros que emigraron a lugares tan distantes como Canadá en busca de seguridad. Padres que huyeron con niños que como pequeñas plantas arrancadas y trasplantadas en otra tierra echaron nuevas raíces, sin recordar sus orígenes más allá del sabor de la comida de sus madres. Esa herencia cultural gastronómica que nos narra una historia familiar. Esa que se cuenta a través de las manos ocupadas de una madre que amorosamente prepara el alimento de su familia, que más allá del cuerpo, nutre el alma manteniendo vivas las tradiciones y valores heredados de los antepasados. Es con unas hojas de culantro y una pizca de achiote en lugar de letras como se escribe esta historia familiar, que permanece indeleble en la memoria, el olfato y papilas gustativas por generaciones.

Silvia está en su apartamento, sentada en la sala ojea un libro sobre la invasión cuando… Suena la alarma de su celular y revisa la hora, son la 10:30 am. Hoy sale de Ciudad de México hacia Panamá en busca de referentes que le puedan generar esa empatía que necesita desarrollar para conectar con esta historia más allá de los datos históricos.

Ella vive sola desde hace un año y extraña la cercanía de su madre, aunque nunca lo admitiría, pues es una profesional y una mujer independiente. Aun así, acostumbra llamarla casi a diario y en especial antes de salir de viaje, para asegurarse de que ella esté bien. Su padre murió hace dos años y desde entonces se preocupa mucho por ella. Levanta el teléfono y marca un número, espera impaciente mientras suena el tono y contestan del otro lado. Entonces ella habla.

- Hola mamá. Como seguiste del resfriado?
- Acá todo bien, mucho trabajo gracias a Dios.
- Bueno, cuídate mucho y no salgas si llueve. Dile a Matilda que te prepare tu sancocho que tanto te gusta.
- Ya sé que aquí no hay ese culantro de que hablas, pero que le ponga cilantro. No es lo mismo, pero ahí te haces la idea.
- Si, no te preocupes. Ya tomé la medicina. Me voy a Panamá un par de días por lo del guion. Salgo a las 12:00. Si, si las llevo.
- Ya me tengo que ir mami, te quiero mucho. Te llamo desde allá.

Cuelga el teléfono, camina lentamente hasta el baño, entra y se detiene frente al lavabo, ve su cara en el espejo del gabinete por un momento, tuerce la boca apenas y lo abre tomando un frasco de pastillas. Se da la vuelta y regresa a la sala colocando el frasco en la maleta. Entonces se pone en marcha, se persigna antes de abrir la puerta y sale del apartamento cerrando cuidadosamente la puerta. Camina por el pasillo hasta el elevador y presiona el botón. Mientras espera, mueve nerviosamente los dedos sobre la manija de su maleta. No le gustan los ascensores, la idea de estar encerrada sin control no le agrada. Siempre siente un vacío en el estómago al entrar en uno. Llega el aparato, abre sus puertas y ella entra. Tararea una cancioncita mientras baja y recuerda aquella música que sonaba en los elevadores cuando era pequeña, solo esa música la tranquilizaba, pero ahora se viaja en un incómodo silencio de arriba abajo en estas cajas de acero inoxidable aunque estén repletas de gente. Al abrirse la puerta en planta baja, ella exhala un pequeño suspiro de alivio y sale apurada. En el pasillo, Fermín un anciano de ochenta años, un conserje viejito que ya no debería trabajar barre muy afanoso el pasillo. Levanta la cara, la mira y saluda con una amplia sonrisa.

- Buenos días señorita. Como está hoy?
- Hola Don Fermín, bien gracias. Hace días que no lo veía.
- Yo siempre estoy aquí señorita. Usted es la que a veces me ve y a veces no. (sonriendo)
- No diga eso Don Fermín.

- Le he contado alguna vez lo que me pasó en 1985 cuando el terremoto? Visitaba yo a mi primo en el Hospital General, cuando...

Ella amablemente lo interrumpe.

- Discúlpeme Don Fermín, ahorita voy de apuro. Le prometo que a mi regreso nos tomamos una tacita de café y conversamos(sonriendo).
- Que le vaya bien señorita. Es que me encanta conversar con usted, es la única que se fija en mí y me pone atención(sonriendo).

Camina Silvia atravesando el lujoso loby del edificio hasta la recepción. Saluda al recepcionista y le pregunta si tiene correspondencia, él le hace señas negativas y le pregunta si desea que le llame un taxi. Ella agradece el ofrecimiento, pero planea ir en el metro, la estación está cerca y fácilmente se llega a pie. Sale del edificio y se encamina por la acera llevando su equipaje de mano, que es lo único que acostumbra llevar en estos viajes. Llega a la entrada de la estación del metro y repentinamente se confunde entre esa masa de gente que se mueve como hormigas en un terrario, cada quien interesado solo en llegar a su propio destino. Contrario a lo que le sucede en ocasiones similares, aquí la aglomeración no le molesta, quizá porque nadie se fija en ella. Aquí solo es una más de los miles que circulan a diario como zombies o autómatas sin cruzar miradas, entre el punto A y B de su diario bregar. Al entrar se asegura de llevar su cartera con forma de pequeña mochilita enfrente sobre el pecho y su maleta bien cerrada.

Mientras espera la llegada del metro, mira con interés a la gente a su alrededor, le encanta observar el comportamiento y apariencia de la gente, su ropa, gestos, diálogos, se siente en un almacén de personajes para sus guiones y cuando ve una persona interesante lo dibuja o apunta sus características en una pequeña libreta que siempre tiene a mano. En eso ve acercarse una joven indígena bien arreglada, con su pelo bien peinado, luciendo una chamarra rosada. Silvia se mueve hacia atrás para dejarle espacio para pasar, cuando la joven se detiene con cara de sorprendida frente a ella y con grandes ojos le pregunta.

- Me puede usted ayudar?
- Por supuesto niña.

–   Es que no encuentro la salida y pregunto y pregunto, pero nadie siquiera me mira. Doy de vueltas y vueltas y siempre no sé cómo, termino aquí mismo frente al andén.

–   No te preocupes, mira ve por ahí y a la izquierda encontrarás una escalera eléctrica, sube por ella y estarás afuera de una vez.

La chica parte rumbo a la escalera eléctrica y comienza a subir, va por media escalera subiendo mientras mira a Silvia, en ese momento llega el metro, abre sus puertas y Silvia entra. Se da la vuelta aferrándose al pasamano y al partir el metro mira hacia el andén adonde ve nuevamente a la joven indígena de pie que la observa alejarse con tristeza en la cara, está parada en el mismo lugar en donde habló inicialmente con ella. Silvia le hace señas de adonde está la escalera eléctrica mientras parte el tren y la joven la mira alejarse.

Luego de algunos frenazos y jalones del carro, llega a la estación del aeropuerto, sale y mientras camina tropieza con un señor que lee un periódico mientras camina distraídamente. En la primera plana del periódico aparece una foto de la misma chica de la chamarra rosada con el encabezado: "Encuentran joven no identificada asesinada en el metro, llevaba chamarra rosada…". Ella sin reparar en el periódico le pide disculpas al hombre y continúa su andar hacia dentro del aeropuerto, busca la fila del web check-in y espera su turno. Delante de ella hay una pareja con dos niños y cuatro maletas. El padre carga a la niña de tres años que la observa insistentemente. Ella evita mirar a la niña, aunque la tiene enfrente. No le atraen especialmente los niños, pero le sonríe y mira a la niña, saludando con un rápido movimiento de la mano intentando ser amable. La niña, seria le saca la lengua y le da un palmo de narices quitándole la mirada y apoyando la cabeza en el hombro de su padre. Al llegar al mostrador verifican sus documentos y le ofrecen cambiarla a un asiento más al frente ya que hay espacio. Ella rechaza el ofrecimiento, le gusta viajar tan atrás en el avión como sea posible. Siente que lo más lejos de las alas, que es donde están los tanques de combustible y los motores, estará más segura. Pasa por todos los trámites de abordaje sin novedades y por fin se sienta en su asiento de pasillo. De entre la gente que viene en busca de asiento ve venir un joven bien parecido de unos treinta años. Se acerca y la saluda pidiéndole permiso para pasar al asiento de la ventanilla. Ella le deja pasar y se relaja ya sabiendo quien será su compañía por las próximas horas, parece un muchacho educado. Tan pronto el joven se sienta, saca un aparato de juegos, se pone unos audífonos y empieza a jugar. El sonido es tan fuerte que ella puede escucharlo. Le toca ligeramente el brazo y el joven se quita los audífonos y la mira molesto.

- Disculpe, solo me preguntaba si usted sabe que una prolongada exposición al ruido a más de 80 decibeles puede causarle sordera?

El joven solo la mira y se coloca nuevamente el aparato, sigue jugando. Las tres aeromozas se presentan y hacen toda la rutina de seguridad, cada día son más jóvenes parecen niñas jugando al avión. Luego de una hora de viaje decide que ya es suficiente de este ruido que no le permite ni pensar y se cambia a los asientos del otro lado del pasillo que están vacíos y se sienta hasta la ventanilla, para poner más espacio de por medio. Le comienza como un dolorcito de cabeza, se quita los lentes y lleva el dedo índice a la sien y la frota. Viene caminando por el pasillo una aeromoza, blanca delgada de cabellos rubios, peinada en un estilo antiguo pero muy guapa. Le pide un vaso de agua para poder tomarse una acetaminofén, ésta le informa que enseguida se lo traen. Luego pasa una de las aeromozas jovenes con el carrito repartiendo bebidas y le ofrece, a lo cual solo pide agua y toma sus pastillas. Cierra los ojos e intenta descansar, cayendo en un leve sueño. La aeromoza mayor regresa y se sienta en el asiento vacío al lado de Silvia hablándole.

- Cómo está? Cómo sigue de su dolor de cabeza?
- Un poco mejor, gracias.
- Me alegro. Menos mal que nadie fuma en este vuelo. Eso suele molestar mucho especialmente acá atrás. Ajuste su cinturón que el piloto nos anunció fuertes turbulencias. La aeromoza se levanta y desaparece en la parte de atrás del avión.

Mientras Silvia sorprendida aún la sigue con la vista, siente cómo el avión se tambalea de un lado a otro fuertemente y una alarma suena intermitente mientras las máscaras de oxígeno caen del techo y el piloto anuncia que se preparen para un aterrizaje de emergencia. Ella desesperada toma la máscara y la pone sobre su cara apretando los ojos. Está aterrorizada, el corazón le late fuertemente, tiene la cara sudorosa y lucha por abrir los ojos nuevamente. Cuando por fin lo logra, es sólo para darse cuenta de que ha sido solo una pesadilla. Se había quedado dormida. La cabina está tranquila y pasan una aburrida película mientras las aeromozas reparten bebidas y emparedados. Ya recobrada la tranquilidad se encoge de hombros y sigue dormitando. El resto del

169

vuelo pasa con entera normalidad. Apenas logra relajarse cuando ya anuncian el aterrizaje. A lo largo del desembarque este tipo de situaciones continúan, pero con más frecuencia de lo normal. En cada esquina alguien la aborda, al bajar le pasa lo mismo en migración y aduanas. Siempre alguien con su historia.

Ya le molesta la situación y comienza a evitar a la gente que parece querer abordarla para hablar. Sale del aeropuerto y toma el primer taxi que ve.

- Buenas tardes señor. Al hotel Miramar Intercontinental, por favor.

El taxista responde con las mismas palabras y sube el volumen del radio en el que suena música típica popular. Es un Santeño con sombrero pintado a la pedrada, cutarras y todo. Se pone en marcha y Silvia se percata ya habiendo recorrido unos metros que hay alguien sentado atrás junto a ella, un hombre de aspecto adinerado, de unos setenta años vestido a la antigua, de bigotes prominentes y una pequeña barba al estilo Kentucky. Ella le reclama al chofer, pero éste no la oye por lo alto de la música y solo repite el nombre del hotel en voz alta. El caballero a su lado le asegura con un claro acento norte-americano sureño.

- No se preocupe, llegará a tiempo a su destino, vamos por el mismo camino. Sabía usted que el lago Gatún es el lago artificial más grande del mundo….y lo tenemos aquí en Panamá.

Silvia piensa, pobre viejo debe tener Alzheimer, ya hay lagos artificiales mucho más grandes. Espero que baje pronto, pero como mujer bien educada muy amablemente le continúa la conversación. El taxi entra al corredor sur desde donde se pueden ver los rascacielos de Costa del Este, pasan por el viaducto marino frente a las ruinas de Panamá la Vieja. Al salir del viaducto se fija en Boca La Caja un pueblito de pescadores artesanales que quedó sumergido entre los grandes rascacielos como prueba de la inequidad del supuesto desarrollo económico del país. Luego Punta Pacifica y Punta Paitilla con sus grandes edificios. Al salir del corredor se abre ante ellos La Cinta Costera con sus grandes espacios de recreación junto al mar y justo en medio de ésta, el hotel "Vistamar Intercontinental". Llegan al hotel y a ella le toca bajar, se despide de su excéntrico compañero de viaje con un suspiro de alivio y baja. El taxi arranca llevando a su distinguido y extraño ocupante.

Ella se registra en la recepción y el botones la acompaña a su habitación. Entran y el joven deposita la maleta sobre una mesita y extiende la mano. Silvia le da cinco dólares de propina. El botones sale de la habitación despidiéndose con una gran sonrisa y poniéndose a su servicio, ella se queda mirando el paisaje afuera. Que grandiosa vista del mar y la ciudad, la gente disfruta del buen clima ejercitándose en la Cinta Costera. Inspecciona la habitación y sale a tomar un trago en la terraza del hotel, baja y junto a la piscina se sienta y pide su bebida favorita, un mojito adornado con una ramita de hierbabuena. Al regresar el mesero con la bebida ella le comenta que ha venido al país haciendo una investigación acerca de la invasión de 1989 y le gustaría conocer su experiencia con respecto a ella. El mesero, un hombre de cincuenta y siete años le responde.

- Usted vió el edificio ese que está allá atrás? Pues esa es la Contraloría de la nación y fue bombardeado con helicópteros usando misiles inteligentes que destruyeron todo adentro sin dañar el edificio. El Chorrillo, uno de los barrios más humildes de la ciudad fue destruido con bombas lanzadas desde helicópteros supuestamente para destruir el cuartel militar, incendiando todo el barrio cuyos caserones viejos eran de madera. Miles de personas murieron y al sol de hoy, todavía no se sabe con certeza el número. Usted cree que si ellos tenían esos misiles inteligentes, era necesario matar tantos civiles?
- Entonces no se sabe cuánta gente murió?
- Huy! Mi'jita. Eso ni se sabe. Los gringos se deshicieron de muchos cadáveres enterrándolos en la Zona e incluso mandándolos a Honduras.
- Dicen que fue necesario para sacar del poder al dictador, no?
- Eso no es del todo cierto. Antes hubo un intento de derrocarlo por sus propios subalternos, pero los gringos no los apoyaron. No vinieron a buscarlo y al final el dictador retomó el poder y los mandó fusilar. Yo creo que fuimos parte de una práctica militar para luego ir a Kuwait. Los gringos llegaron aquí con sangre en los ojos como si no nos conocieran y este fuera un lugar extraño, aún cuando han estado aquí desde 1850 cuando construyeron el primer ferrocarril transístmico. Disculpe señorita, luego regreso me llaman de otra mesa.

171

Pasan un par de horas y ya cansada se levanta para regresar a la habitación a dormir. Se encamina al elevador y presiona el botón, se abre la puerta y entra presionando el piso 7, antes de cerrar las puertas, un hombre entra rápidamente y se para a su lado, no la mira ni aprieta ningún botón. Ella le pregunta.

– A que piso va?

El hombre no responde, tal como si no le hubiera escuchado. Ella lo mira de reojo y puede ver bajo la solapa de su saco, que éste lleva un revólver. Al abrir el ascensor el hombre sale caminando rápido y gira a la derecha. Ella se queda unos segundos adentro para poner distancia entre los dos…por si acaso. Sale y al girar a la izquierda atisba hacia donde fue el hombre. No ve a nadie en el pasillo. Camina rápido a su habitación y entra. Ya dentro toma la silla del escritorio y la acomoda contra la perilla de la cerradura de la puerta asegurando que quede firme.

Saca de su maleta su laptop y se sienta en la cama a revisar su email contestando varios mensajes que llegaron durante su ausencia. Al rato el cansancio la va venciendo y decide darse un baño para relajarse, se desviste y entra al baño desde donde se escucha el agua correr, el viajar siempre la estresa, pero no hay nada que un buen baño no mejore. Ya sale del baño envuelta en una blanca toalla y luciendo una cara más tranquila. Camina hasta la mesita donde está su maleta y saca de ella una pijama de camisa y pantalón largo de algodón, deja caer al piso la toalla y se pone la pijama. Saca de su maleta una lata de aerosol anti-ácaros que echa sobre la cama, uno nunca sabe si realmente cambiaron las sabanas y quien habrá dormido ahí antes. Se acuesta y por fin se estira para descansar. Cierra los ojos y cae en una ensoñación.

Han pasado un par de horas cuando escucha dos disparos y se despierta asustada, se levanta y curiosa entreabre la puerta atisbando. Logra ver al mismo hombre del elevador correr aún con el revólver humeando en la mano, este sale de una habitación y entra al elevador. Ella intenta gritar, pero no sale sonido de su garganta, cuando….despierta. Está sudada y aún acostada en la cama que está vuelta un revoltijo, sin duda otra pesadilla. Debe haber sido por la impresión que le causó ese extraño hombre en el elevador. Se quita las mantas que ahora le producen mucho calor y se voltea para continuar durmiendo.

A la mañana siguiente baja a la recepción, mientras espera que la atiendan ve a una pareja en frente junto al elevador, el hombre presiona el botón y cuando éste abre, sale el mismo hombre de ayer, les pasa por enfrente sin siquiera hacer un gesto y sale por la puerta automática del hotel perdiéndose en la avenida. Lo interesante es que nadie parece ponerle atención. En eso la llama el portero del hotel y le informa que ya llegó su taxi, ella se olvida del asunto de este hombre y sube al vehículo, el chofer es un chorrillero de ascendencia afroantillana, le pide que la lleve al monumento de los caídos en la invasión.

- Si mi amor, sin tranque llegamos rapidito. Eso queda en la Cinta Costera 3 cerca del Maracaná.
- Qué es tranque?
- Así le llamamos aquí al congestionamiento vehicular. Ese monumento es nuevo, también hicieron una placita al lado y un centro gastronómico.
- Centro gastronómico? Suena interesante.
- Realmente es un grupo de restaurantitos del barrio del Chorrillo que se unieron y venden su comida afroantillana.
- Qué bien! Le puedo hacer algunas preguntas?
- Si mi amor, las que quiera.
- Cual fue su experiencia de la invasión?
- No me diga que es usted periodista.
- No, estoy escribiendo una historia sobre el tema y me gustaría saber la opinión de los locales.
- La verdad, la invasión fue una mezcla de vergüenza, impotencia, liberación y luto. Mucha gente inocente murió tanto que aún no se está seguro de cuántos. Dicen que cerca de 14,000 en su mayoría civiles que fueron tomados de sorpresa mientras dormían.
- Usted cree que fue necesaria la invasión?
- Yo digo que no. Todo ese despliegue militar para arrestar a un solo hombre que ya les habían ofrecido en bandeja de plata?
- Y lo del saqueo?
- Eso fue horrible, sacó lo peor de las personas, pero era de esperarse algo así. Ese tipo de cosas pasa siempre que hay un caos y no se mantiene el orden. Tomará mucho recuperarse de esa pérdida moral, lo peor de la gente salió a flote, pero también hay historias de valor y compañerismo.
- Por qué cree que murió tanta gente?
- El cuartel central estaba rodeado de muchos caserones de madera donde vivía la gente humilde y cuando atacaron con bombas incendiarias todo se prendió. Eso lo sabían los gringos,

ellos conocían Panamá mejor que nadie. Siempre han estado aquí.
- Cree usted que valió la pena?
- Pienso que pudo haber tenido otra solución. A fin de cuentas, muchos inocentes murieron y el hombre que vinieron a buscar aún está vivito y coleando.

Llegan y ella se baja en una plaza en medio de la Cinta Costera 3, cerca del Chorrillo. En medio de la plaza hay un monumento de granito negro y en frente un letrero informativo que dice:

"En esta plaza se erige el Monumento a los Caídos en la Invasión del 20 de diciembre de 1989. Aquí están inscritos los nombres de todas las víctimas identificadas. Aunque sabemos que muchas otras jamás podrán ser conocidas, identificadas, ni cuantificadas. Este monumento honra a todos los caídos sin distingo de ningún tipo, ya que todos fueron víctimas y panameños."

Le toma una foto a la placa y camina hacia el monumento. Al llegar observa una multitud que camina de un lado a otro, algunos con tristeza en la cara, otros lloran y otros sin expresión solo deambulan. Muchos leen entre los nombres del monumento muy interesados como buscando el de algún familiar o conocido. Ve cómo algunos encuentran el nombre que buscan y bajan la cara con resignación, otros lloran al encontrarlo. Toma muchas fotos de la gente alrededor del monumento, de sus expresiones al buscar los nombres y encontrar o no los que buscan. No puede creer que después de haber pasado tanto tiempo la gente aún tiene ese apego hacia las víctimas. Camina a lo largo del monumento y toca con su mano izquierda el monumento buscando sentir algo de esa cercanía que observó en la gente, sus dedos rozan el frio y negro granito con los nombres inscritos en bajo relieve cuando, tropieza con un joven de tez morena. Este tiene facciones finas y complexión atlética, está de pie observando con la mirada perdida hacia el lugar en donde quedaron alguna vez los viejos caserones de madera del Chorrillo.

Hogares humildes que ardieron ese fatídico 20 de diciembre, cual arbolitos de navidad incendiados llevándose consigo la historia y sueños de familias enteras que desaparecieron sin dejar rastro. Sus nombres, muchos borrados de una historia que solo algunos contarían desde el punto de vista de sus intereses propios, ya sean políticos o económicos.

174

La historia de cómo el ejército más grande del mundo se ensañó con un pueblo que no se defendió y que nuevamente puso los muertos.

Disculpe le dice ella al joven. Este voltea y la ve sorprendido dando un paso atrás a la vez que le responde.

- Pierda cuidado. Sabe? Yo estuve ahí cuando todo esto pasó.

A Silvia esto le parece interesante sobretodo por la juventud del hombre y saca su libreta para escribir su relato.

- Le puedo hacer algunas preguntas?
- Sí. Por supuesto.
- Cómo se llama?
- Me llamo Esoclair Jackson III. De Avenida A, mucho gusto y usted?
- Silvia, soy escritora. Usted estuvo ahí cuando sucedió la invasión?
- Sí, yo vivía aquí en el Chorrillo.
- Qué siente usted en estos momentos, estando de pie frente al monumento?
- Que nadie ha contado….

Justo entonces la gente de alrededor se percata de que ella está entrevistando al joven. Ahora repentinamente todos quieren participar y compartir sus anécdotas, responder las preguntas, contar sus historias y se van aglomerando a su alrededor. Esto abruma Silvia que se siente apretujada y jaloneada. Teme por su seguridad ya que se ha formado un tumulto, así que trata de escabullirse y abandonar el lugar. La situación es insostenible, pero ningún policía aparece para controlar a la multitud que se agolpa a su alrededor. Ella deja al joven atrás y sale corriendo apurada, mientras el muchacho inmóvil se queda observándola alejarse. Ya unos metros adelante de la multitud Silvia camina rápido alejándose, pero la siguen todos hablando alto, gritando, pidiéndole que los escuche. Ella les grita.

- Yo no soy periodista, no puedo hacer nada por ustedes, déjenme en paz!!

Logra llegar al Mirador frente al Casco Viejo y aún tras de ella esa multitud de la que no puede escapar, vociferando y alegando. Ella siente que ya no puede más, le falta el aire, el calor la agobia y ya está cansada, se sienta en una banca. Comienza a aparecer la multitud rodeándola y hablando, vociferando, gritando cada persona algo diferente, es un escándalo! Ella no soporta más y grita con todas sus fuerzas…

   – BASTA YA, CALLENSE DEJENME EN PAZ!

Metiendo la cabeza entre sus manos tapándose los oídos.

De repente, silencio, todo se calla. La multitud desaparece y solo una delgada ancianita negra con su cabello despeinado, vistiendo una desgastada batita de dormir queda frente a ella, la mira a los ojos y abriendo los brazos con tristeza.

   – Cuenta tú nuestra historia.

Silvia cierra los ojos a punto de desmayar. Desde arriba una solitaria gaviota vuela sobre el mirador y mira hacia abajo. Silvia, está completamente sola en el mirador, sentada en la banca con la cabeza entre sus manos tapándose los oidos. Ella abre los ojos lentamente y… el mirador está solitario. No hay nadie más que ella y unos policías del SPI que vienen corriendo a la distancia hacia ella.

   – Qué le pasa señorita? tiene algún problema?

Y ella al verlos cae inconsciente. Rápidamente el personal del SPI que custodia la Cinta Costera la asiste y trasladan al Hospital en colaboración con el 911.

Al día siguiente despierta en el hospital, donde luego de varias horas le dan salida. El doctor que la atendió le dice que tuvo un episodio de ansiedad, debido quizá a mucho stress por falta de descanso. Le recomendó terapias de control de stress y la da de alta. Sale del hospital repuesta, ya nadie la sigue, interesantemente tampoco nadie le habla, la gente le pasa al lado sin siquiera hacer reparo en ella.

Decide regresar nuevamente al monumento para percatarse de que todo el evento había sido a causa del stress y la ansiedad. Llega a la plaza y todo se ve normal, algunos vendedores de refrescos y raspado, gente paseando y haciendo ejercicio, turistas tomando fotos y niños corriendo. Camina por el mismo lado del monumento, rozando sus dedos en el granito tal como en el día anterior, avanza hasta donde tropezó con el joven aquel y se detiene. Mira en dirección a donde miraba aquel muchacho donde quedaban aquellas viejas casas de madera y baja la vista. Al bajar la vista recorre el negro granito del monumento y... Ve entre los nombres inscritos en el monumento uno y se queda fría, estática. Escrito en la placa de granito, **"Esoclair Jackson III"**.

Sale corriendo y detiene un taxi, le pide que la lleve a su hotel. Ya en la habitación se sienta en la cama y apoya la cabeza en sus manos y suspira frotándose los ojos. Se levanta y toma su cámara, tiene que ver sus fotos. La enciende y recorre una a una las fotos que tomó el día anterior. Busca esas que le tomó a la gente en el monumento, esa gente que leía y buscaba entre los nombres. Pasa las fotos una a una y todas solo muestran diferentes ángulos del monumento, de un lado, del otro, de lejos, de cerca, pero en ninguna aparece alguna persona solo el monumento solitario. Pone la cámara en la mesita de noche y cierra los ojos con resignación, cuando siente caer un pedazo de papel de la mesita de noche, es una nota que dice "mensaje", la abre y lee "su madre la llamó". Toma el teléfono preocupada y marca apurada el número de la casa de su madre. Espera impaciente mientras suena el teléfono. Contesta la voz de una señora mayor.

- Bueno? Diga..

Silvia le habla.

- Mamá, soy yo Silvia. Cómo estás?
- Bien mi'jita ya mejor del resfriado y tú? Me quedé esperando tu llamada.
- Perdón Má, es que entre tantas cosas se me pasó llamarte.
- Estás bien mi'jita?
- Más o menos, Má.
- Ya te tomaste tu medicina?

Abre el cajón de la mesita de noche y hay un frasco de pastillas lleno y sin abrir. Silvia lo observa fijamente y su expresión muestra el olvido, saca el frasco y lo pone sobre la mesita. Cierra lentamente el cajón mientras contesta.

- Si mamá, no te preocupes.

177

Se despide, cuelga el teléfono, abre el mini-bar saca una botella de agua y toma una pastilla del frasco.

Han pasado tres meses y Silvia está de regreso en su apartamento de la ciudad de México. Está muy interesada sentada el escritorio escribiendo en su computadora. Termina de escribir y manda a imprimir un documento, se levanta y va hacia la impresora de donde toma una resma de hojas ya impresas y las coloca junto al teclado. Camina a la sala y toma el teléfono marcando un número. Se sienta en el sillón mientras espera de forma tranquila a que contesten.

- Pedro, hola que tal?
- Oye, te tengo buenas noticias. Ya terminé el guion.
- Solo quiero hacerte una observación…

Sobre el escritorio yacen las páginas y en la primera se puede leer:

OBSERVACIÓN: "La invasión de Panamá ha sido contada por mucha gente. Cada uno la ha contado desde la óptica de sus intereses actuales ya sean políticos, económicos o ideológicos. Esta historia no trata de ellos. Esta es la historia de los que nunca fueron escuchados, de los que quedaron en el olvido, de los caídos en la invasión"

FIN

<u>DOÑA CHARITO</u>

Doña Charito de setenta y cinco años, es una dulce anciana solitaria. Dedicó su vida a cuidar de sus hermanos cuando quedaron huérfanos y nunca se casó ni tuvo hijos. Ellos crecieron y como aves abrieron sus alas y volaron. Después se centró en su carrera de maestra, cuidando e instruyendo esmeradamente a sus alumnos. Al jubilarse, viéndose sola y sintiéndose aún fuerte decide dedicar su vida al voluntariado en el hospital de su comunidad, en donde cuida de los pacientes encamados de una manera ejemplar. Es muy querida por lo cariñosa, amable y servicial que es.

Ella no es de esas señoras adineradas y egoístas que al envejecer quieren ganarse su escalera al cielo a punta de hipócritas obras de beneficencia y fingidos voluntariados que sirven más para inflar sus egos que para ofrecer una ayuda real. Charito vive de manera humilde en un barrio marginal donde es apreciada por sus vecinos y amistades.

Está amaneciendo en San Miguelito, las pequeñas casitas dispuestas entre los cerros y lomas dan la apariencia de estar viendo un nacimiento cuyas luces poco a poco comienzan a apagarse a medida que el sol se levanta sobre él horizonte. Más de cerca se ven las casas, algunas de madera y otras de bloques de cemento sin repellar muy cerca unas de otras, como si se apoyaran unas a otras para no caerse del cerro. Entre las casas hay veredas, algunas anchas donde cabe un auto y otras más pequeñas como aceras, con largas escaleras que suben por las cuestas contorsionándose como culebras, éstas sirven de acceso a las casas de más arriba en las colinas.

Amanece y repentinamente es un hervidero de gente que recorre las veredas, trabajadores y estudiantes en camino a sus destinos. Mientras en los patios de las casas los niños de edad pre-escolar juegan y las amas de casa se dedican a las labores del hogar lavando y tendiendo ropa al sol. En medio de las casas en una saliente de la colina junto a una vereda hay una casita con paredes de madera pintadas de verde pálido y techo de zinc, es la casa de Charito. Alrededor tiene un pequeño jardín inmaculadamente limpio y arreglado con algunas plantas que tienen pequeñas florecillas. Nos acercamos a la casa y por la ventana de madera logramos ver en su interior. Escuchamos en bajo volumen el ruido de un informativo de radio que proviene de adentro. Es la habitación principal de esta pequeña casa, un espacio multiuso donde se encuentra la sala, comedor y cocina. A la derecha de la puerta de entrada una mesita de madera con dos sillitas, al fondo una mesita cuadrada en la esquina con una estufita sobre ella, colgando de unos clavos en la pared de madera algunas ollas y sartenes. Al lado sobre un banquito un pequeño refrigerador de oficina. Del lado izquierdo de la entrada un sillón de dos puestos, una mesita de centro y sobre ella una televisión antigua de 14 pulgadas. Junto a la puerta de entrada hay una repisa con la imagen de la Virgen del Carmen, frente a esta una pequeña velita roja encendida y al lado un candado. Al fondo de la habitación en medio hay una puerta que comunica al único dormitorio y a un pequeño baño. A un lado de la puerta un cuadro con el Himno al maestro y al otro lado una vieja foto de una joven maestra con un grupo de niños. Se abre lentamente la puerta del dormitorio mientras se escucha un rechinar y aparece Doña Charito una dulce anciana, espigada, pequeña, delgadita, inmaculadamente arreglada con su blanco cabello ondulado recogido. Lleva un vestidito blanco sencillo con el cuello y los dobladillos de las mangas en azul.

Inspecciona con la vista la habitación, camina hacia el área de la cocina y revisa que esté cerrado el regulador del tanquecito de gas de la estufa, luego pasa un trapo sobre la mesa, después toma un plumero y limpia los cuadros de la pared y al sacudir el de la foto donde aparece ella rodeada de niños, lo mira con cariño y nostalgia. Pone el plumero junto a la estufa y cierra la ventana, corre la cortina y se dirige al sillón de donde toma una pequeña cartera de mano negra. Camina hacia la puerta de entrada y se detiene frente a la imagen de la Virgen que está a la derecha, reza una corta oración, se persigna luego y toma la velita roja que alumbra la imagen, la sopla y la apaga, la pone de regreso en la repisa y con la misma mano toma el candado.

Desde afuera se abre la puerta de la casita y detrás de ella aparece Charito, la luz del sol ilumina su cara. Ella sale y se voltea, mientras pone el candado y una voz de hombre interiorano se escucha. Es un hombre gordo mayor, Don Julio de sesenta y cinco años, su vecino, que sentado en un banco afuera de la casa del lado derecho se frota la rodilla izquierda.

- Buenos días Doña Charito. Tempranito como todas las mañanas. Gracias por el ungüento, ya estoy mejor.
- De nada Julio, que se mejore.

Se despide con la mano en alto y atraviesa su pequeño jardín, luego dobla a la izquierda bajando por la vereda. Mientras camina mira hacia la casa al lado izquierdo de la suya, a una señora que con un rastrillo limpia afanosamente los alrededores de la casa, es Doña María de cincuenta años, su otra vecina que levantando la mirada le saluda.

- Ya se va Charito? Usted siempre tan apuradita. Cuándo viene para que nos tomemos un cafecito?
- Ya conoce el dicho María. El que madruga, Dios lo ayuda. Que tenga buen día vecina, hasta luego.
- Jajaja! Acuérdese que no por mucho madrugar amanece más temprano Charito. Hasta luego vecina.

Charito se despide con la mano en alto sin detener su caminar bajando la vereda. Así continúa hasta... que pasa frente a una casa abandonada. Es una casa que ha sido saqueada y le han arrancado las ventanas, puertas y parte del techo. El jardín es un herbazal y en la pared junto a la que antes fuera la puerta solo queda un letrero que guindando torcido de un solo tornillo, tiene el número "66" que la identifica. Charito se detiene por un segundo y levanta la mirada observando la tenebrosa casa, rápidamente se persigna. Dicen que allí vivió un narcotraficante que habiendo hecho un tumbe de drogas cayó en desgracia con sus jefes, los cuales prometieron asesinarle de la forma más bestial. Éste aterrorizado prefirió poner fin a su vida él mismo antes que enfrentar a sus vengativos perseguidores. Charito tiembla de escalofrío hasta que se enchina la piel y apura el paso quitando la vista de la fea estructura que aún queda de pie. Está justo en la única vereda que da acceso a su casa. Así que no hay forma de evitarla. Pero, ya pasando la casa abandonada su andar es más relajado. Luego llega a la esquina donde está la tienda del chino. Es una tienda de barrio pequeña. Charito entra y se acerca al chino que está sentado junto a la caja, es Juanxing que sonríe al verla entrar.

- Buenos días Juanxing. Dame 25 centavos de menta por favor.
- Buen día Chalito.

El chino pone sobre el mostrador las pastillas y Charito abriendo su monedero lo rasca adentro hasta encontrar algunas monedas y le paga. Luego entra un hombre moreno, flaco y desgarbado llevando un humeante cigarrillo en la boca y planta sonoramente un billete de cinco en el mostrador.

- Chino! Un paquete de blancos. Mueve que es pa'hoy.

El chino cambia de cara y se pone serio a la vez que Charito se despide con una sonrisa tomando sus pastillas y se encamina a la salida. Charito que siempre camina rapidito va hacia la parada de buses, donde hay un tumulto de gente. Al llegar el bus la gente se agrupa en la entrada del mismo, los más vivos tratando de pasar primero. Una voz llama a Charito, es Tomás un joven muchacho trabajador de veinticinco años que vive más arriba en la misma vereda de ella. La ha visto y reconocido, le hace espacio para que logre subir. Ella rapidito entra y arranca el bus.

Charito llega a su destino y camina desde la parada de buses, por el frente de la entrada del hospital y entra perdiéndose entre la gente. En la sala especial para pacientes encamados, frente a la puerta de entrada hay un mostrador donde Lupe una mujer gruesa de aspecto serio y vestida de blanco, la enfermera en jefe y las auxiliares Katy y Candy dos muchachas jóvenes se ocupan de los reportes escritos. Detrás del mostrador y los archiveros y sillas hay una puerta con un letrero que dice "Medicamentos", "Solo personal autorizado". A un lado del mostrador un pasillo conecta con varios cuartos donde hay entre dos a cuatro pacientes encamados por cuarto. La puerta se abre y entra Charito sonreída.

- Buenos días Miss.

Lupe levanta la mirada.

- Hola Charito, que gusto verla. Bueno, el paciente de la uno se puso mal anoche...

Charito entonces las interrumpe.

- Si quieren yo me encargo de él mientras terminan el reporte.
- Gracias Charito, es usted un ángel. Ya sabe dónde está todo.

Katy y Candy le sonríen mientras ella parte en busca de sus implementos. Un rato después está Charito con todo el equipo y unas toallitas limpiando a un paciente cuadripléjico llamado Marcial, de 30 años de cabello negro y ya muy delgado, mientras este la observa.

- Gracias Charito, si yo pudiera...

Charito sonríe.

– Lo sé. No se preocupe.

Ella continua en su labor. Más tarde Charito está al lado de un paciente con la mano en su frente observándolo cuando este comienza a respirar con dificultad. Entonces ella llama a Lupe que viene y lo atiende. En otro momento Charito está sentada junto a la cama de una paciente, con un libro en la mano leyendo en voz alta mientras la paciente yace inmóvil. En eso entra el Dr. José un médico en sus cincuenta, de mirada compasiva y dulce sonrisa, lleva bata blanca y el acostumbrado estetoscopio en el cuello.

– Hola Charito, cómo está?

Charito levanta la mirada del libro y sonríe al ver a el Dr. José. Este se acerca a la paciente y tomando el estetoscopio escucha sus latidos desde varios puntos del pecho, luego le toma el pulso. Sin despegar la vista de su reloj y comenta.

– Cuando usted les lee, sus latidos son más relajados. Yo diría que la escuchan.

Mira a Charito y sonríe antes de salir del cuarto.

Ya luego es de noche cuando Charito sale del Hospital y camina hacia la parada de buses donde luego de una larga espera aborda un bus. Cuando por fin llega a su destino emprende su caminata acostumbrada por la vereda. Al llegar cerca de la casa abandonada baja la mirada con expresión de miedo y voltea la cara a la vez que apresura el paso. Llega a casa, entra y enciende la luz, pone su cartera sobre el sillón y camina hacia la estufa. Toma una cajetilla de fósforos y se acerca a la imagen de la Virgen junto a la puerta, enciende la pequeña vela y se persigna. Desde afuera a través de la ventana la vemos sentada a la mesa comiendo solitaria. Todavía hay luz en la ventana, pero ya no se le ve a ella. La luz se apaga.

Al día siguiente ya lista y camina hacia la puerta de entrada, se detiene frente a la imagen de la Virgen, reza una corta oración, se persigna luego y toma la velita roja. La apaga y la pone de regreso en la repisa. Toma el candado y sale. El día pasa rápido mientras ella está ocupada atendiendo a los pacientes y ya en la noche sale del hospital y camina hacia la derecha, repentinamente se detiene, se queda pensativa y se lleva la mano a la boca, entonces hace un gesto como de quien recuerda algo y cambia de dirección hacia la izquierda caminando rápidamente. Ha recordado que tiene que pasar al supermercado. Camina entre los pasillos empujando un carrito. Lleva un paquete de arroz chico, seis huevos, leche, pan y una botellita de aceite. Al pasar frente a la panadería se detiene y mira unas grandes "orejas", mientras se relame. En eso se acerca Alicia, una joven de veinte años, con indumentaria de panadera y una gran sonrisa.

- Hola, que desea doñita?
- Deme una de esas orejitas por favor. No, mejor no...

Viendo el precio mueve la cabeza de lado a lado, están muy caras, pero Alicia le insiste.

- Vamos doñita, no se quede con las ganas. Le doy la más grande para que se dé el gusto.
- Bueno, está bien deme esa.

Al llegar a la caja saca unos billetes de a uno arrugaditos y enrollados, paga y sale del supermercado llevando sus paquetes. Ya en el barrio Charito camina de regreso a casa, la vereda está oscura, mira su relojito de pulsera y en la carátula son las 11pm, ella apura el paso. Justo frente a la casa abandonada baja la vista, apura más aún el paso cuando...Boom! Tropieza estrepitosamente con algo y rebota hacia atrás sin caer. Es un muchacho blanco grandote gordo de cabello chocolate revuelto con aspecto de niñón, es Toño de diez y seis años, un chico muy desarrollado para su edad. Ella asustada levanta la vista y viendo al muchacho a la cara.

- Perdón joven, no lo vi.

Toño de pie cuán grande es permanece bloqueándole el paso mientras la observa serio. De detrás de Toño sale una chica joven, pero con aspecto de ser mayor y muy corrida, vestida de negro con tatuajes en los brazos, cabello largo teñido de rojo y maquillada al estilo gótico es Yessica de diez y nueve años. Junto a ella está Manuel de diez y ocho un muchacho moreno de pelo corto, muy delgado, que al sonreír enseña un diente de oro. La muchacha se le acerca por enfrente de Toño y le habla.

- Qué pasó abuela? Adónde va con tanta prisa?

Los dos muchachos quedan detrás de ella cual guarda espaldas.

- Voy de regreso a casa.

Charito intenta reanudar su camino rodeándolos, pero la muchacha la detiene del hombro.

- No tan rápido abuela. Qué lleva ahí?
- Nada que te importe. No te han enseñado a respetar a los mayores?

Entonces los dos muchachos se adelantan y le arrebatan los paquetes de las manos registrando su contenido, mientras Yessica toma a la anciana por los hombros y la hace girar repetidamente hasta marearla. Yessica mira a Toño y le hace señas interrogándole de qué encontró. Toño comiéndose la oreja, el dulce que Charito había comprado contesta.

- Pura comida, nada bueno. Solo este miserable dulce.

Manuel se acerca a Charito y mirándola a los ojos de cerca, le sonríe enseñando su diente de oro mientras le advierte.

- Le vamos a dar un chance hoy abuela. La próxima tráiganos algo bueno.

Los tres dan la vuelta y se meten adentro de la casa abandonada con el número 66. Dejan tiradas las bolsas de Charito con sus compras regadas por el piso. Ella se tambalea aún mareada. Al recobrar el equilibrio apurada se agacha recogiendo sus cosas y sale corriendo a casa llevando sus bolsas.

Al día siguiente Charito ya está en el hospital con todo el equipo y unas toallitas limpiando a Marcial el paciente cuadripléjico, mientras este la observa con curiosidad.

- Qué le pasa Charito, se siente mal?
- Es que no he podido dormir bien. Unos muchachos se han dedicado a molestarme en el camino a casa y eso me tiene nerviosa.
- Tome por otro lado y evite encontrarse con ellos.
- Eso quisiera Marcial, pero es imposible. No hay otro camino a mi casa.

187

- Pues entonces lo que va a tener que hacer es acusarlos con la policía.
- Sabe qué Marcial? Eso voy a hacer!

Charito ya más animada continúa sus labores, pero en la noche de regreso a casa, viene de nuevo caminando por la vereda y al acercarse a la casa abandonada levanta la vista en busca de los malandrines. Toño está en la vereda y ocupa todo el espacio, con los brazos abiertos evitando que ella siga su camino. Ella molesta lo amenaza.

- Déjame en paz muchacho o te voy a acusar con la policía.

Entonces el muchacho con la cabeza le hace señas de que mire a la casa abandonada. Se ve fuego adentro, alguien ha encendido una fogata. Se ven unas sombras moverse y de la casa salen Yessica y Manuel que se unen a Toño. Manuel trae un palo humeante con braza en la punta. Yessica llega y encimándose sobre la anciana la empuja diciéndole.

- Y ahora que me trajiste abuela?
- Yo no tengo por qué traerte nada muchacha grosera.
- Y qué, con el acuerdo que hicimos ayer?

Manuel las interrumpe.

- De una forma u otra nos vas a pagar por pasar, vieja.

Yessica la empuja arrancándole su carterita de mano y frente a ella rebusca en su interior. Saca un par de billetes de a uno y dos martinelis junto con algo de sencillo, luego deja caer la cartera al piso. Le pasa el dinero a Manuel que se queda mirándolo en su mano y luego ella levanta la cara mirando a Charito y torciendo la boca.

- Eso no alcanza abuela! Si mañana no trae más…

Luego Yessica le arrebata a Manuel el palo con brazas en la punta de la mano y le acerca esa punta candente a la cara de Charito. Se ve cómo la luz anaranjada de la braza alumbra la cara de la anciana que tiene un gesto de terror, mientras la joven sonríe con malicia advirtiéndole.

- Le puede ir muy mal abuela. Jajaja! Vámonos!

Yessica y Manuel van de regreso a la casa y el gordo Toño le hace señas a Charito con las manos, de que ellos la estarán observando, lleva dos dedos a los ojos y luego apuntándolos a ella. Se da la vuelta y se va tras sus amigos. Charito asustada recoge sus documentos del piso y la carterita para luego salir corriendo. Charito llega exhausta caminando y se acerca a la puerta de casa de María su vecina que ahora está a oscuras. Tropieza sin caer con unas sillas que están en el jardín. Llega trastabillando a la puerta y toca insistentemente. La luz sobre la puerta se enciende. María abre y al ver a Charito tan nerviosa la interroga.

- Qué le pasa que está tan pálida?
- Ay María! Me robaron frente a la casa abandonada. Mire todavía me tiemblan las manos.
- Siéntese, siéntese, le voy a traer un tecito de tilo, para los nervios.

Entra dejando la puerta abierta mientras Charito permanece sentada con cara de aflicción y temblor en las manos. Pronto regresa María con una tacita humeante. Charito poco a poco lo bebe y al rato ya más calmada le pide ayuda.

- Acompáñeme a reportarlos María.
- Yo no me atrevo vecina. Me da miedo que me hagan algo. Quizá Don Julio pueda.
- Muchas gracias María, ya veré que hago. Está muy rico su té.

Se termina de despedir y sale de casa de María. Charito entra en su casa y se asoma por la ventana, mira de lado a lado, corre la cortina y la luz se apaga. Al día siguiente Charito está poniendo el candado en la puerta al salir y Julio su vecino de la casa a su derecha sentado junto a la puerta le habla.

- Buenos días Charito, como amanece?
- Pues mal Julio, fíjese que anoche me robaron junto a la casa abandonada.
- Santo Dios! Hace rato pasan cosas extrañas ahí. Desde que Don Eulalio, el que vivía ahí se ahorcó, dicen que su espíritu la ronda. Ese lugar está maldito!

Mientras Charito con incredulidad.

189

- Que maldito, ni que ocho cuartos! Estos muchachos me han tomado de su puerquito y me están desplumado como gallina para sancocho.
- Don Julio, me acompañaría al cuartel a poner la queja?
- Ay Charito! Yo con gusto la acompañaría, pero ya ve, yo con mi problema de la rodilla...
- No se preocupe. Yo entiendo.

Charito tuerce la boca y da la vuelta bajando por la vereda. Minutos después llega frente a un local en la planta baja de un edificio, en la pared externa al lado de una puerta de vidrio hay un rótulo que dice "CORREGIDURÍA", abajo "CORREGIDOR NEMESIO MONTILLA". Ella abre la puerta y entra. Dentro es una oficina sin mucho mobiliario. Las paredes desnudas, a cada lado de la puerta una fila de sillas, en frente al medio un gran escritorio de metal donde Diana una voluptuosa joven de veinticinco años, la secretaria, muy atenta se pinta las uñas. El olor a barniz de uñas inunda la habitación, Charito saca un pequeño pañuelo y frota su nariz. Atrás de Diana algunos archiveros viejos de metal. Al lado derecho del escritorio una mesita de hierro con una impresora que está conectada a una laptop que descansa en el mismo. A la izquierda una puerta de madera con un rótulo que dice, "OFICINA", abajo, "NO PASE SIN AUTORIZACIÓN".

- Buenos días jovencita. Qué tengo que hacer para poner una queja?
- Por favor siéntese y espere un momento.

Charito se sienta paciente, aunque la oficina está vacía y no se ve movimiento. La secretaria inmutable sigue en su ardua labor de pintarse las uñas. De repente se escuchan unas risotadas provenientes de la oficina del corregidor. Se abre la puerta de la oficina de par en par y salen dos hombres ensacados riendo. Uno gordo barrigón de vestido azul marino, es Don Neme de cuarenta y cinco años, el Corregidor y otro flaco, negro de lentes y vestido negro es Méndez un político. Neme viene hablando en voz alta.

- Bueno, ya sabes brother, no me puedes fallar.
- Ni un paso atrás mi general...jajaja!

Los dos hombres se carcajean mientras el hombre de vestido negro sale por la puerta. El corregidor da la vuelta y le dice a la secretaria.

- Que nadie me moleste, voy a dormir...

La secretaria sin dejar de pintarse las uñas le hace señas con la cara de la presencia de Charito sentada en la fila de sillas. El corregidor se voltea sorprendido y cuando la ve se sonríe a la vez que se dirige a ella.

- En que puedo ayudarla ciudadana?

La invita a pasar a la oficina y entran los dos, se cierra la puerta. Pasan quince minutos y ya la secretaria acabó de pintarse las uñas y ahora con un espejito redondo se está pintando la boca, cuando repentinamente se abre la puerta de la oficina y sale Charito y el corregidor. Este con cara de ceremonia le dice.

- Desgraciadamente señora sin una identificación exacta no puedo hacer nada. Necesito tener el nombre, apellido y dirección de los delincuentes. Le sugiero que la próxima vez que le hurten, trate de preguntarles estos datos para mandarlos a arrestar. Entonces con mucho gusto le podré ayudar.
- Entonces esto es una farsa. No ayudan a nadie.
- No diga eso señora, recuerde que el funcionario público únicamente puede hacer lo que le faculta la ley y no sea grosera o la mando a la cárcel por desacato. Hasta luego.

Don Neme se da media vuelta y deja a Charito plantada. Se abre la puerta de la corregiduría y sale Charito visiblemente molesta, se va caminando decidida a poner fin a los abusos de los muchachos esos, se encamina al cuartel de policía. Es un pequeño cuartel de policía de barrio, afuera dos vehículos policiales y un policía montando guardia. Charito pasa por el frente y sube las escaleras de la entrada. Ya adentro hay un gran mostrador y sentada tras él la Cabo Juana una oficial uniformada. Charito se acerca al mostrador.

- Buenas tardes oficial.
- Qué se le ofrece ciudadana?
- Vengo a reportar varios asaltos de que he sido objeto.
- Como no señora. Tenga llene estas formas por favor.

Le entrega como diez hojas de papel de diferentes colores.

- Tengo que llenar todo esto? Disculpe es que no tengo pluma.

- Sí. Ese es el procedimiento y lo siento, no le puedo prestar mi pluma, lo tenemos prohibido. Vaya allá a la tienda del chino y compre una.

Sale Charito caminando con la resma de hojas en la mano. Unos minutos luego regresa caminando con la resma de hojas en la mano y una pluma en la otra. Le pregunta a la uniformada.

- Puedo usar papel carbón para las copias?
- No. tiene que llenarlas individualmente y firmar cada una.

Charito tuerce la boca y camina hacia unos bancos al otro lado de la oficina y se sienta. Al rato, Charito se levanta y acerca al mostrador con todos los formularios llenos.

- Ya llené los formularios tenga oficial.
- Bueno, tiene las copias?
- Que copias?
- Las dos copias de cédula, carnet de seguro social, recibo de agua o de luz que compruebe su dirección.
- No me había dicho eso y donde consigo las copias?
- Allá en la tienda del chino.
- Pero solo tengo los carnets, no sabía que tenía que traer recibos de agua y luz.
- Uy! Entonces no puede hacer el reporte. Vaya por los documentos y regrese mañana.

La oficial toma los formularios que acaba de entregar Charito y rompiéndolos por la mitad y los tira en la basura ante la mirada perpleja de la anciana que se queja.

- Pero, y los formularios?
- Ya no sirven, tienen la fecha de hoy y no pueden tener tachaduras ni correcciones.

En eso va saliendo Omar de cuarenta y dos años moreno de aspecto atlético, uniformado. El guardia que cuida afuera enseguida se cuadra al verlo saludándole. Charito al ver esto presiente que esta es la persona con la que necesita hablar y le pregunta a la oficial.

- Oiga, y quien es ese señor?
- Es el Capitán Omar, jefe del cuartel.

Inmediatamente ella se voltea y va detrás del hombre. Camina apurada y lo alcanza antes de que este se suba a su auto.

- Capitán, capitán! Por favor, escúcheme!
- Dígame señora, en que le puedo servir.

Los dos están parados junto al auto y Charito le habla y gesticula contándole al hombre su problema. Este la escucha atento, pero ya pasados unos minutos la detiene interrogándola.

- Y tiene usted idea de quienes podrían ser estos facinerosos?
- Solo escuché sus primeros nombres, la chica se llama Yessica y siempre viste de negro y tiene tatuajes en los brazos. Hay uno que es un morenito con diente de oro que se llama Manuel y el último es un muchacho grandote, alto y regordete...
- Aja! Ya sé. Con el pelo chocolate despeinado y se llama Toño.
- Exacto Capitán! Cómo lo sabe?
- No se haga la tonta señora. Si esto es un chiste ya estuvo bueno. Todos aquí saben que Toño mi hijo tiene un pequeño retraso y aunque no es muy brillante, TAMPOCO es un maleante.
- Pero Capitán, tiene que creerme.
- Me parece una broma de muy mal gusto! Quién le ha pagado para que me haga esto? Váyase antes de que le diga a ese guardia que la arreste por falso testimonio.

El Capitán molesto da la vuelta y entra en su carro, Charito con la cabeza baja y caminando lento se aleja del lugar. Camina lentamente, derrotada alejándose del cuartel hasta que llega al parque frente a la iglesia y se sienta en una banca. Observa unos niños jugar y en su cara hay una expresión de tristeza preguntándose cómo unos niños que juegan tan inocentemente, pueden crecer y convertirse en rufianes como los que la acechan. Un ruido rompe el silencio y la distrae de sus pensamientos, suenan las campanas de la iglesia y alguna gente se reúne en la entrada para entrar a misa. El sol calienta y ella se levanta y entra a la iglesia. Se sienta hasta atrás sola en un banco y de rodillas reza. Luego se acerca a la imagen de San Judas Tadeo el patrono de las causas difíciles, la mira con fervor y mete la mano en su carterita para dar limosna y rebusca, no tiene dinero, su cartera está vacía. Mira con tristeza al Santo cuando siente una mano sobre su hombro y sorprendida voltea. Ve que es la del Padrecito, hombre bajito, gordito, de fácil sonrisa y acento español.

- Qué te mortifica hija?

Charito y el Padrecito sentados en una banca de la iglesia conversan animadamente durante un rato. El Padrecito luego se levanta y sonreído toma las manos de Charito.

- Hay que poner la otra mejilla hija. Hay que seguir el ejemplo de nuestro Señor, pero si esperas un milagro no hagas lo de hoy.
- Qué cosa Padre?
- Echa alguna moneda en la caja hija, por Dios!
- Eso iba a hacer padre, pero ya me dejaron limpia.
- No solo de pan vive el hombre hija. Hay que dar caridad.

Charito molesta sale de la iglesia mascullando entre dientes.

- No solo de pan vive el hombre! Se nota con lo bien dado que está este Padrecito!

Ya ha oscurecido y Charito camina de regreso a casa preocupada, todos sus esfuerzos han sido en vano. Va lento desganada y mira alrededor buscando algún conocido que vaya en su dirección para que la acompañe, estando acompañada no se meterán con ella estos rufianes. En eso ve venir a Tomás el joven albañil fornido que vive más arriba de su casa en la misma vereda, ella se le acerca.

- Puedo caminar contigo mi'jito? Ya está oscuro y me da miedo ir solita.
- No se preocupe señora. Mire estos brazos.

Enseñándole sus abultados músculos del brazo derecho.

- Conmigo a su lado nadie la va a molestar.
- Si mi'jito, se nota que estás macizo.
- Bueno, además también voy al gimnasio, hago pesas y algo de zumba...

Así se alejan conversando. Van acercándose a la casa abandonada y Charito se pega más a Tomás.

- Usted no se preocupe que anda conmigo.

Ya casi van pasando la casa abandonada cuando de ella sale el gordo Toño gritando como loco y moviendo los brazos como hélice de avión. Tomás voltea, pero antes de poder reaccionar Toño le asesta un gran mata-puerco en la nuca que lo deja privado en el piso. Quedando Charito a merced de su atacante. Ella intenta correr cuando Toño la agarra por el cuello del vestido jalándola hacia atrás de regreso a la vez que habla con voz de niñón.

– Ven pa cá.

De la casa salen corriendo los otros dos y al llegar Yessica le pregunta.

– Se te olvidó que tienes que pasar aduana? Manuel, la cartera.
– Por favor, no me quiten mi dinero.

Toño riéndo interrumpe.

– Po favó, po favó. Viejita bobita...jajaja!

Toño la levanta en el aire por el cuello del vestido mientras ella patalea.

– Mira!, te toy viendo.

Haciéndole la seña de los dos dedos. Entonces la muchacha interviene.

– Ya bájala Toño. No hay que dañar la mercancía.

Toño la baja, Manuel saca el dinero de la cartera. Yessica se acerca a la anciana y la toma del cuello del vestido arreglándoselo y la acerca a su cara.

– Ya está bueno de bobadas anciana. Mírame bien, te vas a acordar de mí? TE ACUERDAS DE MI?

Yessica le aprieta la nariz entre sus dedos y Charito contesta.

– Si! si! Por favor suéltame.

Luego los maleantes se van y ella aún asustada se inclina a auxiliar a Tomás que yace atontado. Lo ayuda a levantarse y caminan los dos trastabillando vereda arriba. Llegan hasta frente a su casa, ella ayudando a caminar a Tomás que avergonzado se despide de ella y sigue su camino frotándose la nuca.

– Es que ese maldito me agarró de sorpresa. Sino le hubiera dado su merecido.

Ella lo ve alejarse y luego se dirige a la puerta de su casa. Apoya la cabeza en la puerta, lentamente abre el candado y entra. A través de la cortina se ve la imagen de Charito sentada a la mesa llorando.

Al día siguiente en el hospital. Se abre la puerta de la sala y aparece Charito con la cara desencajada.

– Buenos días.
– Buenos días Charito. Que le pasa se siente mal, está enferma?
– No se preocupe Lupe, es que no pude dormir bien.

Candy se acerca revisándole la cara.

– Hola Charito, se pavió ayer...jajaja Hoy tenemos un paciente nuevo que llegó ayer, el pobre está catatónico severo.

Charito va en busca del equipo y se dirige al cuarto del paciente nuevo. Es un hombre joven, bien parecido, está inmóvil. Mientras ella lo lava este solo la sigue con la vista y luego cierra los ojos. Ella luego de terminar toma un peine y cuidadosamente lo peina mientras escucha que afuera llega el Dr. José. Conversa con la enfermera acerca del paciente nuevo. Ella termina de peinarlo, sale y cierra la puerta del cuarto. Luego entra al cuarto de mantenimiento a limpiar su equipo y atentamente escucha la conversación del médico y la enfermera.

– Doctor y se recuperará el paciente?
– Es un caso de intoxicación por sobredosis de XYZ así que desgraciadamente, no. El pobre quedará así hasta el fin de sus días.

En eso sale Charito del cuarto de mantenimiento y los dos se callan. Ella saluda al médico y sigue por el corredor hasta el cuarto dos, el de Marcial. Limpia y atiende al paciente y repentinamente este comienza a toser, tiene mucha flema y ella llama a la enfermera. El Dr. José y Lupe van a ver al paciente y le piden a Charito que busque a Candy.

Ella la llama y ésta corre al cuarto. Charito se queda afuera sola, Lupe sale del cuarto corriendo y abre el gabinete de medicamentos saca algo y regresa enseguida dejando el gabinete abierto y la llave en la puerta. Charito mira el gabinete, mira hacia el pasillo y repentinamente lo abre. Desesperadamente mira de arriba a abajo hasta que ve unos viales que dicen XYZ, toma tres, los esconde en la bolsa del vestido y sale de inmediato rumbo al cuarto de mantenimiento. El pasillo todavía está vacío. Luego salen los tres, médico, enfermera y auxiliar del cuarto dos donde está Marcial ya recuperado. El Doctor comenta.

- Casi se nos va, pero lo pudimos sacar adelante.

En eso Lupe se registra los bolsillos de la bata.

- Ay! Las llaves.

Camina rápido hasta el botiquín y cerrando la puerta toma las llaves.

- Aquí están.

Charito ya viene saliendo del cuarto de mantenimiento y se cruza con ella.

- Todo está bien Miss?
- Si, ya sabe cómo es esto. Un momento tranquilo y de repente corredera.

Ya en la noche Charito sale del hospital caminando en dirección al supermercado. Va con un carrito entre los pasillos haciendo sus compras. Arroz, huevos, queso, salchichas, jugo. Pasa frente a la panadería y se detiene a ver los dulces. Mira con detenimiento unos grandes muffins. Alicia se acerca.

- Hola doñita. Que se le ofrece.
- Hmm. No sé...
- Ya la vi como miraba esos muffins. Llévese uno.
- De qué son?
- Están rellenos de jalea de fresa...deliciosos. Se lo digo yo que sé de esto. Quiere uno?
- No, deme tres.
- Abuela! Bueno, pero no se los coma todos juntos, que es mucho dulce...jajaja.

Alicia toma los tres muffins, los pone en un cartucho de papel y le escribe el precio, luego se lo da. Charito se dirige a la caja y forma la fila. Ya luego de haber pagado, va con sus paquetes en la mano, se detiene y le pregunta a uno de los empacadores.

197

- Joven, puedo dejar estos paquetes aquí un momentito mientras voy al baño?

El muchacho mientras empaca las compras de otro cliente, voltea y con un gesto le indica que sí. Ella pone sus paquetes detrás de una caja que está vacía al lado del joven y se encamina a la puerta del baño para clientes, llevando aún en la mano el cartucho de papel con los muffins. Entra y el baño está vacío, hay dos lavamanos y tres cubículos con inodoros. Apurada se mete en uno, su mano libre busca nerviosa en su bolsillo hasta encontrar aquellos viales. Pasan cinco minutos y entra alguien al baño a lavarse las manos. Ella aprovecha que la persona está de espaldas para salir del cubículo sin ser vista y a la vez tira algo al cesto de basura, los tres frasquitos. Sale del baño. Toma el resto de sus paquetes de donde los dejó y sonriendo le agradece al muchacho por cuidárselos. Camina hasta la salida y va a la parada donde toma su bus. Charito viene ahora por la vereda caminando sola, se acerca al lugar donde está la casa abandonada, se detiene y respira hondo varias veces como quien toma fuerzas para enfrentar al diablo. Luego de unos segundos reanuda su andar. Va pasando frente a la casa y todo está en silencio, ve hacia la casa y hasta se le enchina la piel. Ahora busca con los ojos a los maleantes, pero no los ve. Se detiene y mira alrededor, hasta da una vuelta completa sin verlos.

Mira hacia arriba, se persigna y junta las manos dando gracias a Dios en silencio. Entonces rapidito reanuda su caminar. Cuando más adelante se escuchan unas palabrotas sucias y risotadas. Ella levanta la vista y son los tres maleantes. Vienen bajando por la vereda. Se detienen frente a ella bloqueándole el paso y Yessica la llama.

- Aja! A donde vas abuela? Pensabas que te habías escapado?

Ella intenta retroceder pero Toño la jala del brazo y la agarra por la espalda mientras todos sus paquetes caen al piso desperdigados. Manuel se acerca a ella sonriendo y enseñando su diente de oro mientras saca del bolsillo trasero una navaja automática. Aprieta un botón y el filo sale, plateado y brillante. Se lo enseña muy cerca de la cara y apoya la punta en la mejilla de la anciana haciéndole un pequeño corte. Una gota de sangre escurre del corte.

- Ahora si abuela. No se pase de lista con nosotros.

Desliza la hoja de la navaja por dentro del cuello del vestido de Charito hasta pasar bajo el tirante izquierdo del sostén de la anciana y jala estirándolo.

–   Qué tiene ahí abuela? Ah! Una sorpresa!

Gira el filo y corta el tirante, cayendo al suelo unos billetes que la anciana guardaba allí escondidos. Manuel se agacha y los toma, luego los mete a su bolsillo mientras Yessica lo felicita.

–   Así es como se vacía una alcancía Manuel!

Sueltan a Charito que queda petrificada y se dedican a rebuscar entre las bolsas tiradas en el piso. Riegan todo alrededor sacando cada cosa y tirando lo que no les interesa. Toño toma la bolsa de papel y curioso la abre para ver su contenido. Entonces sonríe y se relame con la lengua afuera ante sus compañeros. Yessica le pregunta.

–   Qué encontraste Toño.

El gordo se acerca a sus amigos y les enseña el contenido del cartucho. Yessica y Manuel se juntan a él y cada uno saca un muffin y mordiéndolo voltean a ver a la anciana. Toño y Manuel con la boca embarrada de jalea roja. Yessica luego del primer mordisco toma de la roja jalea con la punta de la lengua y sacando la lengua muy larga se la enseña a la anciana. Luego mete la lengua y re-chupa la jalea.

–   Qué rico abuela! Mañana tráenos otros.

Se dan la media vuelta y se van riendo. Mientras Charito queda parada, viéndolos partir en medio de sus compras que yacen tiradas por doquier.

Pasa la noche y al día siguiente en el hospital, se abre la puerta de la sala y entra Charito, tiene mayugones en los brazos y un raspón con una cortadita en la mejilla. Lupe la recibe.

–   Por Dios, Charito. Que le ha pasado?
–   No se preocupe Lupe, es que me caí.

Candy y Katy le curan la mejilla a Charito. En eso se abre la puerta de nuevo y entra el Dr. José que al verla alarmado se le acerca.

–   Charito! Qué le ha pasado?
–   Una caída doctor.

- Por qué no se toma unos días para descansar.
- No, por favor Doctor. Estar aquí es para mí la mejor medicina.
- Usted es un ángel de Dios Charito. Tanto amor y dedicación. Uhmm... Usted es la persona perfecta, venga conmigo.

Charito con una curita en la mejilla cortada camina junto al médico mientras este le explica.

- Ayer nos llegaron unos pacientes en estado catatónico.

Pasan frente al mostrador y el doctor toma tres registros que están sobre él.

- Pensamos que deben haber consumido una sobredosis de alguna droga adulterada.

Levanta examinando cada uno de los registros mientras camina en dirección al cuarto cinco junto a Charito conversando.

- Es una lástima, tres jóvenes, no cabe duda que la droga está haciendo estragos con nuestra juventud.

Se detiene frente a la puerta, pone los registros bajo el brazo. Se voltea hacia Charito y le toma la mano mirándola fijamente con su acostumbrada sonrisa y le dice.

- Yo sé que usted es muy dedicada y trata a los pacientes con mucho amor.

Estira la mano y abre la puerta del cuarto haciéndole un gesto de que pase.

- Por eso quiero recomendárselos a usted para que tengan la mejor atención.

Los dos quedan parados en el umbral de la puerta viendo hacia adentro. Desde la puerta se ven tres camas, en ellas Yessica, Toño y Manuel. Los tres al ver a Charito pelan los ojos. El médico aún parado en el umbral de la puerta les dice en voz alta.

- Esta es Charito, es una experimentada y dedicada voluntaria, los dejo en las mejores manos.

Le da a Charito los registros, se voltea y desaparece mientras cierra la puerta. Charito entonces se para frente a las tres camas con los registros sobre el pecho y sonríe. Se acerca a la cama de Manuel y coloca el registro en la ranura dispuesta para ello, luego acerca su cara a la de él y con el índice se señala la curita en su propia cara y sonríe mientras le habla.

– Esta, me la vas a pagar.

Mete la mano bajo la bata de paciente de Manuel hasta llegar a sus testículos y los aprieta retorciéndolos a lo cual a este se le desorbitan los ojos de dolor. Luego camina hasta la cama de Toño, coloca el registro y mirándolo de cerca le hace la seña de los dos dedos muy de cerca y con la mano derecha hace un puño con el dedo medio encorvado como punta y se lo aprieta restregándolo contra él esternón.

– Ahora, soy yo quien te está viendo.

Cuando llega a la cama de Yessica, pone el registro y se le acerca. Le pone la mano izquierda en la frente, le acaricia la cabeza acomodándole el rojo cabello, mientras desliza la mano derecha dentro de la bata de la paciente hasta llegar al pezón del seno derecho de Yessica. Lo toma cuidadosamente entre el índice y pulgar con sus largas y duras uñas de viejita y le da un gran y fuerte pellizco que la hace desorbitar los ojos sacándole lágrimas. Charito entonces se acerca a su cara sonriendo muy de cerca a la de Yessica y bajito dice...

– Mírame! Te acuerdas de mí?

Luego se detiene frente a las tres camas desde donde los tres pacientes la ven bien aunque inmóviles.

– Desde hoy, ustedes van a ser mis pacientes favoritos. Personalmente me encargaré de que no les falte nada.

Se da la media vuelta y sale del cuarto sonriendo antes de cerrar la puerta.

FIN

LUCIÉN Y LA NOCHE DEL VAMPIRO

Cuenta una vieja leyenda qué en Bogotá, en las laderas del Cerro de Monserrate hay un gran poder escondido en una cueva. Su entrada está oculta tras capas de piedra y lodo. Los indígenas que habitaban el lugar en tiempos de la conquista, cuidadosamente la ocultaron antes de abandonar el lugar. Nadie sabe en la actualidad el por qué ésta tribu actuó de esa manera y en su mayoría los estudiosos actuales relacionan el hecho con la leyenda de el Dorado y sus grandes tesoros. Se dice que viejos cuentos indígenas llegados a nosotros por tradición oral, mencionan que en cierta época del año al atardecer, se puede ver un rayo de luz dorada levantarse hasta las nubes, proveniente de las laderas del cerro y éste tiene su origen en la entrada de esta cueva.

Justo en esos días es que los rayos del sol, en su traslación anual coinciden en la entrada de la cueva y reflejándose estos en la gran cantidad de objetos de oro que hay en su interior rebota como un rayo dorado fulgurante subiendo nuevamente hasta bóveda celeste. Sólo algunos, los más afortunados que por suerte pudieran observar este fantástico y efímero evento, podrían tener alguna idea de la localización de esta cueva del tesoro y el que tenga la dicha de encontrarla se hará dueño de la incalculable riqueza que guarda en sus entrañas.

Por esto es que los Bogotanos más viejos viven perennemente mirando al cerro. No por su devoción al Cristo de Monserrate, ni por el temor a que un día el gran volcán oculto que duerme en su seno despierte envolviéndolos en fuego, como dicen los científicos. Ellos lo miran en busca de tener la suerte de ver ese fulgurante rayo de luz que les guie a la gran cueva dorada del tesoro. Pero, nada en la vida es tan fácil y en las leyendas antiguas tampoco. La cueva del tesoro tiene un fiero guardián que la cuida desde sus profundidades.

Dentro de ella yace oculto en letárgico sueño un ser infernal de grandes y tenebrosos poderes. Con una sola debilidad, si éste ve su imagen reflejada, no puede apartar la vista de ésta hasta que algo se interponga interrumpiendo la mirada. Siglos antes fue dominado con los fuertes hechizos, conjuros y brebajes del más grande chamán entre aquellos antiguos indígenas desaparecidos. Que logró atrapar a este ser de la oscuridad con engaños, reflejando su imagen sobre un gran espejo colonial robado de la casa de un Virrey español. Entonces lo llevó tras de sí con el espejo a cuestas sobre su espalda hasta la cima del cerro Monserrate, donde lo amarra sobre una gran piedra, así sujeto hasta el amanecer al exponerlo a los primeros anaranjados rayos del sol.

Debilitó su voluntad y poderes. Dicen que el cuerpo del monstruo humeaba al contacto con los leves rayos de luz matutinos y su piel se ampollaba mientras éste gritaba rogando que le soltaran y le dieran de beber. Momento que aprovechó el viejo y sabio Chamán para darle a beber un brebaje que lo hace caer en estado de animación suspendida. Toma el Chamán un cuerno de vaca de su cinturón y lo destapa dejando caer su contenido en la boca del ente que ávidamente lo toma. Por un momento hasta las aves callaron cuando el extraño ser quedó inmóvil y entonces un fuerte trueno rompió el silencio. El cuerpo de éste cruje y se torna azulado con la textura de la roca y queda tieso como estatua de piedra. Luego es cuidadosamente cargado y llevado a la cueva por seis hombres jóvenes desnudos precedidos por el Chamán. Cuatro llevan el cuerpo en una camilla de ramas y otros dos los siguen acarreando otra más pequeña, llena de objetos indígenas de oro que los indígenas ofrendan a sus Dioses a cambio de mantener alejado al terrible y nefasto ser. Caminan por un trillo entre las rocas de las laderas del cerro y se escucha el cántico ceremonial del anciano a la vez que mueve su báculo de lado a lado espantando a los malos espíritus que pudieran interponerse en su camino. Llegan a una cueva donde depositan el cuerpo sobre una gran roca plana, cuidadosamente suspenden el gran espejo justo sobre la cara del ser y antes de salir acomodan alrededor los incontables objetos de oro. Terminado esto se detiene el Chamán frente a la entrada mirando al cuerpo y hace unos pases mágicos con sus manos, luego se encargan de sellar la entrada de la cueva a piedra y lodo de manera que nunca sea descubierta.

Ni el Chamán ni los seis hombres jamás volvieron a ser vistos en la aldea indígena. Cuenta la leyenda que de boca en boca ha llegado a nosotros que, luego de sellar la cueva el viejo Chamán conociendo el peligro de que alguno de los hombres revelara el secreto, había llevado un poderoso veneno que mezcló con el agua que les dio a beber luego del trabajo. Ya agotados y sedientos los hombres, no dudaron en tomar la fresca agua que el anciano les ofreció. Entonces el Chamán luego de muertos los seis jóvenes, entonó un último canto de plegaria por su pueblo, enterró su báculo en la tierra con todas sus fuerzas y se sintió temblar el cerro. Se acaba las últimas gotas de veneno de la jarra de barro. Su cuerpo inerte cae al suelo de rodillas convirtiéndose en una roca mientras el jarro de arcilla rueda por el precipicio rompiéndose en mil pedazos.

En la aldea al día siguiente el Cacique de la tribu al notar la ausencia de los hombres decide visitar al Chamán y se encamina a su choza, la cual encuentra desierta y llena de telarañas. Entra y rebusca entre sus cosas buscando alguna pista de su paradero, encontrando toda clase de animales secos, hojas, plantas secas y menjurjes. Repentinamente un fuerte remolino de viento entra por la ventana como un torbellino revolviéndolo todo a su alrededor. Cuando termina, del techo un papel de corteza de árbol cae en sus manos. El Cacique lo abre. Es una nota del viejo Chamán. Explica ligeramente el embrujo que utilizó con el monstruo y advierte con mucha preocupación la única manera en que pudiera este ser recobrar su poder. Sólo puede ser despertado de su letargo dándole a beber el elixir dorado extraído de una joven virgen, pero si además esto sucede en sus días de luna roja, éste retornaría en todo su esplendor y poder. El Cacique temiendo que este conocimiento llegara a manos de los españoles que sin duda lo usarían en su contra, manda a quemar la choza y ordena a la tribu abandonar el lugar emigrando al sur e internándose en la Amazonía perdiéndose así todo rastro de su cultura.

En la actualidad aún reina la oscuridad en la cueva, sobre la cama de piedra descansa desnudo el pálido y azulado cuerpo de un hombre alto y muy delgado. Su cara alargada y protuberante nariz aguileña nos recuerda las facciones europeas, sus ojos secos y cadavéricos están abiertos cual si observara algo. A unos pies sobre su cara pendiendo amarrado del techo de la cueva hay un gran espejo colonial en cuya luna dañada por la humedad aún su cara se refleja. Las raíces de los árboles circundantes del exterior ya se han dejado crecer alrededor de su cuerpo aparentando un nido de ramas entrelazadas. Abajo, a los lados cientos de artefactos indígenas de oro brillante dispuestos alrededor. Grandes cucarachas blancas y pálidos gusanos se mueven por doquier mientras un par de ratas que de alguna forma han logrado entrar juguetean sobre su estómago. Una pesada bruma cual neblina llena el encerrado y frio espacio.

Afuera sobre el techo de la cueva es de noche y un pequeño armadillo en la oscuridad olfatea apurado la tierra en busca de lombrices. Ha detectado algo, se detiene y comienza a escarbar. Dentro de la cueva se escucha un pequeño rascar que proviene de arriba y sobre la cara del cuerpo azulado cae un poco de tierra. De repente se descuelga el gran espejo y cae sobre el pecho del cuerpo azulado rompiéndose en cientos de pedazos que caen por los lados. Entonces los secos ojos del azulado semblante lentamente se cierran dejando rodar granos de polvo y arenilla cual lágrimas y luego se vuelven a abrir rojos impregnados de sangre. Miran alrededor como quien no reconoce donde está e intenta moverse infructuosamente. No puede, pero ya ha despertado. Aunque aún está dominado por el viejo hechizo. En la superficie el pequeño armadillo mete el hocico por el pequeño hoyo que hizo y al no encontrar un sabroso gusano, se aleja molesto.

A la mañana siguiente, en un barrio pobre de la capital Pedro un viejo pepenador que pasa toda noche buscando reciclables en la basura por las calles, llega a su pobre choza de tablas y hojas de zinc. Antes de entrar voltea la mirada hacia el cerro de Monserrate y suspira. Cuando con la boca abierta de sorpresa ve como un delgado pero fulgurante rayo de luz sale de un costado del cerro y se pierde entre las nubes. Hoy por primera vez en siglos un rayo de sol entró en la cueva, justo en el ángulo correcto y reflejado en su gran tesoro es devuelto a los cielos. Pedro se limpia los ojos y vuelve a mirar, pero ya nada se ve. El momento ha pasado. Pedro regresando a su realidad baja la cara y entra a su choza, pero esa noche no puede conciliar el sueño. Mira el techo de cartón y hojalata de su choza mientras lucha por recordar esa historia que le contara su abuelo cuando niño.

Ese mismo día viernes 13 del año 2016, horas después mientras en la superficie hace una linda tarde y el sol brillante calienta la urbe bogotana, la actividad que preludia el fin de semana, se siente en el ambiente. Como dicen, "es viernes y el cuerpo lo sabe". Mientras muchos se apuran a terminar sus labores para salir a divertirse en la noche. Cindy y Julián dos jóvenes novios trotan como de costumbre. Son deportistas consumados y cada viernes a las 5pm suben trotando el hermoso y siempre presente cerro de Monserrate. Pero, hoy algo fuera de lo común sucede. Cindy que normalmente toma solo dos botellas de agua de un litro al día, no pudo resistir la tentación de tomarse tres vasos de soda en la oficina durante la fiesta de cumpleaños de Marcia, su mejor amiga y compañera de trabajo, que además ella llevó un delicioso pastel. Un pecadillo que jamás le confesará a su enamorado. Trotan reídos y felices por el camino disfrutando del fresco aire. Hasta que de pronto….ella siente una gran urgencia. Tiene muchas ganas de orinar e intentando aguantarse suelta un sonoro pedo mientras trota sintiendo algo de alivio. Julián al escucharla se ríe y le comenta que ganar la carrera usando turbo es trampa y los dos ríen. Más adelante le regresa la urgencia y ahora con un fuerte retortijón. La imagen del inconfesable banquete de pastel y sodas le viene a la mente.

- Maldito pastel de chocolate!.

De repente ella se detiene y trota en círculos por el apuro, no sabe qué hacer.

- Qué te pasa mi amor?

Ella ya sin poder aguantarse.

- Algo me cayó mal, ya no aguanto. Tengo que hacer!

Julián voltea alrededor y viendo que nadie se aproxima le insinúa con gestos que se interne en los matorrales y alivie su necesidad. Ella apurada le pide que vigile mientras se interna entre la vegetación. Ya fuera de vista, apurada se baja la licra de correr y el panty que pegado tiene una toalla sanitaria manchada de rojo. Ya agachada sobre un montón de piedras se acomoda para no ensuciarse y suelta un chorro de orina tipo camionero con la consecuente cara de satisfacción. Afuera Julián ve aproximarse unos caminantes.

- Ya terminaste? Viene gente!

Ella apurándose puja con fuerza para terminar rápido, pero con el esfuerzo siente que también se vino algo extra de premio. Se sube los calzones desesperada y sale de entre los matorrales rápidamente, toma a Julián de la mano.

- Vamos de regreso, estoy mal del estómago y ya no aguanto.

La pareja corre loma abajo apurada de regreso mientras Cindy va apretando el culo.

En el matorral, las piedras están mojadas y el líquido amarillento ya se ha filtrado entre ellas. Mismas que por cosas del destino son las que cubren el techo de la cueva donde el armadillo escarbó la noche anterior un pequeño agujero. Suave y lentamente se va filtrando por el agujero el dorado líquido con trazas rojas hasta aflorar del lado interno en el techo de la cueva, se forma una gota que poco a poco crece luchando por mantenerse pegada al techo de la cueva y de pronto se desprende. Lentamente flota en el aire lúgubre y enrarecido de la cueva hasta posarse en la frente del pálido y azulado cuerpo masculino que yace yermo. Así cae otra y otra gota hasta mojarle la frente, escurriendo luego el líquido hasta el ojo izquierdo y cae cual lágrima por su mejilla hasta mojar sus labios entreabiertos. De pronto su seca lengua toma color, se va tornando roja y parece moverse dentro de la boca al tiempo que se humedece del amarillo néctar. En su pecho su corazón comienza a latir y las ratas espántadas salen huyendo, las cucarachas vuelan alborotadas por doquier huyendo, mientras los pálidos gusanos se entierran profundo en la tierra. Se siente un temblor que sacude la cueva y desde afuera se ve una nube de vapor salir de entre las piedras. El cuerpo pálido azulado del hombre sobre la cama de piedra tiembla y tiene contracciones. Luego por un momento se queda muy quieto, todo está en silencio y sus ojos secos se abren lentamente. Su piel cambia poco a poco y toma color tornándose más tersa. Un largo bostezo sale de su boca que asoma unos pequeños colmillos puntiagudos. Repentinamente la punta de lengua se torna roja y poco a poco sale de su boca, larga como un brazo y moviéndose cual cobra levantándose para el ataque. Ha despertado de su largo sueño y estirándose levanta los brazos y se incorpora dejando ver en su espalda unas pequeñas alas de murciélago, muy chicas para el tamaño de su cuerpo y de aspecto cómico. Se levanta poniéndose de pie y las piedras que cubren el techo de la cueva salen volando disparadas por los aires. Sube a la superficie como si flotara levitando por el aire hasta quedar sobre la entrada de pie con los brazos extendidos y una expresión triunfal. Luego encoge los brazos y ocultando la cara en lo interno del codo derecho como si llevara una capa, agachado camina cómicamente con rápidos pasitos perdiéndose en la espesura protegido por la oscuridad de la noche y la niebla.

Al borde de la calle a las faldas del cerro, cerca de la estación del funicular, un vendedor de chucherías apoyado al muro de piedras cuenta su ganancia del día. Lleva puesto un capote y un sombrero de fieltro negros. De los matorrales atrás de él lentamente sale un largo y flaco brazo sin que él lo note, hasta alcanzarlo, jalándolo del cuello lo arrastra a los matorrales mientras lucha por liberarse. Los grandes matorrales se mueven y estremecen mucho. De repente sale el hombre corriendo como alma que lleva el diablo huyendo, va en calzoncillo jockey blanco agarrándose el trasero manchado de rojo con las dos manos. Del matorral aparece la tenebrosa figura de este vampiro bogotano de capote y sombrero negro. De la comisura derecha de su boca escurre un hilillo de sangre, que éste recoge con el dedo meñique hasta llevarlo nuevamente a la boca chupándose el dedo y sonriendo.

– Mmm! Que delicia. Siglos encerrado, ni loco me pescan estos de nuevo!

Abre el capote cual alas y se transforma en murciélago volando hacia el centro de Bogotá. Desde lo alto observa las avenidas llenas de gente hasta ver a un muchacho a borde de calle frente a un hotel. Tiene aspecto de hípster, usa grandes gafas y lleva un gran maletín. A su lado hay una maleta y hace señas a los taxis que pasan por la avenida. El vampiro vuela hasta el muchacho y por detrás sin que este se percate se mete por debajo de la solapa del maletín a su interior y ahí permanece. Mientras el muchacho por fin logra detener un taxi, toma su maleta y entra al vehículo. Una vez adentro le pide al chofer que lo lleve al aeropuerto.

Mientras en Panamá, ciudad de Panamá. Humphrey (un actor) vestido al estilo de un investigador privado de 1940 se aproxima caminando por un pasillo en la oscuridad, hay luces que se mueven y le alumbran la cara, viene meditando sobre un caso. Al detenerse nos damos cuenta de que está dentro de una sala de cine y entra en una fila hasta el centro y se sienta. La sala está vacía, él es el único en ella. Enciende un cigarrillo.

Humphrey- Por supuesto que debe haber sido así. Si en el cine la ficción y la realidad caminan de la mano.

Entonces mira la pantalla y se concentra en ella. Corre una película donde se encuentra un hombre de aspecto normal, vestido a la moda actual (2016) en medio de una sala de cine llena de gente. La visión de Humphrey se acerca cada vez más a la pantalla y a este hombre, hasta el punto que la atraviesa y quedamos del otro lado, en la sala de la actualidad (2016), llena de gente y el hombre sentado en medio de todos. Es Lucién de treinta y seis años, de estatura media baja, un gordo de lentes y cabello enmarañado. En su cara la expresión es de gusto mientras devora un gran paquete de pop corn junto a una gran soda y asoma una leve sonrisa.

– Estos clásicos son una belleza!

Entonces se acaba la función, se encienden las luces y todos se levantan de las butacas apuradamente. Comentan la película mientras van saliendo. Lucién aún continúa sentado cuando, repentinamente le cambia la cara, pega un brinco en el asiento llevando la mano a el trasero como si algo le hubiera picado y se escucha un teléfono vibrar. Se levanta y sale apuradamente de la sala. Ya afuera revisa el número de la llamada perdida y mete el celular nuevamente en el bolsillo trasero del pantalón. Camina pausado hasta la salida, está en un centro comercial donde la gente camina apurada de un lado a otro viendo almacenes y haciendo sus compras de Navidad. Sigue su camino entre la gente que camina apresurada hasta llegar a un puesto de café. Entra y se sienta en una pequeña mesa vacía al fondo, al poco tiempo aparece una guapa mesera morena y le pregunta.

- Buenas noches señor. Qué va a tomar?
- Tráigame un expreso doble, un poco de crema, un sobrecito de azúcar morena y... un pastel de queso con fresas.

Mientras le sirven ojea un papel, es la cartelera de cine. De la multitud que camina frente a la entrada aparece un hombre delgado y alto de tez blanca y cabello chocolate, es Fritz, voltea hacia adentro y al ver a Lucién se apura a entrar y se le acerca sentándose a la mesa rápidamente hablándole.

- Que te pasa Lucién? Por qué no contestas mis llamadas? Te he estado rastreando por toda la ciudad. Si no fuera porque te conozco y sé dónde te metes, no te hubiera encontrado.
- Si sabes cómo encontrarme por qué te molestas en llamarme al celular. Ya sabes que no voy a contestar.
- Porque es de suma importancia y no puedes pretender que el mundo se detenga cada vez que entras al cine.
- Es el único momento que realmente disfruto y es uno de mis pocos placeres que todavía son legales.
- Si al igual que ese pastel de queso que aumentará una pulgada al perímetro de tu panza. Otra dieta fallida...jaja!
- Un hombre tiene derecho a sus excentricidades. Además, que te importa? Bueno, de que se trata ahora, cuál es el apuro.
- El inspector Kurst de la DIJ te anda buscando. Dice que es de suma importancia que te comuniques con él.

- Para qué me quiere, ya la última vez casi nos agarramos a golpes y bien sabes quien terminó en la chirola una noche. Ese pendejo me debe una.
- Sí pero, la verdad es que te excediste amigo. Está bien que el tipo es un zoquete pedante, pero es la autoridad. Cómo le vas a dar una trompada en la nariz? Tienes suerte de que no te quitaron la licencia de investigador privado.
- Los asuntos de caballeros se arreglan como caballeros y no se debe llorar por chipote con sangre. No tenía que haberme metido al bote.

Suena el celular de Fritz insistentemente mientras éste trata de convencer a Lucién de ir a hablar con Kurst. Fritz mira la pantalla del celular y tuerce la boca. Luego de gestos y muecas a Lucién contesta el teléfono.

- Bueno? Quién habla?

En otro lado de la ciudad, sentado frente a un desordenado escritorio lleno de papeles en una oscura y lúgubre oficina de la DJJ, se encuentra un hombre negro, gordo y calvo hablando por su celular en altavoz. Con una mano toca el celular mientras con la otra se lleva una presa de pollo frito a la boca y habla con la boca llena, es Kurst.

- No te hagas el pendejo Fritz, ya sabes que soy yo.

Aún con comida en la boca…

- Ahh! Capitán Kurst que gusto!
- Déjate de vainas Fritz, bien sabes que soy sargento. No te quieras pasar de listo conmigo huevón. Dónde está tu amigo el gordo.
- Casualmente lo ando buscando como usted quiere inspector.

Haciéndole señas a Lucién rogándole para que tome el celular. Mientras Kurst sigue hablando.

- Sé que está ahí contigo, puedo escuchar su respiración en tu cuello.

El gesto de su cara cambia de sonrisa a seriedad.

- Dile que atienda. Si fuera por mí mandaría a Gómara a que lo encuentre y le pateé el trasero todo el camino hasta acá, pero el Comandante quiere verlo y no quiero que vaya con un zapato atravesado en el culo.

Fritz sigue haciéndole señas a Lucién para que tome el celular. Por fin Lucién hace una mueca como de resignación y le arranca el celular de la mano a Fritz.

- Xopa! Coors!
- Se pronuncia Kurst, cuando te lo vas a aprender? Mira, no comencemos la guerra de nuevo, recuerda cómo terminó la última. El Comandante quiere verte, es importante.
- To'ta ablao pué, dile que voy pa'llá.
- Déjate de vainas Lucién, compórtate que es el Comandante.
- Está bien Kurst, no te preocupes, voy en camino.

Le devuelve el celular a Fritz y sigue comiendo su pastel con café. Al terminar llama a la mesera y paga su cuenta dejando el cambio de propina. Se levantan y se pierden entre la gente.

Salen de los Andes Mall y caminan juntos hacia la estación del metro. Lucién intenta averiguar si Fritz sabe algo de lo que pasa.

- Qué sabes de lo que está pasando amigo?
- No mucho. Solo sé que tiene que ver con el metro y quieren tratar el asunto con mucha discreción.
- Puta madre! Acaban de inaugurarlo y ya comenzamos!

Así se aproximan a la escalera eléctrica y suben a la estación. Está llena de gente y Lucién se va metiendo entre ésta abriéndose paso a panzazos y codazos, la gente se queja a su paso, pero él va abanicando su cartera en el aire enseñando una identificación.

- Permiso, permiso… DJJ...

Hasta llegar frente a la línea amarilla, detrás de él Fritz se va colando como puede. En segundos llega el tren, se bajan unos cuantos y la multitud se abalanza al interior. Los dos hombres, que estaban hasta al frente terminan en una esquina apretujados. Lucién queda frente a una morena gorda y alta cuyos grandes senos se contonean frente a su cara a centímetros. Arranca el tren y la morena pierde el balance arrimándose contra él, que solo pela los ojos. Apretujado a su lado Fritz sonríe con malicia al ver la situación. Lucién se voltea hacia él y en voz baja le habla.

- Mira cómo maneja esta situación un profesional.
- Qué?

Lucién con cara molesta grita en alto.

- Quién me tocó el trasero? Quién me toco el culo? Ya está bueno, quién fue el que me agarro el culo!!

Volteando de lado a lado con una mirada acusante observa a todos los que van alrededor, mientras estos negando ser ellos se apartan de él dejándole un buen espacio. Entonces voltea nuevamente hacia Fritz y deja entrever una ligera sonrisa. Luego pone seria la cara y muy digno continúa el viaje.

Llegan a la DJJ y entran hasta la recepción. Fritz se sienta mientras Lucién se acerca a la recepcionista. Una mujer gordita, blanca, bajita de cachetes gordos y cabello negro ensortijado que le sonríe nerviosamente es Meli. Él se acerca a ella cual galán de película y ella al verle se acomoda él cabello.

- Hola guapa!
- Señor Lucién, buenos días. Porque ya no le puedo llamar inspector… no es así? En qué le puedo servir?
- Servir? En mucho mi amor! Dicen que tu jefe me quiere ver.
- Ya lo anuncio señor. Siéntese por favor.
- Ay preciosa! Después de verte ya no me puedo sentar, tanta belleza me sube la presión.
- jijiji!

Lucién se retira caminando como gallo en gallinero y se para junto a Fritz. Segundos después Meli le anuncia que ya puede pasar. Los dos se aproximan y cuando pasan frente a Meli, ésta le recalca a Fritz que sólo Lucién puede pasar. Este abre la puerta de la oficina, entra y cierra tras él. Dentro una gran oficina con un escritorio en medio. Sentado de espaldas al escritorio un hombre delgado, blanco con la cabeza rapada, es Procter el jefe de la DJJ. Se voltea rápidamente y mira a los ojos a Lucién, en silencio por unos incómodos segundos hasta que Lucién rompe el silencio.

- Disculpe señor. Tengo monos en la cara?
- No. Lo que tienes es cara de pendejo, por eso no sé si eres la persona correcta para esta misión.
- Permítame recordarle que ya no trabajo para la DJJ.
- Como si eso te hubiera impedido usar nuestros recursos cuando los has necesitado. Una mano lava la otra y las dos lavan la cara. Cuento contigo o no?
- Si.

Procter se levanta de la silla y lentamente camina hacia un aparador lateral donde hay una tv led de 32 pulgadas y al lado un dvd player.

- Ven quiero que veas algo y me digas qué piensas.

Saca un disco de una de las gavetas del aparador y lo inserta en el aparato. Aprieta el botón de play y da dos pasos atrás. Es la grabación de la cámara de seguridad de un vagón del metro, la hora en la grabación dice 22:15. Se ve como hay gente viajando en el carro, este se detiene y algunos salen, otros entran. Algunos conversan y otros van en pareja. Al fondo hay un anciano flaco encorvado, sentado solo. Lleva un sombrero de fieltro negro y un capote negro. Procter detiene la película.

- Ves ese tipo allá al fondo?
- Si qué tiene? Un viejo en capote, puede que haya estado lloviendo y en vez de cargar con él decidió dejárselo puesto.
- Calma, sigue mirando.

Aprieta otro botón y continúa la reproducción. El carro va deteniéndose en diferentes paradas y va quedando vacío. Al final sólo quedan una chica guapa muy bien dotada y el viejo del capote al fondo. Comienza a parpadear la luz del vagón y entre parpadeo y parpadeo se ve cómo el viejo del capote se levanta y se abalanza sobre la mujer. Ella da la vuelta intentando huir cuando el viejo abre el capote agarrándola de las caderas y hundiendo su cara en el trasero de la chica. La chica patalea al principio y luego se queda quieta. El vagón llega a una parada y el hombre de la capa sale huyendo. La chica queda boca abajo con la pompa al aire, luego se levanta, se cubre y sale corriendo. Lucién le dice mostrando sorpresa.

- Qué diablos es eso? No querrá usted que me dedique a sacar depravados de los vagones del metro, espero.

216

- Tenemos grabaciones de tres diferentes ocasiones en que esto ha pasado. Con dos mujeres y un hombre. Lo raro es que ninguna persona ha reportado el haber sido asaltada en el metro. Como puedes suponer, no queremos que esto llegue a la prensa amarillista y comience una ola de terror a viajar en el metro.
- Con claridad se ve que este tipo es un depravado muerde nalgas que…
- Ya está corriendo el comentario en los carros del metro de la existencia de un VAMPIRO BOGOTANO, QUE NO TE MUERDE EN EL CUELLO, SINO EN EL…

Tock, tock, tock… Golpean la puerta y se interrumpe la conversación. Procter apaga el dvd y la tv rápidamente.

- Quién es?

Desde afuera contesta Meli.

- Señor, es el jefe de Protección Civil que está aquí para su reunión semanal.
- Dile que ya voy, un momento por favor.

Lucien sigue hablando con incredulidad.

- Qué diablos? Un VAMPIRO BOGOTANO, QUE NO TE MUERDE EN EL CUELLO, SINO EL…
- Calla! No quiero que esto salga de aquí y las cosas se salgan de control.
- Y cómo saben que es bogotano?
- El primer reporte de un ataque igual fue allá hace una semana. Cerca al funicular de Monserrate y está en Facebook!
- En Facebook!
- Por eso no quiero comprometer el buen nombre del departamento en caso de que esto resulte ser una broma de mal gusto. Bueno, quedamos así. Trataremos esto con mucha discreción y te reportas únicamente conmigo.

Se abre la puerta de la oficina y sale Lucién con la cara descompuesta. Fritz se levanta de su silla al verle y acercándosele le pregunta en voz baja.

- Qué pasó allá dentro?

217

- Nada, luego te cuento.

Sale Lucién de la DJJ seguido por Fritz que sigue interrogándolo.

- Vamos Lucién! No puedes dejarme en ascuas. Por lo menos dime de qué se trata, prometo absoluta discreción.
- Si te lo digo debes comprometerte a ayudarme. Eso sí, luego de saberlo no puedes echarte para atrás. Además, te costará un buen café con su respectivo cheese cake de fresas.

Ya en la cafetería mientras Fritz toma un café negro, Lucién saborea un delicioso cheese cake junto a una gran taza de capuchino. Le hace seña a Fritz de acercarse a escucharlo y luego Lucién gesticula contándole a su amigo el asunto. De repente se detiene el cuchicheo y Fritz aleja la cabeza con cara de incredulidad y dice envoz alta.

- Qué? UN VAMPIRO BOGOTANO, QUE NO TE MUERDE EL CUELLO, SINO EL…
- SHhhh! Ni lo menciones. Que quieres que Claus se entere y lo publique en su columna amarillista del periódico. Ya sabes que ésta es su cafetería favorita y los meseros sus informantes. Cómo crees que todos en el medio nos enteramos de que tu mujer te había dejado porque no se te para el pito?

Haciendo una seña con la mano inclinando el dedo índice.

- Claus de mierda! Eso no fue cierto. Lo que pasó es que ella siempre fue una puta de mierda y la viagra que me vendía el chino era falsificada.

Los dos conversan en la mesa y un mesero limpia la mesa de junto con el oído parado, escucha la conversación. Termina con esa mesa y se acerca muy cortés, pregunta si se les ofrece algo más. Mientras, una linda chica deja de hablar con su novio en otra mesa del salón y se levanta caminando rumbo al baño, sin saber que en el sótano de la cafetería oculto en la oscuridad el vampiro hambriento desespera. Se dirige justo bajo el inodoro de damas y de un jalón arranca de tajo la tubería de pvc del inodoro, deja un boquete por el cual mete la cabeza desde abajo. La chica ignorante del peligro que la acecha entra al baño y subiendo la falda y bajándose el panty se sienta al inodoro. Desde abajo el vampiro con la boca abierta y su larga lengua se relame al ver las tiernas nalgas acercarse. La chica sentada comienza a hacer y en un par de segundos, repentinamente pone cara de sorpresa y es jalada de pompas hacia dentro del inodoro quedando con las piernas en el aire hacia arriba y lanza un grito. Pone cara de dolor y luego lentamente asoma una sonrisa de alivio.

Al oír el grito su novio apurado llega abriendo la puerta y voltea gritando. Alguien desde abajo la ha atacado ayuda por favor. Dos meseras rápidamente acuden a ayudar a la muchacha jalándola de los brazos, pero no la pueden destrabar. Lucién corre hacia la puerta del sótano abriéndola de una patada y encendiendo la luz al bajar la escalera a la vez que mete la mano bajo la solapa del saco y saca su revólver calibre 38. Llega abajo, es el depósito de la cafetería, un espacio lleno de cajas. Él avanza registrando el lugar hasta llegar abajo del inodoro donde encuentra el gran hoyo por donde el vampiro metió la cabeza, un hilillo de sangre escurre por el borde interno del inodoro. Sigue un rastro húmedo en el piso que le guía hasta una pequeña ventana superior que abierta debe ser el punto de escape. Viendo que ya no hay nada que hacer, guarda su arma y sube la escalera de vuelta al salón. Al salir de la escalera se encuentra de frente a un hombre de baja estatura, flaco y encorvado con un pequeño sombrerito de ala corta. Es Claus el reportero del periódico local con su lápiz y libreta en la mano, moviendo de un lado al otro el palillo que siempre lleva en la boca.

- Por supuesto que tú tenías que ver con esto! De qué se trata Lucién? Por suerte caminaba por la acera de enfrente cuando escuche el bullicio. Qué fue? Un intento de violación?

Fritz que está parado junto a ellos.

- Para mí que la chupó el VAMPIRO BOGOTANO QUE NO MUERDE EN EL CUELLO SINO EN EL...

Lucién le tapa rápidamente la boca a Fritz haciéndole señas.

- Sin comentarios Claus. Aquí no hay ninguna historia para tu columna amarillista.

Dan la vuelta y dejan a Claus con la palabra en la boca y el lápiz en mano. Inmediatamente el mesero se acerca apurado por contarle su versión de lo sucedido.

Ya es la madrugada del día siguiente y de un carro repartidor de periódicos tiran un mazo de periódicos. En la primera plana se logra leer. "ATACA UN VAMPIRO BOGOTANO, QUE NO MUERDE EN EL CUELLO, SINO EN EL…" El resto de la línea no se lee porque la esquina del periódico es doblada hacia atrás por el fuerte viento. La segunda línea dice: "Ataca a muchacha en el baño de reconocida cafetería, la joven se niega a presentar cargos…".

Lucién en un puesto callejero se toma su primera taza de café del día mientras vemos cómo una multitud camina por la acera, comprando el periódico a un niño que vende diarios y que grita a todas voces: "Ataca el VAMPIRO BOGOTANO, QUE NO MUERDE EN EL CUELLO, SINO EN EL…" y entonces lo interrumpe Fritz pidiéndole el periódico, le entrega una moneda y se dirige junto a Lucién. Leyendo la primera plana.

— La verdad Lucién, en esta foto te ves un poco más delgado.

Lucién lo mira serio sin pronunciar palabra. Se toma el resto del café de un sorbo y comienza a caminar. Su amigo lo sigue. Mientras caminan pasan frente a un buhonero que entre sus chucherías anuncia la venta de cinturones protectores contra el Vampiro.

— Protéjase! pase, pase su merced. Lleve sus cinturones anti-chupones de vampiro con cubierta trasera de metal anti-mordisco.Protéjase del VAMPIRO BOGOTANO, QUE NO MUERDE EN EL CUELLO, SINO EN EL…

Una viejita gordita de lentes llama al buhonero muy apurada.

— Joven! Joven! Deme tres por favor.

Mientras cuenta el dinero con que va a pagar.

— A ver, uno para Mary, uno para Tinita y el último para mi. No vaya a ser que éste vampirito no respete edad…jijiji!!

Lucién apura el camino y se dirige al museo de Ciencias Naturales. Todo esto del VAMPIRO BOGOTANO, QUE NO MUERDE EN EL CUELLO, SINO EN EL… Repentinamente suena el claxon de un camión recogedor de basura que pasa a su lado. Lo tiene intrigado. Llegan al museo y al entrar pide hablar con el encargado del mismo. Mientras espera se pasea por las salas viendo especímenes disecados.

Hasta llegar a una vitrina donde hay varias especies de quirópteros, entre ellas un murciélago vampiro. Se acerca y lo observa con detenimiento, luego lee la descripción del mismo. Llama a Fritz que está distraído frente a una vitrina viendo una recreación del famoso gallo-gato de los cuentos. Este viene con una sonrisa en la cara.

- Te acuerdas del gallo-gato? Kikiri-miau...jajaja!
- De veraz que estás awevao Fritz. Mira, aquí está la explicación. Los murciélagos vampiros no chupan la sangre directamente de sus víctimas. En cambio, lo que hacen es dar un ligero mordisco con sus filosos dientes y cuando ésta sangra lamen la sangre. Su saliva contiene un agente anti-coagulante que ayuda a que la sangre siga fluyendo. Además, provoca un flujo de endorfinas que eliminan el dolor y provocan placer.
- A qué te refieres?
- La razón de que no lo hayan reportado a las autoridades es que a las víctimas les da vergüenza aceptar que además del mordisco, les han relamido el trasero y lo peor es que les gustó.
- Qué?
- Que quizá les ha gustado.

Un incómodo silencio se apodera del ambiente. Luego los dos se ven serios a las caras y no pudiendo soportar más explotan en carcajadas que atraen la vista de los visitantes del museo, que los ven con mala cara. Cuando Lucién se percata del escándalo que han hecho, camina apurado a la salida del museo, encontrándose con el encargado que va en su dirección. Pasando a su lado sin siquiera notarlo sale del lugar seguido por Fritz, que se excusa con el científico. Mientras camina pasan frente a un almacén de electrónicos cuya vitrina está llena de grandes televisores leds y desde afuera logran escuchar la TV. Es el noticiero de mediodía, se detienen justo en frente a la vitrina y observan.

En la pantalla un presentador ensacado habla.

- Entre tanto el VAMPIRO BOGOTANO, QUE NO MUERDE EN EL CUELLO, SINO EN EL...(suena el pito de censura del canal). Ha atacado en varios lugares de la ciudad. Se introdujo en el baúl de un taxi y abriendo un hueco en el asiento trasero logró morderle el trasero a una gorda señora. En el vestidor de un almacén de un centro comercial aprovechó mientras una joven curvilínea intentaba trabajosamente probarse un blue jean muy apretado. Aquí a mi derecha tenemos a un pobre anciano que dice haber sido atacado por el infame vampiro.

El presentador da unos pasos hacia el anciano para entrevistarlo.

- Es cierto que el VAMPIRO BOGOTANO, QUE NO MUERDE EN EL CUELLO, SINO…(pito de censura) lo atacó?
- Si, mi jito.
- Y cómo se siente después de tan salvaje ataque?
- Pues la verdad más aliviado.
- Más aliviado? Cómo así? No le entiendo señor.
- Es que en el Seguro Social no hay ni medicinas, ni citas con los especialistas!
- Qué tiene que ver eso con el ataque del que ha sido objeto?
- Bueno, es que desde hace años sufro de hemorroides y la verdad se me ha aliviado luego del ataque…jijiji!
- Corta! Corta! Calle señor, por Dios! No podemos sacar esto al aire.

Desde afuera los dos miran con la boca abierta la imagen reproducida a la vez en los diez televisores gigantescos que se exhiben en la vitrina del establecimiento. La cara de Lucién se torna roja de rabia mientras Fritz no puede parar de reír. Lucién no puede evitar maldecir.

- Diablos! Sabía que esto iba a pasar. No sé por qué accedí a esta locura! Es tu culpa Fritz.

Suena el celular de Lucién y éste luego de ver la pantalla, duda, pero se decide a contestar.

- Habla y te salvas.

Del otro lado es Kurst.

- Te acuerdas del puto enano travesti que pesca en la 4 de julio?
- Quién… tu hermano?
- No me canses, que no estoy de humos Lucién.
- Ah! El que parquea por el Instituto.
- Ese! Dice Gómara que llegó a urgencias ayer borracho como una cuba. Su historia te puede interesar.

Lucién cierra y mete el celular en el bolsillo mientras continúa caminando, Fritz lo mira con cara de curiosidad siguiéndolo. Él por fín voltea y le dice.

- Busquemos a Hulk.
- Y te dijo donde vive?
- Es simple deducción Fritz. Un enano, puto y travestido, en dónde lo buscarías?
- En la asamblea nacional?
- Menos obvio que eso, amigo.

Fritz sonríe y asiente con un gesto a la vez que truena los dedos. Lucién le hace señas de ponerse en camino y atraviesan la calle. Toman el metro en dirección a la estación de Vía Argentina y cuando surgen a la superficie por las escaleras eléctricas ya están ahí. Caminan hasta la esquina de Vía Argentina y Vía España. Doblan subiendo por Vía Argentina, caminan una cuadra y llegan a un bar. Afuera una terraza con mesas vacías y un letrero pintado en la vidriera que anuncia el nombre con letras rojas sobre un fondo negro, "MOKOLOKO". Ellos atraviesan la terraza y entran. Adentro está totalmente oscuro como si fuera de noche y una estridente música se escucha, más mesas y al fondo una barra con sillas altas. Se acercan a la barra y se sientan, pronto se acerca el barman. Habla con ellos y se retira, los dos quedan sentados hablando entre ellos. Luego regresa el barman con dos whiskeys y los coloca frente a ellos. Lucién habla con el barman y gesticula. El barman se acerca a Lucién y dice algo en secreto y luego dirige la mirada al final de la barra hacia la oscuridad. Lucién y Fritz miran al mismo lugar y cuando fuerzan la mirada, en la oscuridad logran ver al final de la barra a un hombre enano de cabello enmarañado sentado en la última silla, lleva blue jean y un suéter polo de franjas horizontales rojas y blancas. Entonces Lucién se levanta con su trago en la mano.

- Espérame aquí.

Camina lentamente hasta donde está el enano sin apartarle la vista. El enano está sentado mirando su trago absorto en sus pensamientos, no se da cuenta de que alguien se le acerca hasta que Lucién está a su lado y pone su vaso en la barra ruidosamente saludándolo.

- Hulk! Mi hermano!

Hulk voltea hacia la voz y al ver la cara de Lucién se tira de la silla y huye por la puerta trasera. Rápidamente Fritz sale corriendo por la puerta delantera y se dirige al callejón lateral entre los edificios. Se encuentra frente a frente con Hulk y se lanza sobre él, que lo esquiva y escapa quedando Fritz tirado maltrecho entre unas cajas. Hulk corre riendo y mirando atrás al pobre de Fritz.

- Babosos!

Justo cuando llega a la esquina y se dispone a doblar hacia la acera para emprender la huida, una mano sale de detrás de la esquina y lo pesca por la parte trasera del cuello del suéter deteniéndolo. Es Lucién.

- Para pescar a una rata hay que hacerlo por la cola Fritz, nunca de frente.

Hulk responde.

- No vuelvas a insultarme o te juro que te patearé los huevos gordo mamón.
- Mira amiguito. Dudo que llegues tan alto, a lo más me podrás dar es un cabezazo en las pelotas. Deja de hacerte el conejito muracel y coopera, que te conviene.

Lo sostiene del cuello mientras Fritz sale del callejón cojeando y sacudiéndose la ropa y unas hojas de lechuga que trae en los hombros. Ya juntos los tres Lucién convence a Hulk de no huir y se sientan en una mesa de la terraza. Lucién se acerca a Hulk.

- Desde hace cuánto nos conocemos?
- Desde cuando éramos chicos.

Fritz revienta en carcajadas.

- Jajajaja!!
- De qué rayos te ríes tú?
- Es que no pude aguantar. Porque tú todavía eres chiquito…jajaja!

Hulk le lanza una patada en la espinilla bajo la mesa a Fritz que llega a destino con precisión. Este se queja y le hace señas de que se las pagará mientras con la mano derecha se soba la pierna. Lucién da un manotazo en la mesa.

- Ya basta! Dime qué te sucedió ayer?
- De eso se trata? No puede uno enfuegarse anónimamente sin que intervenga la policía?

Fritz.

- No trabajamos para la policía.
- Bueno, ayer estaba yo trabajando en ropa de carácter cuando…

Les cuenta que ayer cuando ya había oscurecido el caminaba alegre por la cuatro de julio vestido como Drag Queencita que es el uniforme de su modus vivendi. Mientras caminaba varios autos se detuvieron ofreciendo llevarla, pero ella no se deja por cualquiera. Pronto llegó a la acera del Instituto que es su lugar de preferencia para pescar ya que está poco iluminado y la oscuridad le da ese aire de misterio que levanta más. La noche estaba floja y aunque se levantaba la falda enseñando la pierna ni las moscas se paraban. Entonces se sentó en la parada de buses cuando ve acercarse caminando a un hombre flaco, alto y pálido. Vestía un capote y sombrero negros. Le pareció raro pues no estaba lloviendo, pero en la calle se ve cada cosa que ella ya está curada de espantos. Llegó a la parada y sentó junto a ella, se sentía un olor como a almizcle. El hombre la miró.

- Cuánto me cobras por verte la nalga?
- Qué clase de degenerado es usted? Aquí el negocio es completo o no hay trato.
- Cuánto?

Le cobró el doble y sin dudar, él puso la plata en su mano por adelantado. Así que se fueron de ahí a la cantina Milcaras y comenzamos a beber. Él no bebía, pero pagó todos los tragos que ella se empujaba. A la hora del meollo cuenta, ese lunático lo que hizo fue morderle la nalga hasta sacarle sangre chupándola, entonces perdió el conocimiento por la borrachera y la debilidad. Cuando volvió en si estaba en urgencias con una venoclisis boca abajo con una venda en la nalga derecha. Le habían cogido 10 puntos.

- Puedes creer? Me desfiguró el negocio!

Lucién poniendo una mano en su hombro le dice.

- Tengo un plan para que te puedas vengar de ese SUGIT ASINUM, escucha.

Quedan los tres en la mesa discutiendo el plan de Lucién.

Esa noche ya tarde se aproxima despacio un taxi a la acera del Instituto y se detiene frente a la caseta de la parada. Unos hombres borrachos asoman de sus ventanas piropeando a algunas presuntas mujeres en la caseta que se esconden en la oscuridad. Son Hulk, Fritz y Lucién vestidos de travestis sentados en la caseta, Hulk los ve coquetamente, Fritz se tapa la cara y Lucién mirándolos serio con rabia se para y levantándose la falda se agarra la entrepierna enseñándoles que es hombre, luego les enseña el dedo. El taxi con los borrachos se retira haciendo chirrear las llantas mientras gritan improperios. Todo en silencio nuevamente hasta que Hulk ve algo.

- Miren, allá.

A lo lejos se ve el hombre de capote y sombrero negro que cruza la avenida en su dirección. Lucién los alerta.

- Ese mismo es. Ya saben qué hacer.

Al acercarse el hombre Lucién se pone de pie en pose seductora sacando el trasero, entonces éste se acerca a él. Mientras Fritz da la vuelta y camina detrás de la caseta y Hulk sentado trata de pasar desapercibido. El hombre se acerca a Lucién y le pregunta, cuánto por verle la nalga.

- Ahora!

De atrás de la caseta sale Fritz dominando al vampiro con una llave doble Nelson. Hulk se la va encima, bueno mejor dicho abajo, lanzándole fuertes puñetazos en los huevos mientras Lucién corre a la caseta y toma una gran estaca de madera y un martillo del mismo material que escondían. Regresa apurado y trata en vano de colocar la estaca sobre el corazón del vampiro mientras levanta en alto el mazo de madera. Éste forcejeando se hace para atrás cayendo al piso junto a Fritz. Los dos se revuelcan en el piso cuando el vampiro trata de escapar, Hulk que aún está de pie se lanza como perro pitbull sobre ellos dos golpeando al vampiro que logra pescarlo y usarlo como escudo contra Lucién que arrodillado no logra situar la estaca mientras levanta nuevamente el mazo para darle fin al monstruo, cuando este habla.

- Aarrgh! No por favor! No me maten! Tengan piedad de mi.

Hulk grita.

- Mátalo! Mátalo! Que me está punteando!

Pero Lucién duda ya sosteniendo la estaca sobre el pecho del vampiro.

- Dame una sola razón para no atravesarte el corazón.
- Me llamo Boris, suéltenme y prometo no escapar, esta es mi historia…

Los cuatro se sientan en la acera junto al muro del Instituto mientras Boris cuenta cómo luego de que una antigua bruja en Transilvania le lanzara una maldición, se convirtió en vampiro. No podía comer nada porque todo lo vomitaba. Lo único que lograba ingerir como alimento era sangre fresca. Pero él, odiando su nueva naturaleza se negó a morder a sus víctimas en el cuello como tradicionalmente debería de ser. Como en ese entonces era joven y apuesto, le era fácil seducir a las jóvenes y así al momento de hacer el amor les mordía las nalgas para luego lamer de ellas su único alimento. Ya habiendo mordido a todas las jóvenes de Rumania se vio forzado a emigrar a un lugar lejano donde su fama no fuera conocida. De esta forma logró llegar a España y embarcarse en uno de los primeros barcos que llegó a América internándose en la jungla y conviviendo con una antigua tribu de las cercanías de lo que ahora es Bogotá. Ellos lo traicionaron y con engaños lo sepultaron en vida hasta que hace un mes logró liberarse y huir hasta llegar acá. Boris les explica.

- No soy un asesino, pero esta maldita inmortalidad me obliga a ser un SUGIT ASINUM.

Hulk entonces interviene.

- Amigos, tenemos que ayudarle. Yo sé lo que es ser diferente y cargar esa cruz. Qué podemos hacer?

Ya pasó una semana desde esa noche, es viernes de mañana y Lucién camina hacia la DIJ, un vendedor de diarios anuncia a todas voces "vuelve la tranquilidad a las calles, agentes de la policía dan muerte al Vampiro Bogotano que no mordía el cuello, sino el…" y Lucién lo interrumpe pidiéndole un periódico.

227

Luego en la oficina de Procter Lucién está de pie y frente al escritorio, Procter se pone de pie y camina hacia Lucién dándola la mano.

- Te debo una Lucién, pero no mencionas en el reporte cómo te deshiciste del monstruo.
- Señor, a veces mientras menos se sabe es mejor. Solo recuerde… que me debe una.

Ese mismo día a las ocho de la noche, cuando ya es una hora decente para tomar una cerveza. En una fonda del Casco Viejo al borde de la calle, sobre una mesa hay cuatro platos, cada uno con dos chorizos oscuros que son partidos ávidamente con tenedor y cuchillo. Son gruesas y deliciosas morcillas interioranas que junto a sendas cervezas consume un grupo de cuatro extraños amigos sentados a la mesa. Todos ríen y conversan amenamente mientras los transeúntes caminan despreocupados. Lucién le pregunta a Boris.

- Y te gustaron las morcillas?

Suenan entonces unas escandalosas carcajadas cuando por la acera de enfrente a la fonda viene caminando el orate del barrio espulgándose la maraña de pelo revuelto que trae en la cabeza. Acaba de despertar de su siesta vespertina y se frota la flaca barriga pensando en donde conseguirá su próxima comida, cuando enfila la mirada hacia las mesitas de la fonda y no puede creer lo que ve. Se frota los ojos sin dar crédito a lo que ve. Un gordo, un flaco, un enano y un vampiro en la misma mesa departiendo, no cabe duda que la vida hace extrañas amistades. El orate sigue caminando y riendo, cuando repentinamente grita alzando los brazos, "Y luego dicen que yo estoy loco! Jajaja!!"

FIN

LOS SUEÑOS DE TITO

Es martes de madrugada, casi son las 2:30 am en el viejo reloj que cuelga de la pared en la sala de urgencias del Hospital Saint Thomas. María, una hermosa joven doctora de 25 años, está de turno hoy. Viste ropa verde de médico, zapatillas blancas y un gorro verde que cubre su abundante cabellera negra. Habla con una mujer que lleva un pequeño en brazos.

María- Dele una de éstas pastillas cada ocho horas y vigile su temperatura. Mañana tráigalo con su pediatra a la consulta externa. No se preocupe, no es grave.

Se despide de la señora y revisa su reloj de pulso. Otra vez se le ha pasado la hora de salida! Se dirige al escritorio de las enfermeras donde una de ellas revisa unos formularios, la interroga sobre la condición de un paciente. La enfermera le notifica que ya está estable, entonces ella se despide. Su relevo llegó hace rato, pero ella es un poco obsesiva y no puede irse sin dejar todo en orden. Sale y el frío aire de la madrugada la recibe, ella suspira con expresión de cansancio encaminándose al estacionamiento que se encuentra al otro lado del edificio. Mientras camina por la solitaria acera revisa la pantalla de su celular, cuando siente una agradable fragancia que la distrae. Huele a flores, instintivamente busca con la nariz y en una esquina oscura logra ver una pequeña planta de jazmín ya floreada, la contempla y vuelve a aspirar llenándose del aroma de las blancas flores. Se acerca a la planta y delicadamente corta con la uña del pulgar y el dedo índice una pequeña ramita que tiene tres flores, la acomoda en su cabello al lado derecho, las blancas y perfumadas florecillas contrastan con el negro azabache de su cabello. Sonríe deleitándose del aroma que ahora lleva consigo y sigue su camino hasta llegar a un auto solitario. Una vieja camioneta verde. Saca unas llaves de su bolsillo y la introduce en la cerradura girándola, jala la puerta con fuerza y no abre. Entonces mira al cielo molesta y una gota de agua cae en su nariz.

María- Ya va a llover de nuevo!

Entonces empuja con la cadera fuertemente la puerta y la jala, al fin ésta se abre. Entra y se sienta acomodando su cartera en el piso atrás del asiento de pasajero, bombea el acelerador varias veces y enciende el motor luego enciende la radio. Suena una hermosa melodía, se persigna y besa una pequeña crucecita de madera que lleva de un hilo negro al cuello y comienza a manejar. Sale del hospital y toma la cinta costera rumbo a el corredor sur.

Mientras maneja solo piensa en llegar a casa y tirarse a dormir en su cama. Estos largos turnos son agotadores y para colmo el cuarto de descanso de los internos está lleno de cucarachas así que ella evita usarlo a toda costa. Ahora una ligera llovizna comienza a caer mojando el parabrisas del auto, ella enciende las escobillas para ver mejor y se escucha el sonido característico de éstas que se sobrepone a la música. Las calles están vacías y pronto llega a la garita de peaje de entrada en Atlapa, reduce la velocidad a 35 km mientras avanza hacia el detector, ve levantarse el brazo automático a su paso y acelera nuevamente. La lluvia está arreciando y ella incrementa la velocidad de las escobillas. El parabrisas comienza a empañarse por la humedad, entonces enciende el aire acondicionado para evitar que se empañe por completo. No hay más vehículos alrededor así que acelera aumentando la velocidad. La lluvia es más fuerte y grandes goterones se estrellan con el parabrisas a la vez que la luz delantera del auto se refleja en el agua que cae dificultando la visibilidad. Se acerca a la salida de Ciudad Radial, ésta es la suya, entonces desacelera tomando el paño derecho cuando de entre los goterones de lluvia que golpean el parabrisas, justo en frente aparece un gran montículo de tierra roja arcillosa hecha lodo.

Ella frena y trata de esquivarlo, pero las llantas patinan sobre el lodo rojo arcilloso que escurre por la superficie de la calle. Sin poder evitarlo se estrella de frente con la acumulación de tierra arcillosa que a manera de rampa hace saltar lateralmente la camioneta sacándola del camino, ésta gira incontrolablemente sobre el pasto al lado de la carretera hasta ir a dar contra un árbol con el cual se estrella muy fuerte. María golpeada fuertemente pierde el conocimiento mientras en el compartimiento del motor el combustible escurre por fuera y desde el área delantera del vehículo se puede ver una pequeña chispa azul intermitente que proviene de la batería del auto al hacer contacto con la carrocería. Es un peligro de explosión inminente. Ella yace inconsciente, mojada y golpeada. Un hilillo de sangre se desliza desde la frente por su mejilla. Cuando una voz masculina se escucha gritar.

Hombre- La mano! Deme la mano! Insistentemente.

Ella apenas recobra un poco la conciencia y busca en dirección de la voz que escucha y estira la mano sin alcanzar. Con la vista borrosa logra apenas distinguir un brazo masculino con un tatuaje de la Virgen de Guadalupe acercarse y siente un tirón en el brazo. Luego, siente que es levantada en vilo antes de desmayarse nuevamente. Un hombre con pantalón de mezclilla y camisa a cuadros se aleja del vehículo entre la lluvia y la oscuridad, llevándola en brazos. Mientras el hombre corre alejándose del auto ya en llamas, éste finalmente estalla con una gran llamarada lanzando pedazos de metal ardiendo por doquier. Uno de ellos va volando por los aires y golpea al hombre justo sobre el omóplato derecho hiriéndolo y tirándolo al piso aún con ella en brazos. Trabajosamente resbalándose entre el lodo logra levantarse y continúa alejándose del auto incendiado, perdiéndose en la oscuridad hasta llegar junto a unas barreras de concreto apiladas y delicadamente la acuesta sobre ellas.

Luego solo el silencio, la oscuridad y el gotear de la lluvia. El agua de lluvia, chocolate por la tierra arcillosa esparcida sobre la carretera escurre ruidosamente. Sobre las barreras en un lugar seguro, pero a la vista, al borde de la vía yace el cuerpo de María, delicadamente colocado. La pertinaz lluvia cae sobre ella, pero aún respira y a la distancia se ven muchas luces intermitentes de patrullas y ambulancias acercarse. El misterioso rescatista ha desaparecido.

Mientras en otro lado de la ciudad, en el popular corregimiento de Rio Abajo ya es de madrugada. En calle catorce hay una vieja barraca condenada, de madera ya muy deteriorada dividida en múltiples cuartos donde los más pobres, junto a indigentes y desamparados encuentran refugio. Dentro de uno de estos oscuros y humildes cuartos de barrio en la planta baja, se escucha caer copiosamente la lluvia mientras adentro varias goteras poco a poco llenan viejas latas de pintura. Todo está muy tranquilo y un viejo reloj de cuerda con su incesante tic-tac marca las 3:30am.

Tito un hombre blanco de 41 años de cabello enmarañado, descuidada barba y con signos evidentes de desnutrición yace acostado en su cama. Ha vivido en este cuarto toda su vida. De niño con su madre, cuando la barraca era bonita y los vecinos en su mayoría afroantillanos trabajadores de la antigua Compañía del Canal. Su madre era la única interiorana que vivía en el lugar y siempre trabajó como empleada eventual sin contrato en la casa de familias ricas, que nunca le pagaron seguro social. Ella hizo muy buena amistad con una guapa afroantillana que vivía en el cuarto número 13 en el primer piso. Dora, que en ese

233

tiempo vendía comida para llevar y en las tardes cuidaba de él hasta que su madre llegaba de trabajar. Pero, un día su madre no llegó y al día siguiente Dora lo fue a ver al cuarto y le explicó que las almas de las gentes, como las aves emigran y como no pueden cargar con el peso del cuerpo, lo dejan aquí. Durante el entierro de su madre, sólo estuvo ella y él siempre recordó ese calor que sentía mientras los dos, tomados de la mano observaban el ataúd de tablas de su madre, perderse en la profundidad de la tierra.

Luego de esto se descarrió, malas compañías, licor, drogas, de todo. Aunque Dora siempre cuidó de él, tenía sus responsabilidades y no pudo evitar el descalabro del muchacho. Hasta que un día vagando por las calles Tito llega a la rotonda de la Roosevelt y ve venir un camión cargado de tucas proveniente de Darién. Una tuca sobresale del grupo y va deslizándose, cuando el camión pasa frente a él dando la vuelta para bajar por la Ave. Cincuentenario, la tuca se sale por completo y cae a la calle dando de vueltas mientras los autos que vienen detrás del camión frenan ruidosamente tratando de esquivarla. El chofer del camión ni por enterado se da y prosigue su camino sin detenerse. Se baja de su vehículo el conductor de uno de los carros que venía justo detrás y haciéndole señales a Tito que observa desde la acera lo llama pidiéndole ayuda para remover la tuca. La mueven hasta la acera mientras el conductor le comenta a Tito que esa madera es Nazareno, le llaman así por su color morado y es muy fina. Lástima que no tiene un pickup sino se la llevaba. Luego el hombre mete la mano a su bolsillo sacando una moneda de 50 centavos y se la da en agradecimiento, luego se monta en su carro y se va, quedando Tito sentado sobre la tuca.

Se le ocurre que quizá el camión regrese por la tuca así que decide cuidarla hasta entonces y ganarse algo por el servicio. Pasa una hora y no regresa el camión, el fuerte sol del medio día ya está muy caliente, entonces decide abandonar la tuca, pero se le acaba de ocurrir algo. Puede arrastrarla y llevársela para venderla a algún ebanista y sacar algo de dinero, después de todo ya ha invertido varias horas en esto. Busca entre la basura de un centro comercial cercano y encuentra una soga, la amarra y poco a poco la va llevando arrastrada hasta llegar a un taller de ebanistería donde se la ofrece al dueño. El hombre le dice que es buena madera, pero no le interesa. Es madera protegida por la ANAM y difícil de vender. Si se la da a tres dólares se la compra. Tito molesto por la actitud del ebanista rechaza el ofrecimiento y decide llevársela a la barraca. Cuando finalmente llega le pide ayuda a algunos de sus vecinos y la mete en su cuarto. Ya adentro se sienta sobre ella y piensa cómo sacar el mayor provecho de la madera. Sale a ofrecerla a otro taller de ebanistería donde le ofrecen quince balboas por ella, pero tiene que llevarla hasta allá. El rechaza la oferta ya que cualquier pickup le cobraría más que eso por llevarla. Regresa al cuarto y sentado medita, cuando mira que en el piso hay una astilla que se desprendió de la madera y la toma. Saca del bolsillo su vieja cuchilla y talla un crucifijo que pone en la pared y justo en ese momento tiene una epifanía. Con la bonita madera podría hacer muchos crucifijos pequeños que vendería cerca de la Iglesia de Piedra los domingos. Así los comenzó a tallar y vender en la calle, la gente los compra y se pasan de mano en mano. **Eso pasó hace años**.

Hoy en esta madrugada lluviosa Tito duerme inquietamente, se mueve de un lado a otro y mueve las piernas como quien corre una desesperada carrera y suda copiosamente. Repentinamente despierta lanzando un grito y el pecho hacia arriba como empujado desde abajo de la cama, incorporándose violentamente hasta quedar sentado. Le palpita fuertemente el corazón y respira con rapidez. Se tapa la cara con las manos y limpia el sudor que le escurre por ella. En la espalda, lleva una cortada recién hecha, quemada y sucia de sangre y arcilla roja, justo sobre el omóplato derecho, inclinada en dirección al cuello. Trabajosamente se arrastra fuera de la cama quedando de rodillas en el piso, está exhausto, se deja caer de frente, al piso cual musulmán orando y dice con una voz dolorosa:

– Señor por qué me has abandonado.

Frente a él un solitario crucifijo de madera que talló hace mucho tiempo cuelga de la sucia pared. Luego se tira de lado en posición fetal y se queda dormido sobre el piso.

Ya ha pasado la noche y el sol asoma por la ventana del diminuto cuarto, dejando al descubierto lo desarreglado del mismo. Tito ya de pie junto al lavabo se ve al espejo descubriendo su cara maltratada por el tiempo y su desaliñada barba, al ver a éste demacrado reflejo frente a él le increpa.

– Y tú… solo tienes 41 años!

Su cuerpo desnutrido deja asomar las costillas mientras el trabajosamente se baña con el agua que con un pequeño vaso de plástico saca de un cubo mientras se restriega con un trapito enjabonado. Luego, ya vestido con su desteñido pantalón chocolate ancho, que le queda corto como pasa-charcos, amarrado a la cintura con una soguita. Llevando una camiseta blanca vieja y zapatillas rojas casi rosadas de viejas, que encontró ayer en el basural. Sentado junto a una mesita desayuna un pan de micha con queso y un juguito de cajeta que degusta cual rico manjar. Se levanta y desde adentro del pequeño y oscuro cuarto abre la puerta a la luz del día, saliendo a enfrentarse a este feroz mundo un día más. Hoy camina un poco más lento que de costumbre y con el hombro derecho caído, una pequeña mancha de sangre se dibuja en su percudido suéter blanco. Camina por el viejo zaguán mientras dos viejas, vecinas bochinchosas comentan a su paso mirándolo de reojo y haciendo gestos.

- Cada vez se ve peor! Lo que hace la droga comadre!
- Para comer no tiene, pero de seguro se mete su ñatazo todos los días.

Aunque Tito ha dejado las drogas hace mucho y vive de vender sus pequeños crucifijos, aún la gente lo condena. El prosigue su camino hasta pasar frente a la puerta abierta del cuarto número 13, cuando una voz femenina con claro acento antillano le llama. Es Dora, que ahora ya es una vieja negra gorda de gran corazón y fácil sonrisa.

- Tito! Pasa muchacho, ven a tomarte un café.

Tito sube al primer piso y entra, se queda de pie viendo las noticias en el pequeño televisor de Dora. Comentan la noticia del arresto de un conductor de volquete cuyo vehículo ayer noche sufrió un desperfecto levantándose el vagón y dejando caer toda su carga de tierra en una de las salidas del corredor sur. Comenta el presentador que su arresto no se debió al desperfecto en sí, sino a que abandonó el lugar de los hechos sin limpiar los escombros provocando el consiguiente accidente de una joven Doctora que regresaba de trabajar, colisionando con éstos para luego estrellarse con un árbol donde estalla el vehículo.

- Siéntate muchacho, aquí está tu café. Ya te traigo un pedazo de bon con queso.

Tito se sienta lentamente sin despegar la vista del televisor y Dora desaparece tras la esquina donde tiene su pequeña cocina. Tito sentado continúa mirando las noticias mientras toma un sorbo del oloroso café.

Sigue hablando el presentador del noticiero:

Salva esta joven la vida milagrosamente. Luego pasa a entrevistar a María desde su cuarto de hospital. Esta acostada en su camilla mientras besa un pequeño crucifijo de madera que lleva al cuello, dice que luego de colisionar el bulto de tierra sólo recuerda que giraba descontroladamente hasta chocar y luego perdió el sentido hasta que una voz insistente le pedía la mano y cuando ella la extendió vio un brazo masculino, sintió que la jalaron y llevaban a cuestas. No pudo distinguir la cara de su salvador, por lo cual aún sin conocerle le agradece el haberle salvado la vida. Al terminar el reporte ya está Dora de pie junto a él con un pedazo de bon con queso en un plato y un café en la otra. Pone el bon frente a Tito y se sienta a beber su café comentándole.

- Has visto! Qué irresponsabilidad de ese chofer! Ahora la pobre muchacha en el hospital.

Tito termina de comer y en silencio se levanta acercándose a Dora que aún está sentada a la mesa. Se inclina y le da un beso en la mejilla, luego se incorpora y saca del bolsillo izquierdo del pantalón un manojo de pequeños crucifijos de madera con su respectivos cordones negros, toma uno y se lo va a obsequiar a Dora, pero ella le dice.

- No mi amor. Ese es tu negocio, además ya me has dado uno, mira.

Se abre el cuello de la bata y le enseña a Tito uno igual que lleva puesto.

- No tienes que pagarme nada. Donde come uno comen dos.

Dora le hace la señal de la cruz y lo despide. Ese día camina Tito hacia la Iglesia de Piedra en Rio Abajo y sentado afuera ofrece a los creyentes sus pequeños crucifijos de madera con cordones negros, pero hoy nadie le compra. En la otra puerta de la iglesia un buhonero ofrece medallas doradas y collares brillantes como el oro a 2.50 y aunque Tito acepta lo que le den por sus crucifijos, a nadie le interesan. Entonces se levanta y decide ofrecerlos en los restaurantes de alrededor. Así pasa el día hasta anochecer y sólo logra vender dos. Derrotado regresa a la barraca. Ya tarde, el cansancio lo vence y se acuesta a dormir, enseguida queda dormido.

Entre sueños se ve bajo un puente peatonal, a su lado una señora chaparrita y gordita llevando unas bolsas de supermercado. Es la cocinera de aquella fonda, la misma que le compró un collar hace días. La señora mira hacia la escalera del puente peatonal y luego al tráfico en la calle varias veces. Por un momento la calle queda vacía y la señora se lanza a cruzar, pasa los dos primeros paños y se detiene. Mira de nuevo y continua cuando de uno de los paquetes se caen dos naranjas y ella apurada se agacha a recogerlas. Las recoge y se incorpora rumbo a la acera del otro lado cuando en la calle aparece un bus diablo rojo que viene a toda velocidad. Ella no lo ha visto pero camina rumbo a encontrarse con el bus. Tito aún donde está de pie observa todo y no puede quedarse quieto y ver lo que está por suceder y sale corriendo tras la señora. Justo antes de que la atropelle el bus, logra saltar como quien hace un tacleo de futbol americano y empujando por la espalda a la señora la tira hacia la acera mientras el vuela por el aire y el bus apenas pasa sin tocarlo cayendo en una cuneta al lado de la calle. De la escalera del puente peatonal baja corriendo un muchacho y levanta a la señora.

- Está bien señora? Casi la matan! Por qué no usa el puente peatonal?

Luego el muchacho corre a buscar en la cuneta al hombre que la salvó y para su sorpresa no hay nadie.

En ese momento mientras Tito yace en su cama dormido le comienzan a sangrar las rodillas y aparecen feas abrasiones en ellas y una gran magulladura le aparece en el costado derecho. Mientras en su cara aún dormido hace un gesto de dolor. Hoy en la mañana no se le ha visto en la barraca, no ha salido del cuarto. Está muy cansado y adolorido para levantarse. Ya en la tarde logra levantarse y limpiar sus heridas. Busca entre sus cosas y saca un paquete de galletas y un juguito de cartón y come sentado a la mesita. Luego se sienta en la cama y llora. Besa el crucifijo que lleva al cuello y continúa llorando hasta quedar dormido.

En ese preciso momento en un edificio de lujo en Costa del Este. El inspector Correa de 58 años, jefe de la sección antisecuestros se pasea de un lado a otro en la sala del apartamento de Pedro y Yaneth. En el sillón la pareja sentada lo miran, ella con lágrimas en los ojos. Pedro, con un brazo sobre ella la consuela, mientras ella solloza.

- Mi hija, mi hijita querida, Ninita!

Correa detiene su caminar y se voltea, dirige su mirada a la pareja y parándose en posición de descanso con las manos atrás.

- Señora, tenemos que mantener la calma. Este caso es nuestra prioridad y le aseguro que le devolveremos a su hija sana y salva. Además, capturaremos a estos maleantes y los pondremos tras las rejas. No debemos mostrarnos nerviosos cuando llamen. Accedan a todo lo que ellos pidan, pero consigan que les den tiempo hasta las 7:00pm. Necesitamos ese tiempo para coordinar…

Pedro levanta la vista hacia Correa.

- Para coordinar qué? No quiero que intenten nada que ponga en riesgo a mi hija, me entiende? Gracias a Dios logramos recolectar entre todos nuestros conocidos lo que pidieron.
- No se preocupe, la seguridad de su hija es la prioridad. Pero, luego que esté a salvo les caeremos con todo a estos maleantes para que no vuelvan a hacerlo.

Suena el teléfono y Correa le indica a Pedro que conteste. Yaneth toma con su mano el crucifijo de madera que lleva al cuello y reza. Otros dos policías de civil se acercan con un aparato de escucha y audífonos que le pasan a Correa. Pedro contesta, es el secuestrador.

- Bueno, ya le di tiempo suficiente. Tiene el dinero o no? Recuerde que la vida de su hija depende de ello.
- Si, si logramos recolectarlo entre todos los conocidos. Por favor, no lastimen a mi hija.
- Usted obedezca y no habrá problemas.
- Solo le pido que nos dé hasta las 7:00 pm que todavía me tienen que entregar los últimos cinco mil balboas.
- Ok, a las siete vas al boulevard de Cinta Costera. Caminas solo hasta el final, más allá del mercado del marisco, adonde se pasa debajo del viaducto marino. Caminas por debajo y arroja la bolsa del dinero en medio antes de salir del otro lado. Sin policías! O la mato!

El secuestrador le pide el número de celular y cuelga. Pedro se queda frío con el teléfono en la mano, una gota de sudor escurre por su frente. Correa le pone la mano en el hombro y le asegura que no procederán hasta que la niña esté a salvo junto a él. Entonces le quita el teléfono y lo cuelga.

Entre tanto en medio del manglar en Juan Díaz hay una choza de pencas y techo de lona. La vegetación la cubre y está muy alejada de cualquier camino. Se llega a ella únicamente caminando entre los densos manglares exponiéndose a ser atacado por serpientes y lagartos. Entre los trinos de las aves migratorias que descansan en el lugar se escucha el gemido de una niña que solloza. De repente suena un celular. Un hombre gordo y mal encarado sale de la choza, teléfono en mano, es el vigilante que contesta.

– Qué pasó man? Ya cobrates? Coño ya toy cabreao de tá aquí. Hay mucho foquin mosquito y esa pelaíta no para de chillá. No, nadie la va a escuchar por aquí, esta choza tá por el culo del mundo. Tú me avisas qué hago, yo toy aquí.

Guarda el celular en el bolsillo de la camisa y se echa en una hamaca entre dos árboles a unos metros de la entrada de la choza. Se escucha un sollozo de niña que proviene de la choza y el hombre grita.

– Ya cállate o te echo a los lagartos! Zambita de porra!

El sollozo cesa. Dentro de la choza una pequeña niña de entre cuatro y cinco años vestida con un vestidito blanco ya sucio, está sentada en una esquina sobre un petate. Está sentadita acurrucada en posición fetal con la cara escondida sobre las rodillas. Sus pequeños piecitos descalzos y... en el tobillo derecho una cadena como esas con que amarran los perros. El otro extremo amarrado al poste de la pared. Su carita manchada de lágrimas ya secas y el pelo despeinado.

En la Cinta Costera ya son casi las 7:00 pm y Correa ya ha desplegado a sus hombres por diferentes lugares todos de civil. Él está en lo alto de un edificio desde donde observa la operación y Pedro en su auto se acerca al lugar del intercambio. Correa toma su radio.

– Ya saben, nadie se mueve hasta que yo lo diga. Esperaremos a que la niña esté a salvo y entonces actuamos. Ya se acerca el padre en su auto al estacionamiento.

Desde arriba ve cómo el auto estaciona, Pedro se baja y camina lento mirando alrededor. Se acerca a la acera frente a donde la parte marina llega a tierra. Pedro mira bajo el viaducto y camina, llega a la mitad y deja la bolsa como estaba acordado. Del lado contrario del viaducto aparece un ciclista a toda velocidad que sin detenerse recoge la bolsa. Pedro le grita al ciclista que dónde está su hija a la vez que el ciclista se aleja. Pedro da de vueltas tratando de encontrar a su hija. Hay segundos de tensión, Pedro no sabe qué hacer y se queda mirando. Arriba Correa no ve movimiento y se impacienta. Habla por radio

- Maldita sea, qué rayos pasa?

Un agente contesta.

- No sabemos, no hay movimiento. Un momento, si...hay movimiento. Alguien sale en bicicleta de abajo del viaducto.
- Lleva la bolsa?
- Positivo.
- Denle persecución en moto! Agente 2 hay señales de la niña?
- No señor, ya estoy junto al padre y no ha aparecido.
- Qué está sucediendo con las motos? Atrapen al hombre antes de que escape.

El secuestrador es perseguido y derribado por los agentes en motocicletas. Cuando cae, logra tomar su celular y llamar al vigilante diciéndole.

- Hicieron trampa....mata a la niña. Mátala!!

En ese momento los agentes brincan sobre él apresándolo.

En Rio Abajo ya es de noche y Tito llega a su cuartito cansado. Ha caminado todo el día vendiendo sus crucifijos en busca de hacer unos Balboas para la comida y no ha conseguido mucho. Entra al baño y se lava la cara, luego sale y cae cuan largo es sobre la cama y se queda dormido. De repente se ve frente a la puerta de una choza, mira hacia atrás y ve a un hombre gordo gritando al celular y maldiciendo. Se voltea y extiende la mano, abre la cortina de entrada de la choza y entra. Revisa el interior y para su sorpresa ve a una niña sentadita en una esquina con su pequeño tobillo encadenado, la cortina se cierra detrás de él. Se acerca a la niña dulcemente y poniendo el dedo índice sobre los labios le hace señas de callar.

- Sshh... no grites. Quién es el gordo?

241

– Es malo! Llévame con mi mamá por favor.

– Sshh… Te voy a ayudar a salir de aquí.

Se agacha y trata de deslizar la cadena fuera del piecito de la niña pero no sale. La niña se queja.

– Ay! Me duele!

Entonces se voltea y mira alrededor en busca de algo que le sirva. En la esquina contraria junto a la comida que el gordo guarda hay una botellita de aceite. Él la toma y cuidadosamente la derrama sobre el pie de la niña, logrando entonces deslizarlo fuera de la cadena. Abre un hueco en la pared trasera de la choza y señalando le dice.

– Sal y corre tan fuerte como puedas, no mires para atrás. Yo te alcanzaré luego.

La niña sale corriendo y se interna en el manglar. Cuando Tito intenta salir el vigilante gordo entra en la choza machete en mano dispuesto a cumplir la orden de su cómplice.

– Ven pá cá cachorrita, que ya te llegó la hora.

Cuando ve a Tito…

– Maldito piedrero! La ayudaste a escapar pues a ti también te mato.

Le da un planazo en la espalda y jala a Tito por un pie metiéndolo de regreso a la choza y cuando Tito se voltea el gordo lo agarra a patadas en el costado, levanta su machete en alto para decapitarlo cuando Tito en su desesperación alcanza la cadena que está en el piso y con ella en las dos manos evita que la filosa hoja llegue a destino, sólo recibe una cortada en la palma de la mano izquierda. El gordo pierde el balance y trastabilla cayendo, momento que Tito aprovecha para salir por el hueco en la pared de la choza llevando el extremo de la cadena que desde afuera jala hasta arrancar el poste haciendo así que la choza se derrumbe encima del gordo que queda atrapado. Tirado el maleante en el piso solo logra ver como una de las hojas de zinc del techo se desliza lentamente en dirección a su cuello hasta cercenarlo lentamente bajo su mirada de terror.

Tito recuerda que Ninita corre sola por el manglar y sale tras ella. Tan solo 100 metros más adelante la encuentra oculta dentro del tronco hueco de un árbol muerto, agachadita con las manitas en la cara. Él se arrodilla a su lado exhausto y la niña se descubre la cara viéndole, sonríe.

- Rezaba para que vinieras por mí. Qué te pasó en la mano?

Tito arranca un pedazo de su suéter y se venda la mano herida, se levanta y le ofrece la mano sana a Ninita, ella se levanta y la toma, los dos prosiguen caminando entre el manglar. Logran salir del manglar y ya cerca del corredor Tito divisa un auto patrulla detenido a un lado de la carretera bajo un puente. Afuera dos policías de tránsito un hombre y una joven mujer, están tomando la velocidad de los vehículos que se aproximan. Aún ocultos por un herbazal Tito le hace señas a Ninita de que se agache, él se arrodilla y del bolsillo izquierdo del pantalón saca su manojo de crucifijos. Separa uno y se lo pone a Ninita, guarda los demás.

- Es un regalo para que te cuide.

Le indica a Ninita que se acerque a la joven policía que está junto al patrulla y le diga que está perdida. Luego le da un tierno beso en la frente. La niña se queda mirándolo un par de segundos y luego da la vuelta y se encamina hacia la policía. La joven está distraída con el radar de velocidad cuando siente un tirón en el pantalón, mira hacia abajo y encuentra a Ninita.

- Hola me llamo Ninita y estoy perdida.

A esa misma hora, 3:00 am en su cuarto de calle 14 Rio Abajo despierta Tito de un sueño agitado. Le sangra la mano izquierda y siente un gran ardor en la espalda, como si le hubieran quemado con brazas ardientes. Entonces ruega a Dios.

- Señor protégeme de éstas pesadillas, no encuentro paz ni siquiera en el sueño.

Durante el día este viernes se la pasa en el semáforo de Vía Cincuentenario y Vía España vendiendo sus pequeños crucifijos bajo el inclemente sol. En una de las luces rojas se detiene un vehículo 4x4 de lujo de color blanco, una gran camioneta con placa del Ministerio

Público, tiene los vidrios tan oscuros que no se alcanza a ver los ocupantes. Tito camina al lado y repentinamente se baja el vidrio del conductor, es un hombre joven de 30 años, fornido moreno de cabeza rapada con una sonrisa amigable.

–   Hermano, cuánto por el crucifijo?

Tito encoje los hombros y le hace señas de que lo que le quiera dar. El chofer saca un Balboa del bolsillo y se lo da. Cuando Tito le va a dar el crucifijo, el chofer le dice que lo conserve y el balboa también. Tito entonces insiste en darle el collar y el chofer lo toma se lo pone, sonriendo le da las gracias.

Entonces el vidrio de la ventana de atrás también se abre y un juez regordete y ensacado con un gran reloj Rolec de oro en la muñeca y gruesos anillos de oro en los dedos se asoma sacando la cabeza.

–   Oye tú, muchacho qué vendes?

Tito levanta la mano en que lleva los collares de crucifijos de madera, el juez le hace señas de que se acerque.

–   Coge 10 dólares por todos.

Tito se queda mirándolo, para él un crucifijo es algo especial, es una bendición que se da a cambio de una buena voluntad. No un objeto que se compra al por mayor para calmar la conciencia. Sólo se queda mirando al juez y este insiste.

–   Mira coge 20, mi última oferta.

Tito continúa mirándolo, cuando cambia la luz el auto arranca rápidamente dejándolo atrás. Dentro del vehículo el gordo juez con su reloj y anillos de oro comenta con su escolta, mientras el chofer continúa manejando en silencio con el collar en el cuello.

–   Bah! Todos tienen su precio. Si le hubiera ofrecido 30 los hubiera vendido…jajaja!

Esa noche de viernes Tito regresa cansado a la barraca, camino a su cuarto se encuentra con Dora que lo saluda cariñosamente y al notar la herida que tiene en la mano izquierda enseguida lo toma del brazo y lo lleva a su cuarto. Lo sienta a la mesa y luego trae vendas para curarlo.

Mientras lo cura conversan, ella lo reprende por no cuidarse, al terminar de curarle la herida ella le trae un rico plato de arroz con porotos y tajada que Tito come con mucho gusto. Al rato se despiden y Dora cierra la puerta de su cuarto mientras Tito se encamina al suyo. Entra y se lava la cara, se desviste y en su desnutrido cuerpo se ven marcas. Atrás del hombro derecho sobre el omoplato una gran cortada, del otro lado de la espalda la marca del planazo, un gran moretón en el costado y la mano izquierda vendada. Su enmarañado pelo y larga barba. Se queda mirándose en el espejo, da la vuelta y regresa con una tijera en la mano. Comienza cortarse el cabello. Ya con el cabello cortado parece una persona diferente, entonces toma una máquina de afeitar y comienza a afeitarse. Cuando acaba su cara refleja un hombre bien parecido de edad media. Se agacha y recoge todos los pelos con sus manos y los observa como quien deja algo atrás. Los echa luego en el cubo de basura, camina a la cama y se acuesta a dormir. Gracias al plato de comida que le ofreció Dora logra conciliar el sueño rápidamente. Pasan las horas y ya son las 2:30 am en el reloj.

En otro lado de la ciudad, donde el lujo y la champaña abundan, en el baño de un bar tipo prostíbulo el Juez apurado corta con una tarjeta de crédito una línea de cocaína. Saca un billete de cien del saco y lo enrolla aspirando el blanco polvo tan fuerte como puede. Luego se limpia la nariz y guarda el billete. Sale del baño y se dirige a una mesa donde un hombre de aspecto temible le espera sentado bebiendo un vaso de whiskey. El Juez se sienta y sonriendo se dirige al hombre.

- Mira, es fácil. 500 mil y yo te lo arreglo, sino tu hijo se pudre en la cárcel.
- Tu colega había dicho 150 mil.
- Sí pero ahora yo estoy al mando y él es mi suplente.
- Ok, tú pones el precio.

El gordo Juez sale del bar junto a su escolta mientras el chofer espera sentado en la camioneta escuchando la radio. Los dos hombres se suben al auto y el juez ordena.

- Ya vámonos. A casa!

El vehículo arranca y se mueve rápido por la oscura calle dando la vuelta en la esquina. Se escucha un frenazo y un choque. Un volquete se ha chocado con la camioneta del Juez. Del volquete bajan dos hombres y se acercan al vehículo del Juez, éste se baja junto a su escolta y los insulta.

- Son unos estúpidos! No saben con quién se han metido! Los voy a meter en la cárcel!

Los dos hombres sin pronunciar palabra sacan cada uno una pistola y se las vacían a los dos antes de que estos puedan reaccionar. Dejan caer los cargadores y el chofer aprovecha esto para abrir la puerta y salir corriendo. Desde donde está uno de los maleantes armados apunta al chofer mientras este huye. Aprieta el gatillo lentamente y justo cuando el martillo golpea el fulminante. Un piedrero camina atravesando la calle y se interpone entre la víctima y su atacante recibiendo el impacto del proyectil. El chofer se mete entre unas casas perdiéndose en la oscuridad. Se ha salvado.

En el cuarto de Tito el reloj marca las 3:00am y el despierta lanzando el pecho hacia arriba como empujado desde abajo. Pega un grito y cae de nuevo con los ojos abiertos, se lleva la mano al pecho y luego la mira. Está ensangrentada, se ve el pecho y tiene un hueco de bala, apenas puede respirar. Se levanta y trastabillando logra llegar a la puerta y la abre cayendo justo afuera. En la barraca hay fiesta como todas las madrugadas de sábado. La vecina de enfrente una joven morena muy guapa, que siempre viste shorts y pequeñas blusitas que dejan el ombligo descubierto, viene caminando con dos platos de saos en las manos. Va mirando al piso para evitar pisar un charco de aguas negras o una mierda de perro con sus chancletas, cuando descubre a Tito tirado en el suelo del zaguán en un charco de sangre y grita a la vez que deja caer los saos. Esto llama la atención del resto de los vecinos que vienen corriendo y encuentran la escena. Él siente un gran dolor en el pecho, tiene la visión borrosa. Siente que lo levantan en vilo y escucha una incesante sirena, ve luces intermitentes rojas y azules borrosas. Pronto llega una ambulancia al Hospital Saint Thomas, se detiene, sacan a un herido en la camilla y lo meten a urgencias rápidamente. Escucha una voz femenina dar instrucciones muy precisas al personal, una joven en uniforme verde, con gorro y mascarilla, con hermosas cejas se acerca a él. **Mi nombre es María, está usted en el cuarto de urgencias del Hospital Saint Thomas. No se preocupe va a estar bien.**

FIN

EL TATUAJE DE PUERQUITO

Felipe es un muchacho blanco, delgado de lentes. Está sentado en una gran viga de metal plateada. Con la cara entre sus manos, tiene la mirada baja mientras piensa en silencio.

- Cómo pudo Lucía hacerme esto? Luego de que he dejado todo por ella. Me pelee con mis padres por su causa. Abandoné la universidad, trabajé para mantenerla y ahora me hace esto!

Levanta la cara con expresión de rabia cerrando los puños hasta palidecer los nudillos.

- Es una puta! Tenía razón Guillermo cuando me insistía que ella no me convenía. Que la había visto con Pepe en el muelle de Punta Paitilla, en el Causeway y hasta entrando al push. Tremenda sacada de mierda que le di al pobre. Claro! Cómo iba a sospechar de Pepe, si era dizque su primo. Primo de qué! Bien que se la estaba cogiendo y yo de bobo.

Se levanta y queda de pie sobre la gran viga de hierro. Patea con fuerza y levanta el puño derecho con gesto de furia en la cara.

- Si lo tuviera en frente le parto la cara. Cochino traidor, se hizo pasar por mi mejor amigo, cuando en verdad me estaba comiendo el mandado y pensar que hasta fue mi "best man" en la boda. Cómo se estaría riendo de mí por dentro. Fui un zoquete!

Baja la cara, lleva los puños a la cintura y medita.

- Debería volarle la cabeza al desgraciado hijo de puta. Eso no se le hace a un amigo. Voy a llenarle esa boca mentirosa de balas o mejor le vuelo el pito al cabrón con todo y huevos. Jajaja! Para que aprenda a no cogerse las mujeres de otros. Entonces se tendría que meter a puto y regalar el culo en la calle. Eso es lo que merece!

Lleva las manos atrás de la cabeza, se estira hacia atrás arqueando la espalda y mirando al cielo.

- Dios! Qué estoy pensando! Me he vuelto loco! Esto no puede estar pasando!

Se lleva las manos abiertas a la cara cubriéndose los ojos.

- Pero... No puedo borrar esa imagen de mi mente. Esa cochina imagen! Maldita la hora en que salí temprano del trabajo. Con razón los viejos siempre llaman por teléfono antes de salir. Jajaja! Nunca pensé que fuera cierto. Yo pensando sorprenderla con flores, regalo y una botella de vino hoy 14 de febrero y... La perra! Ya le estaban dando su regalito! Y por detrás!

Se da la vuelta tapándose los oídos.

- Coño, no puedo dejar de escuchar el rechinar del spring de la cama! Chin, chin, chin...

- Ya! No aguanto más! Silencio!

De repente hasta los pájaros callan, todo queda en silencio y solo una ligera brisa susurra en sus oídos. Una ligera sonrisa asoma en su boca dibujando una rara mueca en su cara.

- Y pensar que yo no le hice caso nunca a Tina su hermana gemela cuando me tiró los perros, ese fin de semana en la playa. Por Dios que casi me la tiro. Después de tantas cervezas Lucía se quedó medio dormida en la sala y no quiso ir a la playa. Yo molesto salí por la puerta de la terraza donde Tina tomaba el sol recostada. Le eché una mirada mientras ella boca abajo no lo notó, ahí estaba hermosa con el sostén del bikini suelto y su cómico tatuaje de puerquito en la nalga derecha asomando fuera de la tanga. Crucé la terraza y me fui a caminar a la playa, pero Tina se vino detrás de mí. Me senté en la arena mirando al mar y ella pasó a mi lado rumbo al mar. Me echó un poco de arena que levantó con el píe y volteó riendo mientras caminaba contoneándose y me invitó al agua haciendo señas con el dedo. Llevaba esa tanguita blanca! Mmm... Esa tanguita y ese culito! Una de esas pequeñas diferencias entre ellas, por las que las podía diferenciar era ese trasero redondito y más parado que tiene Tina. Sentí ganas de morder esa nalguita derecha y ese tatuaje de puerquito que tiene ahí y corrí tras ella. Ya en el agua, entre juegos quedamos abrazados, me di cuenta de lo que estaba a punto de suceder y la dejé allí, como un cobarde regresando a la casa. Por qué Lucía no pudo arrepentirse? Si yo que soy hombre lo hice o será que no fue esa la única vez?

Su cara está llena de lágrimas, está bañado en sudor y baja la cabeza con aceptación.

- Malditos han de estar riéndose de mi. Dios! Como me saco éste dolor del pecho! Este sonido que retumba en mi cabeza! (chin,chin,chin…) y esta imagen grabada en mi mente! AAAaaarrrrrgg!!

Una mariposa amarilla con negro vuela por sobre su cabeza luchando contra el viento y al verlo tan agitado, voltea. Él está en lo alto del Puente de las Américas sobre una viga de la gris estructura. Abajo el tráfico está detenido en un paño y hay muchas luces intermitentes. Unidades móviles de las televisoras todas apuntan a lo alto del puente filmándolo. Se escuchan altavoces llamándolo a la cordura y el público en el lugar se pelea por grabar en sus celulares el acontecimiento. Cuando… repentinamente su cara refleja una gran paz, sus oídos no escuchan ruido alguno y da un paso hacia la nada. Se deja caer al vacío y su cuerpo da vueltas cual títere desprendido de sus hilos.

Son 117 metros de altura al mar, una caída libre de 4.8 segundos. Dicen que cuando uno está por morir toda su vida pasa en unos cuantos segundos frente a sus ojos y esto es precisamente lo que le pasa a Felipe mientras su cuerpo se desliza atravesando el viento.

Desde su infancia a los tres años cuando jugaba feliz correteando en el patio con su amado cachorro.

La escuela, su maestra Sixta que amorosa le dictaba clases en el salón del colegio.

Su primera novia Lulú, aquella fiesta de cumpleaños donde se le declaró y ella le dio el sí.

La graduación, todos sus compañeros ensacados en la ceremonia y el orgullo que sintió al entregarle el diploma a su madre.

La universidad, las largas clases de laboratorio junto a Diana su bella compañera.

Cuando conoce a Lucía y queda deslumbrado con su belleza. Entonces se da cuenta de que nunca la dejará.

La decepción de sus padres cuando abandona los estudios.

Son novios y se casa con Lucía, la pequeña fiesta con los más íntimos amigos.

Está en la sala de la casa de playa con Lucía, invitándola a nadar y ella cansada insiste en quedarse a dormir la siesta. Luego está sentado en la arena frente a las olas, molesto por la indiferencia de Lucía y ve a Tina correr hacía él.

Tina pasa a su lado corriendo, le tira arena con el pie y voltea haciendo señas con el dedo invitándolo al agua.

Ve su hermoso trasero en esa tanguita blanca, cómo se mueve y ese cómico tatuaje de puerquito que tiene en la nalga derecha, quisiera morderlo y se levanta corriendo tras de ella.

Trabaja y sale temprano, es 14 de febrero y le quiere dar una sorpresa a Lucía. Camina por la calle con flores, un regalo y una botella de vino sonreído.

Entra a el apartamento y no ve a Lucía, la llama amorosamente mientras la busca. Abre la puerta del cuarto y la ve. A Lucía de espaldas desnuda en cuatro sobre la cama, detrás de ella está Pepe cogiéndosela apurado, ese interminable rechinar de la cama, chin,chin,chin… y las nalgas de Lucía que suben y bajan, suben y bajan al ritmo de la cogida de Pepe y…. Dios! No!! Ese tatuaje de puerquito en la nalga derecha!! NOoooooo!

Desesperado abre los ojos queriendo detener el tiempo y lo que está por suceder, pero ya han pasado 3.8 segundos. Abre los ojos y ve, la tranquila y verde superficie del agua, luego… ZAZ!! El golpe! Espuma blanca y poco a poco, todo negro. Silencio, un gran frio y a lo lejos se escucha un constante rechinar chin,chin,chin…

Tres días después en el cementerio bajan un ataúd al profundo hoyo en la tierra. Desde arriba Lucía vestida de negro y con la cara llorosa toma un puñado de tierra y lo deja caer sobre el ataúd y se voltea. Camina alejándose junto a Pepe y Tina.

–   Nunca pensé que se ofendiera tanto de que Tina y yo, lo hiciéramos en tu cama. Después de todo éramos buenos amigos.   **FIN**

MEI LIN

Cómo me acuerdo de mi abuela! Tal como si hubiera sido ayer, la veo sentada en su mecedora en el portal de su casa. Con la vista perdida en las plantas de su patio, mientras se mece lentamente. En sus piernas tiene un gran libro con empaste de cuero con símbolos chinos abierto de par en par. Sus viejas y delicadas manos cariñosas de abuela descansan sobre sus páginas, pero ella no las lee. Entonces yo que siempre fui traviesa y aún hoy siento esos asaltos de travesura, decido que es un buen momento para acercarme a ella a hurtadillas y darle un buen susto. Me agacho como hacía a los cinco años y como el viejo gato de la casa, muy callada me voy acercando hasta quedar a su lado sin que ella lo note. De repente la miro y la veo tan viejita y frágil, su faz antes risueña y siempre sonriente ahora está arrugadita y distante. Su mirada que pensé disfrutaba de las coloridas flores, realmente mira mucho más lejos, al vacío distante, como el canario que dentro de su jaula añora su perdida libertad. Entonces me arrepiento de mi travesura de adulto y el corazón se me llena de ternura por esa viejita que me arrulló tantas veces en su regazo cuando niña y me acerco a ella en silencio, tan cerca hasta sentir el aroma de jazmín de esas pequeñas florecillas blancas que siempre lleva en su cabellera. Ese olor indeleble qué impregnado en la mente, me trae su recuerdo con apenas sentirlo cuando estoy lejos. Y mis labios rozan su mejilla suavecita que tantas veces besé y sin querer la saco de su sueño distante, de esos mundos que solo una vida de tantos años pudieron conocer. Y entonces sorprendida voltea, me mira y sonríe. Entonces me alegro de que mi abuela dejó sus mundos distantes y está de nuevo conmigo.

- Mi'jita, que sorpresa!
- Hola abuela. Que haces?
- Viendo fotos viejas mi'jita.
- Ah! Pero, cada una tiene su historia…no?

Entonces acerco un taburete y me siento a su lado poniendo la cabeza en su hombro y ella con una sonrisa en la cara cierra el álbum de fotos. Entonces regresa a la primera página y antes de empezar a enseñármelas repite, como siempre lo hizo desde que era yo una niña y las veía sentada en sus piernas.

- Cada una es como una ventanita por donde podemos ver el pasado, que se queda quietecito, quietecito para que podamos verle bien y no nos olvidemos de él.

Entonces de una en una me relata la historia que hay detrás de ellas, hasta que llega a una página donde hay una foto en blanco y negro ya amarillenta de una hermosa joven china vestida a la usanza de finales de los mil ochocientos. Su expresión cambia y una tierna sonrisa ilumina su cara. Se acerca a mí como confiándome un secreto.

-   Sabes quién es ésta?

Señalando la foto a la vez que la limpia, deslizando sus delicados dedos sobre su superficie.

-   Es mi mamá. Se llamaba Mei Lin, ella era la menor de tres hermanas que llegaron a Panamá a finales de los mil ochocientos.

Toma la foto en sus manos y la vuelve a mirar con ternura, la voltea lentamente y me enseña el revés.

-   Mira, aquí está la fecha. Mil ochocientos ochenta y tres, la vida era muy diferente en esos tiempos.

Entonces su mente vuela a través del tiempo en su imaginación y tal como lo vive en sus recuerdos me cuenta. Ella se ve conversando con Mei Lin cuando ya era una anciana, semanas antes de que ésta muriera. Ese día su madre que siempre fue fuerte, alegre y trabajadora le contó la historia de su vida y cómo vino a parar a Panamá desde China.

Mei Lin era la menor de tres hermanas que apenas se llevaban un año entre sí. En esos tiempos el tener un hijo varón era muy importante para cualquier familia ya que aseguraba la continuidad de la misma y la protección de los bienes que ésta poseía. Esa fue la razón de que su madre, Gao fuera tan prolífica. En esos tiempos una niña de catorce años ya era una mujer casadera y ella a los quince ya estaba casada con el hijo del carnicero del pueblo y esperaba su primer hijo. Cuando su marido entusiasmado esperaba el nacimiento de su primogénito varón, llegó al mundo su hermana mayor, Gao Lin una hermosa bebé blanca como la leche, que fue la decepción de su padre. Pronto Gao apenas destetó a Gao Lin buscó quedar preñada para complacer a su marido y entregarle el hijo varón que soñaba. A los pocos meses ya andaba con la panza hinchada y caminaba orgullosa con la certeza de brindarle a su marido tan preciado regalo. Un día mientras alimentaba las gallinas en el patio trasero, rompió fuentes. Las otras mujeres de la casa la encontraron tumbada de dolor junto al gallinero y ya tarde para transportarla al interior la ayudaron a parir allí mismo. Así entre plumas y granos de maíz nació Lu Lin su segunda hermana, era una bebé más delgadita y delicada, pero con fuertes pulmones que inundaron la casa con sus llantos. Luego del nacimiento el marido de Gao no le dirigió la palabra por un mes hasta que un día entró al cuarto donde Gao estaba amamantando a Lu Lin. Se acerca y carga a Gao Lin que retozaba en el piso, se sienta al borde de la cama con la niña en las piernas y acaricia a la recién nacida mientras ésta se alimenta. Entonces le confiesa su preocupación, si no logra tener un hijo varón puede perder su lugar como heredero de la carnicería y su padre la heredaría a su hermano menor, que sí tiene hijos varones. Luego le pide que la próxima vez haga lo que las mujeres hacen para tener hijos varones, es de suma importancia y que se aconseje con la matrona. Luego de esta conversación la vida vuelve a la normalidad y los siguientes meses pasan rápidamente mientras las dos hermosas niñas crecen sanas con los tiernos cuidados de su madre. Hasta que Lu Lin ya fue destetada, entonces Gao se da a la tarea de buscar el mejor método para concebir un varón.

La vieja matrona del pueblo le aconseja tomar un brebaje que ella misma prepara y vende para este propósito. La criada de la casa, una muchacha joven pero mayor que ella y que proviene del campo le aseguró que el problema se resuelve si queda preñada únicamente durante luna llena. Que la atracción de ese cuerpo celeste ayuda a concebir machos. Por otro lado, su suegra que tuvo cinco hijos al hilo y todos varones, un día luego de la cena la llama a la cocina. Preocupada le convida una taza de té, siéntate querida le dijo. Tu suegro me ha pedido que hable contigo. Como sabes, le he dado cinco hijos varones saludables. Todas las mujeres de mi familia hemos sido buenas paridoras de varones y te voy a dar el secreto.

- Tienes que pararte de cabeza muchacha!

Para que entre profundo y que la primera semilla que es la que produce varones se quede adentro. Mira, primero te pones en cuatro y cuando te penetre le dices que te levante como carretilla y te sacuda para que la semilla llegue hasta el fondo. Así te aseguro que por fin parirás varón. Gao solo veía con ojos desorbitados cómo la señora hacía toda la mímica.

Llegó el momento en que era luna llena, ya tenía el famoso menjurje y había practicado la posición de carretilla con ayuda de la criada. Entonces Gao pone todos los consejos en práctica. Esta vez no será por falta de esfuerzo, ni práctica, ni constancia. Se pegó a su marido hasta que al cabo de quince días el pobre estaba tan pálido y chupado que llamaba la atención de todos los clientes de la carnicería, que pensaron que le había dado por fumar opio por la sonrisa tonta que tenía en la cara y lo flaco que estaba.

Hasta que llega el día que le tocaba a Gao sangrar y NO sangró. Feliz fue al templo y puso muchas varitas de incienso dando gracias por su dicha, le dio una buena propina a la matrona y le regaló dulces a la criada. Todas las mañanas durante el embarazo acariciaba su redonda barriga con ternura. Por fin será un varoncito, el compañero que quiere su marido y el heredero que espera su suegro. Su humor cambió por completo y cantaba a diario canciones de cuna. A la hora de acostarse invitaba a Gao Lin y Lu Lin a que acariciaran a través de su barriga a su hermanito por venir y que pegaran sus manitas a la barriga para que sintieran como pateaba. Poco a poco fue creciendo la barriga y un día mientras tendía una hilera de pañales recién lavados rompe fuentes. Llama apurada a la criada de la casa que la ayuda a llegar a la recámara y entra en labor de parto. Aún con el dolor sonríe por la expectativa de ver a su primer hijo varón. Puja, vuelve a pujar, solo falta un poco más y apretando los dientes puja con todas sus fuerzas y descansa, ya salió. Ha nacido su anhelado hijo, ahora quiere verlo. Cuando escucha la voz de la criada.

- Es una niña! Y más oscurita que sus hermanitas.

Entonces con resignación y ese amor materno, que Dios pone en el corazón de cada madre al ver al hijo que ha parido, vuelve a sonreír abrazándola.

- Qué preciosa eres mi niña! Te llamarás Mei Lin.

Luego las otras dos niñas entran a conocer a su hermana y así Gao abraza a sus tres hijas con amor. Pero la vida no les es fácil desde chiquitas aprenden las labores del hogar, a atender a los animales y ayudar en la carnicería.

Su padre decepcionado se buscó una amante que sí le dio un hijo varón y dejó de convivir con Gao, pero gracias al apoyo de su suegra que intercede por ellas, las niñas se criaron en la casa de la familia. El tiempo pasa y el suegro de Gao muere, su marido heredó la carnicería gracias a que su antigua amante y ahora concubina le dio un hijo varón. Siendo el jefe de la familia decide traer a vivir a la casa a la concubina y su hijo otorgándole la posición y el cuarto que antes era de Gao. La anciana suegra ya sin autoridad no puede oponerse. Ahora Gao y sus hijas que ya son unas señoritas de quince, diez y seis y diez y siete años, son tratadas como unas sirvientas en su propia casa. Han sido bien educadas por Gao que espera se casen con buenos hombres que las respeten y no corran la suerte de ella, pero lo que ella nunca podría saber es que lejos, muy lejos de ahí un trato se hace que la separaría por siempre de sus amadas hijas.

Corre el año de 1,882 hace un año comenzaron los trabajos de la "Compagnie Universelle du Canal Interocéanique de Panamá" en su esfuerzo por construir un canal que comunique el Atlántico y Pacífico. Este gran proyecto de ingeniería francés es dirigido por Ferdinand De Lesseps, que habiendo acabado de excavar el Canal de Suez, ahora ha centrado su atención en Panamá para la realización de esta magna obra. La promesa de muchos empleos ha atraído una gran inmigración de trabajadores de todas partes del mundo. Floreciendo así toda clase de negocios a nivel local para brindar servicios a esta creciente población multinacional.

Este es el caso de la tienda del señor Wo, comerciante cantonés que se dedica a la venta al por menor de enseres y alimentos. Luego del fracaso de la utilización de la mano de obra china en la construcción del Ferrocarril de Panamá, la mayoría de los sobrevivientes fueron enviados a Jamaica, pero de los pocos que aún se quedaron en Panamá, algunos trabajan en la construcción del Canal Francés, otros se han dedicado a la agricultura y otros como el señor Wo al comercio al detal.

El caso es que todavía existe una pequeña y creciente comunidad de trabajadores chinos que requieren los servicios del señor Wo y otros tenderos como él. Entre los servicios que el señor Wo provee hay uno poco conocido por el ciudadano común. La concertación de acuerdos matrimoniales con familias en China y el transporte de las novias o esposas de Cantón a Panamá.

La inmigración china a Panamá fue en un principio de trabajadores hombres y estos tenían prohibido el contacto con la población civil.

Algunos dejaron sus familias atrás con la esperanza de volver ricos o traerles cuando su situación mejorara. Mientras otros que vinieron solteros y jóvenes ahora quieren formar un hogar y buscan traer una novia para casarse. Cualquiera fuese el caso, es un hecho que la inexistencia de mujeres chinas localmente fue un problema que generó un servicio, con mucha demanda el cual reportó buenas ganancias a los dos lados del Pacífico.

Hoy como de costumbre es un día ocupado en la tienda del señor Wo, el mostrador está lleno de clientes, pero afuera de la puerta trasera de la tienda tres hombres chinos esperan. Toni un muchacho agricultor de veinte años que cultiva una pequeña finca propiedad de su padre a las afueras de la ciudad. Chen de veintitres años que trabaja como ayudante de mecánico en la construcción del canal francés. El último es Loo un hombre de cincuenta años con cara de pocos amigos que tiene una cantina cerca de Gatún. Los dos jóvenes agachados y el hombre mayor sentado en un pequeño taburete, se ven entre si mientras el hombre fuma una delgada pipa que lleva frecuentemente a la boca chupándola para luego soltar una gran bocanada de humo. De repente rechina la puerta y se abre, es el señor Wo.

- Hola, ya consiguieron el dinero?

Loo el mayor contesta.

- Si. Cada uno consiguió lo suyo y venimos a cerrar el trato.

Los tres hombres entran al cuarto trasero de la tienda donde está la bodega. Hay una pequeña mesa con cuatro sillas que Wo usa para jugar mah jong con sus colegas los domingos. Allí se sientan y Wo les pide el dinero, hay un silencio incómodo mientras el comerciante cuenta estirando billete por billete, ya satisfecho se levanta y lleva los billetes a la caja en la parte frontal del negocio mientras los hombres lo siguen con la vista. A su regreso se sienta con una gran sonrisa y les notifica.

- Haré los arreglos en Cantón y en unos meses sus novias estarán aquí.
- Pero, nos enseñas una foto de las muchachas? Dice Chen
- No tengo fotos, pero les puedo asegurar que son muchachas jóvenes y bien educadas que conocen sus obligaciones.
- Cómo sabremos si nos gustan sin ver al menos unas fotos. Comenta Toni

- Yo solo puedo asegurar que son 100% chinas y jóvenes. Si no están de acuerdo díganlo ahora.

Los tres asienten y se cierra el trato.

Un tiempo después en Cantón durante la cena en casa de Gao, ella y sus tres niñas comen aparte en una mesita en la cocina mientras su marido en compañía de su concubina y el hijo de ésta comen en la mesa del comedor. Se escucha que en el comedor hablan en voz alta discutiendo por algo, pero Gao intenta no poner atención y conversa con sus hijas. De repente hay silencio en el comedor y la cortina de entrada a la cocina se abre, es su marido de pie bajo el marco de entrada. Las mira fijamente.

- Gao, ya concerté el matrimonio de tus hijas y acepté la dote. Les conseguí buenos maridos que les darán buena vida. En tres días deben partir a reunirse con ellos.
- Pero aún son jóvenes, déjalas un tiempo más.
- No, ya no las puedo seguir manteniendo de gratis. En tres días se van a Panamá.

Panamá! Ya han oído de ese lugar, muchos jóvenes hombres han abandonado sus hogares y tierras por ir allá en busca de riqueza y jamás volvieron. Gao se tira sobre la mesita a llorar mientras las hermanitas Lin, como les llaman en casa la consuelan.

Gao Lin- Madre no llores, tan pronto lleguemos convenceremos a nuestros maridos de mandar por ti.

Lu Lin- Por qué tenemos que ir? Ni siquiera conocemos a los que nos desposarán, no es justo!

Mei Lin- Y qué haremos si no nos gustan? Podremos regresar?

Gao- Hijas de alguna forma en algún momento volveremos a reunirnos. Sólo me tranquiliza que ustedes tres estarán juntas y podrán cuidarse unas a otras.

Las abraza a las tres juntas y estampa un beso en la mejilla de cada una.

En la noche, en su cuarto mientras las tres muchachas duermen, Gao parada junto a la ventana mira la luna llena mientras llora en silencio y las lágrimas corren por su cara. Qué les deparará a sus hijas el destino?

Las volverá a ver alguna vez? Una vez sola, que será de Gao? Ella desde chica vio esta migración de gente que se va en pos de riquezas jurando volver, vuelan lejos todos los años cual golondrinas antes del invierno, pero las golondrinas regresan cuando el frío se va. Pero la gente no. Las casas solas envejecen abandonadas y poco a poco en ruinas se van inclinando hasta que sucumben tiradas sobre el suelo cual anciana sin un bastón que le apoye. Los cultivos que una vez robustos y fuertes alimentaban las familias quedan solos a merced de las hierbas y enredaderas que como serpientes se enroscan apretando hasta asfixiar y uno a uno los frutos caen rodando por el suelo, abriendo su carne para liberar la semilla que poco a poco el sol calcinará matando su esperanza. Así vamos quedando, solo los viejos, sola la tierra, la energía vibrante de nuestros hijos se va a enriquecer otras tierras lejanas dejando en silencio las calles vacías que antes rebozaban de risas y cantos. La tierra llora con lágrimas de sangre cuando llueve y la arcilla roja escurre demacrando su cara, porque ya nadie la ara, porque ya nadie la siembra y en sus huecos una vez fértiles hoy solo yacen los huesos de los viejos, de los abuelos que un día vieron partir a sus nietos para nunca volver.

Llegó el día y las hermanitas Lin se despidieron de Gao que hasta el último segundo de su presencia les aconsejó, cuídense, sean buenas, manténganse unidas. Así el hombre que un día amó y que engendró en su vientre esos tres amores, hoy se las llevó rompiéndole el corazón. Camina el hombre por las calles seguido de las tres hermosas muchachas que tomadas de las manos diez pasos atrás van mirando el suelo. A la vuelta de una esquina la calle lleva al puerto, siempre bullicioso y caótico. Los toscos hombres de mar y estibadores las observan al pasar y varios aprovechan el descuido de su padre para hacerles propuestas indecentes. Luego de esta caminata de la infamia, por fin llegan.

Es un gran hangar lleno de cajas, bultos, barriles y toda clase de bienes de exportación. Al llegar un hombre fuertemente armado los recibe a la entrada.

- Vienen a ver a señorita Ming?
- Si. Tenemos cita con ella.
- Esperen ahí, al lado de la entrada junto a la escalera.

Pasan tres minutos cuando ven bajar por la escalera una elegante mujer de unos cuarenta años con un precioso vestido de seda crema con aplicaciones bordadas en hilo de oro, delgada, con el cabello recogido en un perfecto peinado rematado con peinetas de oro y piedras finas, camina elegantemente sobre zapatos de seda crema y tacón alto muy delgado. En la mano lleva una larga boquilla de oro que al final porta un humeante cigarrillo.

- – Veo que al fin llegaron.
- – Disculpe señorita Ming, espero que aún estemos a tiempo.
- – Ellas vienen conmigo. Usted ya se puede retirar. Ha cumplido su parte del trato y nosotros también.

Las muchachas siguen a la elegante mujer mientras el hombre queda atrás sonriendo y moviendo la mano abierta de lado a lado en señal de despedida. Ellas sienten una profunda tristeza mezclada con temor, expectación y admiración producida por la elegancia de la mujer. Un revoltijo de sensaciones y sentimientos giran y giran cual mariposas en sus estómagos. Ming las conduce hasta una esquina donde hay tres grandes cajas de madera de pino, las tablas con las que están hechas tienen muchos nudos chocolate oscuro que resaltan sobre la superficie clara de la madera. Las tapas superiores de las cajas yacen inclinadas junto a las mismas. Dentro de cada caja un pequeño colchón enrollado, una almohadita, dos latas de cinco galones llenas de agua, cuatro latas de pintura vacías de un galón y un bulto conteniendo comida seca como galletas de arroz, pan, golosinas de nueces como maní con miel, maíz tostado y pan frito. Ming se asoma en cada caja y revisa que su contenido esté completo ante los ojos incrédulos de las muchachas, luego les dice.

- – Bueno niñas, este es el plan. Cada una de ustedes irá en una caja que las llevará a salvo hasta Panamá donde sus futuros maridos las esperan. Aquí adentro tienen todo lo que pueden necesitar para el trayecto. Es importante que no se coman y beban toda el agua en pocos días. Tienen que racionarlas de forma que les duren lo necesario hasta que el barco llegue a destino. Dentro hay comida y agua suficiente. Cuando caguen háganlo en las latas de pintura y las cierran muy bien.

Además, les explica que por dentro de la caja cada nudo de la madera tiene un palito que permite jalarlo y removerlo para que puedan quitarlos en caso de que sientan calor o falta de aire. Es importante también que traten de deshacerse de la orina a través de esos hoyos lo más posible ya que las latas de pintura no alcanzarán para eso. A cada una les da un cuaderno y un lápiz para que se entretengan durante el viaje a la vez que les aconseja hacer el menor ruido posible. Entonces llama a un estibador que justo acaba de pasar arrastrando unas cadenas de barco. El gran hombre de musculosos brazos regresa y Ming le indica que ya es hora de meter dentro de las cajas a las muchachas. Las hermanas Lin se abrazan sollozando y al fin se despiden jurando buscarse entre sí apenas lleguen a destino. Inmediatamente el forzudo hombre las levanta una a una como quien suspende un jamón y las mete en las cajas. Ellas aún de pie solo alcanzan a verse y despedirse con la mano antes de que el hombre coloque las tapas en su posición y comience a martillarlas asegurándolas. Dentro de su caja Mei Lin se tapa los oídos, aprieta los dientes y baja la cabeza con cada golpe como si este fuera en su cráneo. Gao Lin ya se ha acurrucado en una esquina y sentada en posición fetal solloza. Lu Lin abre el cuaderno y toma el lápiz, dibuja el rostro de su madre para no olvidarlo. Cuando cesan los golpes del martillo sienten que las cajas se mueven y son levantadas, se oyen muchos ruidos de máquinas, ruedas cadenas y de repente un golpe final. Ya se han estibado las cajas en el barco. Para su buena o mala suerte estas han quedado en la cubierta de popa junto a otras cajas al lado de unas piezas de maquinaría. Lo bueno es que sobre la carga de popa han colocado una gran lona que la protege del sol y lluvia, hasta cierto punto.

Hoy comienza el largo viaje de las tres hermanas en sus tres cajas de madera. Por suerte para ellas las cajas quedaron estibadas al mismo nivel y lado a lado por su tamaño similar, pero ellas no lo saben aún. Lu Lin que es la más curiosa se entretiene revisando sus reservas. A ver, aquí hay dos latas de agua de cinco galones, si toma un sorbo en la mañana y uno en la tarde le puede durar mucho, pero como sabrá que es de mañana y tarde? Ah! Los nudos de la madera. Toma el palito que tiene pegado uno y cuidadosamente lo remueve, puede pegar el ojo y mirar afuera, se ve el mar a la izquierda y a la derecha un mástil del que cuelga una soga blanca en diagonal. Bueno, eso ya resuelve un problema. Cuidadosamente coloca el nudo de regreso en su lugar. La comida, muchas galletas de arroz, maní, maíz tostado, pan tostado y unos pedazos de carne seca. Tuerce la boca, bueno tendrá que servir. Lo que le preocupa son las latas de pintura para cagar, no es problema hacer en ellas, pero tiene que tener cuidado de no orinar a la ves o ensuciará toda la caja, primero usará una lata para orinar y otra para cagar. Así la de orina la podrá vaciar poco a poco por una de los hoyos y mejor si lo puede hacer cuando llueva. Desenrolla el colchoncito y lo acomoda, no esta tan mal, se acuesta y pone la almohadita en la cabeza. Ahora a dibujar la caja y su contenido.

Gao Lin no ha parado de llorar, a pesar de ser la mayor ha sido la más consentida y apegada a su madre. Aún continúa sentada en la esquina.

Mei Lin que es la más pequeña y revoltosa ya arregló su cama y ha dispuesto las latas vacías de pintura frente a si como tambores y está probando el sonido de cada una. Tap, tap, tap. Puck, puck, puck. Tin, tin, tin. Sonríe, toma el lápiz y toca suavecito cada una con el borrador. No hay que hacer mucho ruido.

Así pasan unos días cada una en lo suyo. Hasta que un día Lu Lin que ahora dibuja cada vez más chiquito para que el cuaderno le dure más escucha unos golpes como de tamborileo a la derecha de la caja y decide espiar. Saca uno de los nudos de ese lado y solo ve la madera de otra caja. Entonces cuando se silencia el ruido decide hacer algo insólito, y toca con los nudillos duro en la pared de la caja, TAK...TAKTAK...TAK...TAK.

Del otro lado de la caja se escucha, TAK...TAK. Increíble es la clave a que siempre ha jugado con Mei Lin desde niñas. Entonces toca tres veces y del otro lado tocan tres veces en respuesta. Tiene que ser la caja de Mei Lin, ésa que está a su lado! Entonces busca por alrededor desesperada el pedazo de platina que les dicron para poder tapar y destapar las latas de pintura para cagar. La encuentra y entonces con ella comienza a horadar la madera del otro lado hasta que logra abrir un hueco al cual pega la boca.

- Mei, me oyes?

Luego pega el oído al mismo hueco y escucha.

- Lu, eres tú? Que felicidad!

Entonces Lu Lin mete el dedo por el hueco y Mei Lin en su caja ve entrar el dedo de su hermana, se acerca y con cariño lo besa.

- Descubre los otros nudos de este lado y vamos a horadar más hoyos.

Por fin el aislamiento les da un descanso. Al menos pueden comunicarse entre ellas dos. Mei Lin busca su platina y se pone a trabajar también y hacen tanto ruido que Gao Lin en su caja las escucha. Serán esas sus hermanas? No puede creerlo, de qué lado es? Cuando identifica el lado comienza a dar golpes con los nudillos rápidamente y entonces Lu Lin la escucha del otro lado de su caja y golpea asintiendo. Enseguida toma su cuaderno y dibuja su caja, a la izquierda la de Mei Lin y a la derecha la de Gao Lin. Le grita a Gao Lin que espere con calma que pronto abrirá un hoyo hacia su caja. Al final del día ya las cajas tienen varios huecos que las intercomunican y las tres hermanas pueden al menos verse en parte y hablar. Ahora al menos los días pasarán más llevaderamente y se podrán apoyar una a otra. Muchos días después una mañana temprano notan más actividad de lo normal en la cubierta y se asoman por los hoyos de las cajas que dan al exterior. Ven un puerto a la distancia, se dan cuenta de que están por llegar a destino y deciden taponar de nuevo los huecos de los nudos y cubrir los hechos por ellas lo mejor posible. Se despiden con la esperanza de verse afuera, cuando sus futuros maridos las hayan reclamado.

Son las ocho de la mañana del día siete de septiembre de 1,882 y el barco está atracando. Ellas esperan con gran nerviosismo a que una a una las cajas sean bajadas de la nave y estibadas en la bodega del puerto. Ahora sólo falta que las reclamen. Están a un paso de ser libres de nuevo, libres para moverse y respirar aire fresco, pero qué destino les esperará en su nueva vida?

Ya sus futuros maridos han sido informados del arribo del navío desde ayer y con la ayuda del contacto del señor Wo en aduanas, seguramente estarán afuera a las cuatro de la tarde. Ya son las dos de la tarde y a esta hora ya Loo en la estación del ferrocarril de Gatún está listo esperando para abordar el vagón de pasajeros. Chen en el área de excavaciones del Canal Francés, mira desesperado cómo trabaja el mecánico que asiste en el mantenimiento de una de las excavadoras. No ve la hora de acabar para cambiarse y ponerse en camino al puerto. Su jefe lo llama.

- Chen, trae esa barra y haz palanca aquí junto a la pala.

El único que está en las afueras del puerto desde temprano en la mañana es Toni. Su padre le dio permiso para abandonar sus labores en la finca y dirigirse a reclamar a su recién llegada novia. Mientras el señor Wo está detrás del mostrador de su tienda, que curiosamente en este momento se encuentra vacía. Ve acercarse la hora del desembarco y dirige la vista hacia el extremo derecho del mostrador, levanta la cabeza en dirección a la pared y fija la vista en un bonito reloj. Son las 3:19pm y en el silencio retumba el tic tac del incansable péndulo del reloj, el minutero se mueve y marca las 3:20pm. Repentinamente se siente una sacudida y el péndulo se detiene ante la sorpresa del señor Wo. Entonces todo comienza a sacudirse de lado a lado, la mercancía se cae de los estantes, las paredes se rajan y comienzan a caer escombros del techo, hasta que todo el local queda destruido. De debajo de un estante sobresale una mano, es la del señor Wo, cinco segundos después un charco de sangre se forma proveniente del mismo lugar. El reloj de pared yace tirado en el piso cubierto de polvo y sus manecillas marcan 3:20.

El terremoto de Panamá de 1882 fue un sismo que ocurrió a las 3:20 hora local del 7 de septiembre de 1882. El movimiento telúrico tuvo como epicentro el golfo de San Blas y su intensidad osciló entre los 7,7 y 7,9 en la escala Richter. La duración fue de 60 segundos y generó tres fuertes réplicas.

El sismo afectó las ciudades de Panamá y Colón, donde dejó 5 muertos, además de graves daños al Ferrocarril de Panamá y al Casco Antiguo de la capital, con derrumbes parciales en la Catedral Metropolitana y el edificio del Cabildo. En la ciudad de Colón hubo graves daños en las edificaciones de madera. Adicionalmente dejó daños significativos en las obras del Canal Francés, obligando a suspender los trabajos por un tiempo y generó un duro revés para los franceses.

En San Blas, el sismo generó un poderoso tsunami que arrasó el Archipiélago y las costas de la comarca indígena. Se reportaron cuatro olas con una altura máxima de 3-4 metros, en la que la primera ola llegó entre 15 y 30 minutos después del sismo. Muchas de las islas del archipiélago, fueron arrasadas y estuvieron bajo las aguas por varios minutos. Muchos indígenas Guna, perecieron ahogados. Los informes cifran entre 70 y 250 muertos por el tsunami. Las autoridades panameñas pudieron conocer de los daños del tsunami un mes después del sismo, luego que un indio Guna llegara a la capital panameña a reportar el desastre.

Este tsunami es considerado el que más víctimas ha dejado en Panamá y América Central de lo que se tiene registrado.

El tren en que viene Loo ya está cerca de la ciudad y repentinamente comienza a balancearse, la gente grita mientras el maquinista frena la maquina en un desesperado esfuerzo por controlarla cuando los rieles en frente se separan descarrilando la locomotora, pero gracias a la baja velocidad que había logrado el maquinista, los vagones no se voltean habiendo pocos afectados por el accidente. Aquellos que no estaban heridos decidieron continuar el camino a pie hasta llegar a la ciudad y conseguir ayuda. Mientras en las excavaciones del Canal Francés el terremoto causa un deslizamiento de tierra que cubre gran cantidad de maquinaria, entre ellas una excavadora cuya pala estaba siendo reparada por un mecánico y su ayudante. Chen y su jefe yacen muertos enterrados bajo el lodo. Toni que estaba al descubierto sentado bajo un árbol de mango esperando que fuera la hora precisa salió ileso.

En el momento del terremoto las hermanitas Lin que estaban dentro de las cajas estibadas a cierta altura sintieron muchas sacudidas, las cajas de Mei Lin y Lu Lin permanecieron en su lugar, pero la de Gao Lin que no había sido bien colocada se corrió cayendo al piso. Al caer la tapa se desprende y Gao Lin inconsciente por el golpe rueda fuera de la caja. Acabado de pasar el terremoto el capataz del puerto manda a los estibadores a que revisen la situación de la bodega. Uno de los estibadores un moreno de ascendencia antillana, grande y fornido llamado Lynch camina entre las hileras de cajas y bultos revisando cuando al voltear una esquina ve la caja de Gao Lin tirada y se acerca a revisar pensando que la mercancía debe estar desparramada por doquier, pero a medida que se acerca ve por sobre la caja a Gao Lin tendida del otro lado. Enseguida corre hasta ella y viendo que está inconsciente la levanta en brazos y regresa llevándola en busca de ayuda. Al día siguiente cuando todavía la ciudad estaba en caos por los daños a la infraestructura, el puerto ya reanuda operaciones tratando de reorganizar la bodega. Toni merodea en las afueras de la instalación tratando de averiguar acerca del paradero de la caja en que viene su prometida. Habla con algunos trabajadores del muelle cuando siente una pesada mano en su hombro derecho. Voltea y se asusta al ver a este moreno alto y fornido que lo mira a los ojos.

- – Necesito tu ayuda.
- – En que podría yo ayudarte?
- – Eres chino y necesito que me traduzcas algo. No tengo mucho dinero, pero te pagaré el almuerzo. Está bien?

Toni a quien ya la barriga le hacía ruidos acepta. Lynch lo lleva hasta el hospital más cercano, que está repleto de gente que ha sufrido afectaciones por el terremoto del día anterior. Caminan por un largo pasillo y entran a una sala con varias hileras de camas donde hay heridos de toda clase, Lynch conduce a Toni entre ellas hasta llegar a una cama donde está Gao Lin dormida, aún muy débil y bajo tratamiento, entonces le explica.

- La traje ayer luego de encontrarla en la bodega dentro de una caja de madera. Increíble, las cosas que hace la gente por buscar una vida mejor. Desde que la traje repite algo en chino y no sé lo que es, por eso necesito tu ayuda.

A Toni se le ilumina la cara pensando que es su prometida, saca del bolsillo un arrugado papel con el nombre de la muchacha que es su futura esposa y lo lee. Luego Lynch con sus toscas y grandes manos toca delicadamente la frente de la muchacha.

- Despierta amiga. Aquí hay alguien que te puede ayudar.

Lentamente Gao Lin abre los ojos mientras repite con su débil voz en chino.

- Mis hermanas, ayuden a mis hermanas!

Toni entonces le responde en chino.

- Hola, me llamo Toni. Como te llamas?
- Toni? Tu eres el prometido de Mei Lin mi hermana. Yo soy Gao Lin la prometida de Chen. Mis hermanas Mei Lin y Lu Lin todavía están en sus cajas, sálvenlas por favor!

Así las otras dos chicas son rescatadas por Lynch y atendidas en el hospital por extrema deshidratación, desnutrición y debilidad.

Afuera de la cerca del puerto hay tres cajas de madera tiradas que son desarmadas por un grupo de indigentes que buscan las maderas para arreglar sus pobres casas. Una de esas cajas llama la atención de uno de los hombres que acarrean las tablas. La mira por dentro de ella y está cubierta de hermosos dibujos de paisajes orientales y entre estos el dibujo de una madre con tres pequeñas niñas, todas tomadas de la mano. Tan hermosos son los dibujos que al acercarse otro de los hombres martillo en mano para desbaratar la caja, el primero se interpone.

269

- Espera un momento! Solo déjame observar un minuto más, que belleza!

Luego que pasa el minuto, este asiente y ávidamente los dos comienzan a desbaratar la caja para llevarse las tablas.

Ahora estamos en 2,016 y los ojos de la abuela se abren lentamente luego de esta remembranza de su madre y la historia de su llegada a Panamá. Sentada en el portal de su casa conmigo, el álbum de fotos aún abierto sobre su regazo, entonces pasa una página y me enseña la foto de las tres hermanas juntas.

- Aquí están las tres. Gao Lin terminó enamorándose de Lynch, con el que se casó y tuvieron dos hijos varones y una bonita niña morena de piel clara y hermosos ojos chinos. Lu Lin tuvo muchos enamorados, pero nunca se casó. Siguió haciendo bellos dibujos toda su vida y fue famosa por sus dibujos de los pueblos y habitantes de Panamá. Mei Lin, se casó con Toni, que luego de muchos años heredó la finca de su padre y de ahí vine yo.

Entonces cerró el álbum de fotos y me lo dio.

- Toma, ahora es tuyo. Para que veas a través de esas ventanitas donde el pasado se queda quietecito, quietecito para que le puedas ver y así nunca nos olvides.

Esas fueron las últimas palabras que escuché de su boca. Al día siguiente cuando fui a verla, ya no estaba. Había muerto en la noche, como un pajarito. Dicen que tenía una sonrisa en la boca, quizá porque ya estaba con su madre y con su abuela en uno de esos mundos lejanos que ahora tú y yo solo podemos ver a través de estas fotografías. Que son como ventanitas pequeñitas por donde podemos ver el pasado, que se queda quietecito, quietecito para que podamos verle bien y no nos olvidemos de él. Si mi'jita, recuérdalo…

FIN

<u>DON SEVERINO</u>

Es un hermoso y soleado día de verano del año de 1955. En medio de un gran terreno bien cuidado que antiguamente fue una granja, hay una casa justo en medio. Es de esas casonas antiguas, de esas que ya no se construyen, de dos pisos con grandes ventanas y portales adelante y atrás. Hasta arriba en el entretecho hay un ático adonde se observa una pequeña ventana. A la distancia se ve la carretera Panamericana con su incesante flujo de autos y camiones que pasan veloces. Un serpenteante camino de tierra roja atraviesa el terreno desde el portón que está a la orilla de la carretera hasta el frente de la casa. Pequeños se ven al pasar a la distancia tres autos por la carretera, seguidos más atrás por una camioneta verde con blanco que lentamente viene pasando por el frente del terreno. Repentinamente ésta disminuye aún más la velocidad, desviándose hacia el hombro de la carretera y atravesando el portón de la propiedad por el camino de tierra en dirección a la casa.

Desde la pequeña ventana del ático de la casa, vemos aproximarse el auto a través de un telescopio montado en un trípode. La imagen es un círculo perfecto, la camioneta en el centro de la imagen avanza dejando una nube de polvo rojo a su paso, que es arrastrada por el viento. Entonces se despega el ojo del observador del lente del telescopio y vemos su rostro. Es Don Severino, un hombre octogenario de largos cabellos y bigotes blancos. Viste un bien planchado pantalón chocolate con tirantes y una camisa blanca que lleva con las mangas remangadas. Está sentado en una antigua mecedora junto a la pequeña ventana, desde donde observa todo. Se mece despacio mientras toma de su regazo sus viejos anteojos redondos y los limpia con un pañuelo blanco, los inspecciona contra la luz que entra por la ventana y se los pone, su vista se aclara. Ahora vemos junto a él desde la ventana el paisaje del vasto terreno y la camioneta que recorre el camino levantando polvo hasta que por fin llega al frente de la casa. Se estaciona ahí, justo antes del pequeño jardín frontal que con tanto esmero cuidaba su esposa en vida. Severino se pone de pie para poder observar bien, mientras el vehículo que todavía se mueve se acerca peligrosamente a las ixoras miniaturas que bordean el jardín y piensa.

– Casi se estaciona dentro del jardín. Mi pobre Clara se levantaría de su tumba si viera sus plantas maltratadas. Por eso mejor me quedo aquí y evito ponerlo en su lugar.

Por fortuna el auto se detiene a tiempo y de él bajan, del lado del conductor un hombre joven blanco en saco y corbata negros, y del lado del pasajero una joven mujer en un traje sencillo sin adornos azul oscuro con cuello blanco, tiene un pañuelo blanco en la mano, que lleva a los ojos. Desde el ático el anciano los ve con cara seria. De atrás del vehículo se abren las puertas y bajan tres niños vestidos con pantalón azul marino y camisa blanca de manga corta. El mayor, Andrés lleva pantalón largo y corto los dos menores, Julián y Pepe. Sus edades son diez, ocho y cinco respectivamente. Al verlos Severino, su cara resplandece y una gran sonrisa adorna su rostro mientras sigue observando. El hombre ensacado toma a la mujer por el hombro y caminan lento hablando en voz baja hacia la puerta de entrada, mientras los niños ya corretean alrededor del jardín. El más chico, Pepe repentinamente se detiene y mira hacia arriba de la casa a la ventana del ático donde de pie está Severino, ve atentamente y entonces saluda con la mano en alto y sonríe. Su anciano abuelo de pie junto al telescopio corresponde a su saludo y luego da un paso al lado desapareciendo. Pepe se queda mirando extrañado la ventana vacía, pero luego se encoje de hombros y corre uniéndose al juego de sus hermanos que corretean despreocupadamente.

Severino camina lentamente hasta su escritorio y se sienta, alarga la mano y toma un viejo libro que cerrado yace sobre el mismo. Lo acaricia con sus manos y el suave cuero de su empaste le devuelve la caricia. Lo voltea lentamente y re-lee el título, tantas veces leído. "El Cantar del Mio Cid", las aventuras del Cid Campeador, su historia favorita que podría leer cientos de veces y quizá ya lo ha hecho. Levanta entonces la cara y ve con nostalgia a su alrededor el pequeño ático. En un extremo su cama de fina madera de caoba nítidamente arreglada, en el otro su gran librero rebosante de volúmenes de la literatura, llenos de grandes aventuras e historias de importantes descubrimientos, su tesoro personal. En la pared su reloj de péndulo, detenido, ya no marca la hora desde la muerte de su amada Clara.

Recuerda claramente ese día, cuando luego de su sepelio todos partieron y él entró nuevamente a casa solo. Atravesó el umbral de la puerta de entrada y un triste silencio se apoderó del lugar donde antes se escuchaba la alegre voz de Clara. Al fondo de la sala solo se escuchaba el péndulo del incansable reloj de pared, que como un mazo golpeaba sus tímpanos recordándole el vacío de su fría soledad. Entonces caminó despacio arrastrando los pasos hacia el reloj mirándolo fijamente. Se detuvo frente a él y alargó la mano abriendo su puerta de cristal mientras el péndulo ignorándolo continuó su recorrido y en el preciso momento en que el minutero se movió marcando las once y diez y seis, Severino detuvo con su mano su recorrido. En ese momento el tiempo también se detuvo para él. Fue entonces cuando decidió subir al ático alejándose del mundo, que ya no tenía ningún significado para él. Aquí arriba, entre sus cosas pasa los días a veces recordando y a veces soñando, entre la realidad marchita y las aventuras siempre frescas de sus héroes literarios. Vuelve la mirada a su libro y piensa para sus adentros.

- Así lo prefiero. No molesto a nadie con mi presencia y mi vejez, más a tono con el polvo que duerme apacible sobre mis libros y lo amarillo de sus páginas envejecidas.

Suspira y abre su libro por donde está la cinta roja ya desgastada del marcador y comienza a leer acomodándose los lentes sobre el puente de la nariz, mientras desde afuera de la ventana se escucha el retozar a carcajadas de los niños en el jardín. La puerta de entrada de la casa se escucha abrir y luego cerrar de golpe. La joven pareja entra, sus pasos hacen eco en el silencio que inunda la casa. La joven mujer se suelta a llorar mientras su esposo la consuela, llevándola hasta uno de los sillones de la sala y la ayuda a sentarse.

- Nunca pensé que sería así. Cómo no me pude dar cuenta (llorando dice ella).
- Calma mi amor, ya han pasado cuatro años. Enseguida regreso y te traigo un té de tilo.
- Perdóname, es que no puedo evitar recordarlo todo. En especial hoy.

La joven se queda sentada sollozando mientras su marido se encamina a la cocina. Arriba Severino escucha todo y trata de adivinar qué estará pasando allá abajo, pero él no se va a meter adonde no le llaman. No puede ser algo tan grave, pues ya los vio a todos y están en buena salud y los niños corretean riendo como siempre despreocupadamente. Como de costumbre nadie se molestará en subir a ponerlo al tanto de lo que haya sucedido, pero como Sherlock Holmes él tiene sus formas de enterarse. Pepito su informante, es el único que a diario se escapa un rato de sus labores y viene a verle. Es su nieto preferido, un niño travieso de fácil sonrisa y con una gran imaginación. Justo por eso, es el único que disfruta de sus conversaciones con el abuelo, que siempre incluyen una buena dosis de ficción literaria y charlatanería "abueril".

Ya son alrededor de las cinco de la tarde y Severino camina en el ático como león enjaulado, de un lado a otro. Mira por la ventana y ve el sol a medio acostarse, ya pronto oscurecerá. Camina impaciente mientras masculla entre labios.

- ¿Dónde estará Pepito que no aparece?

Repentinamente se escuchan unos pasitos subir por la escalera, se detienen y la perilla de la puerta gira lentamente, la puerta rechina mientras el pequeño niño la empuja. Pepito asoma la cabecita y con una gran sonrisa mira a su abuelo.

- Hola abue!
- Qué horas son estas de venir a reportarse! Hace rato te esperaba.
- Es que no me podía escapar, ahora ya todos ven la tele.
- Mira que te acabo de ascender a Capitán y ya llegas tarde.
- ¡Lo siento señor! ¡Si señor Abue! (con saludo militar)
- Ven aquí, acércate. Dime, ¿Por qué llora tu mamá?
- Está triste, creo que es por ti Abue.
- Por mí? Si yo ni bajo de aquí. ¿Qué podría haberle hecho yo?
- Quizá es que… Cómo nos vamos mañana de vacaciones… Papá dijo que nos vendrían bien unos días de paseo (sonriendo).
- Vaya! Así me entero yo de los planes que tienen. A mí que me dejen en paz. Ni crean que voy a ir a ningún paseo. Más bien, yo soy el que necesito unos días libres.

Pepito corre hacía él y lo abraza muy fuerte, luego levanta su carita mirándolo a los ojos.

- Ven con nosotros no seas aguafiestas abuelito, mira que te voy a extrañar.
- Te voy a dar un regalo para que te acuerdes de mi cada vez que me extrañes.

Entonces Severino lleva al niño de la mano frente a su gran librero. Con la otra mano esculca entre sus gordos libros hasta que encuentra uno chiquito y delgadito. Lo toma cuidadosamente entre el pulgar y el índice y pellizcándolo lo hala despacito hasta que éste ya no se resiste más y sale. Le sopla el polvo de encima y se sienta en el borde de la cama junto a Pepito.

- Toma. "Platero y yo" para que me recuerdes en tu viaje de paseo. Este fue mi primer libro de cuentos, me lo regaló mi abuela y ahora es tuyo, pero no le digas a nadie que yo te lo di (con el dedo índice cerrando los labios).

276

Pepito toma el libro con cara de misterio cual agente secreto recibiendo sus instrucciones y abriendo los botones de su camisa lo mete dentro de ella. Luego abraza a Severino por el cuello estampándole un sonoro beso en la barbuda mejilla.

En eso se escucha la voz del padre que lo llama desde la planta baja insistentemente.

- Pepe! Pepe, ven a cenar! ¿Adónde se mete este niño todas las tardes?

Severino lo manda junto a sus padres recomendándole que se coma toda la comida. Se despiden y sale el niño corriendo bajando la escalera ruidosamente.

Al día siguiente muy temprano el ruido despierta a Severino. Se escuchan las voces de los padres arreando a los niños y sonidos como de que caminan y arrastran maletas. Las voces de todos hacen eco en el ático. Repentinamente se escuchan los pasos de Pepito que sube las escaleras corriendo y de un golpe abre la puerta. Entra ya vestido y se para en posición de firme con saludo militar frente a su abuelo que en bata acaba de despertar.

- Ya nos vamos señor abue, apúrate.
- No mi'jito, yo me quedo aquí con mis libros. Ve ya con tus padres y pórtate bien.

Entonces muy ceremoniosamente el niño da un paso al frente y se despide con un estrechón de manos. Pepito entonces mira una vez más a su abuelo con tristeza y sale. Luego, se escuchan sus pasos lentos bajando la escalera y la voz de la mamá que lo llama a gritos.

- Pepe, adonde te metiste mi amor! Apúrate, que ya nos vamos.

Entonces se escucha a el niño correr hacia su madre.

El anciano en bata se asoma a la ventana y observa cómo la familia sale de la casa y suben las maletas a la parte trasera de la camioneta. Los niños van entrando uno a uno al asiento trasero y el último es Pepito, que antes de subir se voltea hacia la casa y dirige su mirada a la ventana del ático. Cuando ve a Severino, se abre un botón de la camisa y con el dedo le enseña el pequeño libro que esconde dentro antes de entrar cerrando la puerta. El padre sube del lado del conductor y la madre aún con la puerta abierta del lado del pasajero se retrasa, da una silenciosa mirada alrededor de la casa y luego dirige la vista a la ventana del ático, sin ver a nadie y suspira, baja la cara y entra al vehículo cerrando la puerta.

Desde arriba, sentado en su mecedora el viejo los ve partir. A medida que se alejan, acerca a la ventana su telescopio y lleva el ojo al lente. Entonces la imagen circular de la camioneta partiendo en una nube de polvo rojo es lo último que ve.

Recoge el trípode del telescopio y lo pone a un lado de la ventana. Se levanta de la mecedora parándose con las piernas abiertas y gira de lado a lado la parte superior del cuerpo como haciendo ejercicio.

- Bueno, un par de días libres!

Busca en una esquina del ático donde hay un viejo baúl de madera tallada. Lo abre y está lleno de antiguos discos, se inclina y escula entre ellos escogiendo uno. Lo levanta y observa mientras camina al lado izquierdo del escritorio donde en la mesita auxiliar hay un antiguo fonógrafo. Coloca el disco y le da cuerda al aparato, cuando el disco ya está girando levanta la aguja con cuidado y la pone sobre él. En un segundo todo el lugar se llena de música, esa música preciosa de antes, de cuando Severino era joven. El hombre parece haber dejado atrás su edad y cerrando sus ojos simula bailar sonreído y su mente se escapa volando lejos siguiendo a sus recuerdos.

De pronto se ve de treinta años, justo en el sábado en que conoció a su querida Clara. Es de noche y está en medio de la sala de baile del club social de la universidad y todos bailan animadamente alrededor. Él está de pie conversando con su buen amigo Claudio y por un momento se queda absorto mirando lejos. Claudio le da un codazo en el costado llamando su atención.

- Qué te pasa Seve, estás como embobado y con esa mirada de pendejo.
- Es que no sabes lo que he visto. Mira esa belleza de mujer.

Señalando con la cabeza en dirección a Clara, que está sentada junto a otras tres muchachas conversando animadamente en una esquina del salón. Claudio sonríe.

- Qué hermosa potranca! Pero aquí parado nunca vas a estar en esa carrera mi amigo.

Cuando Claudio voltea ya Seve ha desaparecido. Lo busca entre la multitud y entonces lo ve caminando hacia las jóvenes. Seve se acerca al grupo caballerosamente y sonriendo las interrumpe.

– Será posible que usted, ángel bajado del cielo acepte bailar una pieza con un simple mortal como yo?

La hermosa joven acepta entre las risitas de sus amigas y pronto los dos giran y giran bailando entre la gente. Seve extasiado por la belleza de Clara no deja de mirarla mientras ella sonríe y sus cabellos ondulados color caoba se mueven al ritmo de la música. Entonces él cierra los ojos y suspira por un segundo.

Al abrirlos está solo en el ático de la casa, baila a solas en bata y sus movimientos ya no son tan ágiles y gráciles. Entonces se detiene un poco mareado de tanto girar. Ha vuelto a su solitaria realidad y recuerda que Clara, su amor, hace muchos años murió.

Ahora siente un gran remordimiento en su corazón, porque desde hace cinco años no va a visitar su tumba, que se encuentra en el pequeño cementerio familiar que está en el extremo trasero del terreno. Como ya ni sale del ático, hace mucho que no camina alrededor de la casa. Entonces siente que ya es justo ir a verla, más ahora que no hay nadie que le moleste. Abre su viejo ropero y saca un pantalón y una camisa, los pone sobre la cama y se dispone a vestirse mientras escucha la dulce música.

Una media hora después Severino está de pie en el umbral de la puerta trasera de la casa. Está indeciso si pone el pie afuera o no. ¡Hace tanto que no sale! Saca el pie derecho lentamente y apoya el talón en el portal. Entonces el cuerpo sigue al pie quedando Severino afuera, parado como asta de bandera. Mira de un lado a otro tratando de reconocer el lugar. Llena los pulmones de aire y después de espirar ruidosamente da un segundo paso y otro, otro más y así baja la escalera del portal y desaparece caminando por un pequeño trillo que va a la parte posterior del terreno. A los pocos minutos llega a un pequeño cementerio con cerca de hierro forjado. Para su sorpresa está bien mantenido, limpio y con flores frescas en todas las tumbas. No cabe duda que su hija lo ha cuidado bien. Se acerca a la entrada, apoya la mano sobre la puerta de hierro viendo a través de ella y la abre mientras ésta rechina quejándose. Camina entrando y avanza a la vez que lee los nombres de las lápidas de sus antepasados a su paso. Llega al fondo y gira a la izquierda, justo donde está la tumba de su amada Clara, cierra los ojos y permanece unos segundos así, hasta convencerse de abrirlos y mirar la lápida, los abre y…

Al lado de la lápida de Clara hay una más reciente puesta sobre una tumba que no había visto antes. La lápida dice.

AQUÍ DESCANSA EN PAZ

DON SEVERINO MONTILLA,

JUNTO A SU AMADA ESPOSA.

BUEN PADRE Y ABUELO.

12/2/1865 – 1/7/1951

Un trueno ruge en las alturas a la vez que un relámpago ilumina las nubes. Sorprendido Don Severino mira a los cielos, cuando un fulgurante rayo de luz se abre paso entre los grises nubarrones cual saeta y cae sobre él levantándolo por los aires. Haciéndolo girar rápidamente cada vez más alto hasta desaparecer en las alturas arrancándolo así de este mundo.

FIN

www.ingramcontent.com/pod-product-compliance
Lightning Source LLC
Chambersburg PA
CBHW070638260626
47161CB00007B/2759